5530

Brigitte Biermann

Engel haben keinen Hunger

Katrin L.:
Die Geschichte einer Magersucht

EIN **GULLIVER** VON **BELTZ & GELBERG**

*Die Gedichte, Tagebuchaufzeichnungen und das Faksimile
auf Seite 270 stammen von Katrin L.*

www.gulliver-welten.de
Gulliver 5530
© 2008 Beltz & Gelberg
in der Verlagsgruppe Beltz · Weinheim Basel
© 2006 Beltz Verlag · Weinheim Basel
Alle Rechte vorbehalten
Lektorat: Claus Koch
Neue Rechtschreibung
Markenkonzept: Groothuis, Lohfert, Consorten, Hamburg
Einbandgestaltung: Max Bartholl
Einbandfoto linke Hälfte: getty images/Jonny Basker
Einbandfoto rechte Hälfte: plainpicture/Lisa Martin
Gesamtherstellung: Druck Partner Rübelmann, Hemsbach
Printed in Germany
ISBN 978-3-407-75530-8
1 2 3 4 5   12 11 10 09 08

»Ach«, sagte die Maus, »die Welt wird enger mit jedem Tag. Zuerst war sie so breit, dass ich Angst hatte, ich lief weiter und war glücklich, dass ich endlich rechts und links in der Ferne Mauern sah, aber diese langen Mauern eilten so schnell aufeinander zu, dass ich schon im letzten Zimmer bin, und dort im Winkel steht die Falle, in die ich laufe.« – »Du musst nur die Laufrichtung ändern«, sagte die Katze und fraß sie.

Franz Kafka: Kleine Fabel

Inhalt

1. Kapitel
1996: 56 Kilogramm *Seite 9*

2. Kapitel
1997: 41 Kilogramm *Seite 43*

3. Kapitel
1998: 33 Kilogramm *Seite 118*

4. Kapitel
1999: 38 Kilogramm *Seite 169*

5. Kapitel
2000: 28 Kilogramm *Seite 252*

Nachwort
Seite 266

Zeittafel
Seite 268

1. Kapitel

1996: 56 Kilogramm

Lena saß seit dem frühen Nachmittag in ihrem Zimmer unterm Dach und lernte für das bevorstehende Abi. Irgendwann war Katrin heimgekommen, hatte ihr einen kurzen Gruß zugerufen, danach war es wieder still im Haus. Bis nebenan diese Tonleitern einsetzten. Unerbittlich trötete es: c, d, e, f, g, a, h, c und wieder zurück, ohne Pause rauf und runter, in D-Dur, E-Dur …

»Hör auf mit dem verdammten Gehupe!«, rief Lena ihrer Schwester im Nebenzimmer zu. Es ging erbarmungslos weiter. Lena stöhnte. Ihr Schreibtisch stand an der Wand zu Katrins Zimmer, und ihr war, als jaulte das Saxophon direkt in ihr Ohr. Wieso genügte ihr nicht die Altflöte? Mit der war Katrin wenigstens schon über das Anfängergefiepe hinaus und spielte im Schulorchester ganz ordentliche Musik. Ausgerechnet Saxophon! Und wieder G-Dur, F-Dur rauf und runter. Warum nicht Klavier? Das stünde zwei Etagen tiefer im Erdgeschoss und wäre im Giebelzimmer kaum zu hören.

»Ich muss lernen, blöde Kuh, kapierst du das nicht?« Der Ton brach abrupt ab. Stille. Lena traute ihr nicht, sie war derart angespannt, dass sie nicht anders konnte, als auf weiteren Lärm zu lauern. Doch sie hörte nur einen dumpfen Schluchzer. Da es mit ihrer Konzentration ohnehin vorbei war, stand sie auf und ging in Katrins Zimmer.

Die lag auf ihrem Bett, das hinter einem Moskitonetz in einer Nische stand, das Gesicht im Kopfkissen vergraben. Das Saxophon stand neben ihr.

Lena setzte sich auf den Bettrand: »Was ist denn los? Hab das doch nicht ernst gemeint mit der blöden Kuh, das weißt du doch!«

»Klar weiß ich das«, schniefte Katrin, »um dich geht's doch gar nicht.«

»Und um wen dann, bitte schön?«

»Um Jean-Luc.«

»Ey, Katrin, an den denkst du noch? Der ist doch schon vor Wochen zurück nach Stuttgart?«

»Ja, aber er hat versprochen, mir zu schreiben oder anzurufen. Seit drei Wochen warte ich, aber er rührt sich nicht, der faule Sack.«

»Bist du nicht jetzt mit Fabi zusammen?«

»Der hat sich vorhin so blöd benommen, mit dem hab ich Stress im Moment. Das hat aber nichts mit Jean-Luc zu tun, der Affe soll sich endlich mal melden.« Jetzt setzte sie sich auf, schniefte noch mal, wie um das Thema abzuschließen, und sagte: »Sei froh, dass du nicht verliebt bist, bringt nur Ärger.«

Lena lachte. »Nee, ich hab genug zu tun mit dem Abi, da brauch ich nicht noch 'n Kerl. Ey, es ist gleich Viertel nach sechs, Marienhof, wollen wir nicht runtergehen und fernsehen?«

Katrin gelang ein schiefes Grinsen, und die beiden gingen ins Wohnzimmer. Es war schon dunkel draußen, Lena schaltete Standleuchte und Fernseher ein und kuschelte sich mit einer Decke in das schöne alte Samtsofa, das die Mädchen so liebten. Katrin zog die Vorhänge vor der Terrassentür zu und legte sich zwischen Couchtisch und Fernseher auf die Erde.

»Marienhof« und »Verbotene Liebe« waren seit längerem der einzige Fixpunkt in ihrer Beziehung. Nicht, dass sie sich weniger mochten als früher, aber jede hatte ihren eigenen Freundeskreis, ihre eigenen Aufgaben und Interessen.

Plötzlich störte Lena etwas. Aus dem Augenwinkel wurde sie gewahr, dass Katrin seit einer geraumen Weile stereotyp rumturnte.

»Was machst du denn da?«

»Siehst du doch, Beinschere.«

Sie lag, auf einen Ellenbogen gestützt, auf der Seite, und während das linke Bein gestreckt auf der Erde blieb, führte sie das rechte bis zur Senkrechten in die Höhe – hoch und runter, hoch und runter, ebenso unerbittlich, wie sie vorhin Tonleitern geübt hat.

»Jetzt hör schon mit dem Gehampel auf, das macht mich ganz irre!«, zischte Lena. »Du nervst!«

»Na und? Lass mich doch in Ruhe«, sagte Katrin und turnte weiter.

»Das stresst total, wenn ich grad fernsehe! Hör endlich auf!«

Exakt wie ein Metronom fuhr Katrins langes Bein weiter in die Höhe.

»Du bist ja total bekloppt«, schloss Lena ihre Intervention und versuchte, die Schwester zu ignorieren.

Erst mit dem Abspann des zweiten Films fand Katrins Turnerei ein Ende. »Kommst du mit joggen?«, fragte sie Lena.

»Nee, ich geh wieder an meine Arbeit. Außerdem weißt

du doch, Joggen finde ich so öde wie du Lesen. Aber hör mal: Hast du heute nicht schon genug Bewegung gehabt?«

»Nö, wieso? Eine Viertelstunde Schulweg ist doch keine Bewegung.«

»Aber du warst beim Basketball-Training.«

»Lena, das war gestern! Tschüss, ich lauf jetzt.« Und schon sprang sie auf, immer zwei Stufen auf einmal nehmend, die Treppe hinauf in ihr Zimmer, um sich umzuziehen. Lena schaltete den Fernseher aus.

Die beiden hingen sehr aneinander, obwohl von so unterschiedlichem Temperament: Schon als sie klein waren, agierte Lena behutsam und abwägend, Katrin setzte sich ein Ziel und marschierte schnurstracks und unbeirrt darauf zu.

Häufig, wenn die Familie gemütlich beisammensaß, kramte Anna diese Kindergeschichten hervor, und die Mädchen hörten sie zu gern. Wie Katrin einmal, sie war vielleicht vier oder fünf, von beiden Adventskalendern alle Türchen aufgemacht und sämtliche Süßigkeiten auf einmal aufgefuttert hatte, bis auf den letzten Krümel. Oder wie sie ein Glas Nutella aus dem Küchenschrank geangelt und damit auf einen Apfelbaum gestiegen war, wo sie das Glas wie Pu der Bär ausgeschleckt hat. So was wäre der ordentlichen kleinen Lena nie eingefallen.

Früher hatten Anna und Christian Lenck mit Freunden auf einem Dorf in einer Wohngemeinschaft gelebt. Die Kinder des befreundeten Ehepaares, Barbara und Gerhard Langner, waren so alt wie die Lenck-Schwestern: Lena und Lilly vier Jahre älter als Katrin und Paul. Die Väter waren Freiberufler, Christian Lenck als Kameramann viel unterwegs. Die

Mütter teilten sich Hausarbeit und Kinderbetreuung. Für die Kinder war dieses 800-Seelen-Dorf das Paradies, Bullerbü im Schwabenländle: ein geräumiges Haus mit vielen Zimmern, geheimnisvolle Schuppen, Winkel und Böden, ein weitläufiger Garten voller Obstbäume, der am Ende schräg abfiel – die ideale Rodelbahn im Winter. Dahinter Wiesen und Felder, am Horizont der Wald. Von morgens bis abends spielten die Schwestern mit ihren Freunden draußen.

Einmal, Katrin war gerade sechs Jahre alt, wollte sie partout bei einem kleinen Mädchen übernachten, das mit seinen Eltern bei Lencks zu Besuch war. Anna wollte, dass sie zu Hause blieb. Als die Freunde sich verabschiedeten und in ihr Auto stiegen, war Katrin verschwunden. Keine Spur von ihr. Nach einer Stunde riefen die Freunde aus ihrem Heimatort an: Das Kind hatte sich im Kofferraum versteckt und sich erst am Ziel bemerkbar gemacht.

Oder diese andere Autogeschichte: Katrin spielte mit ihrem Freund Paul stillvergnügt im alten Citroen der Eltern. Niemand konnte später sagen, ob die Erwachsenen es den Kindern jemals ausdrücklich verboten hatten, vielleicht waren sie gar nicht auf die Idee gekommen, dass auch das Auto als Spielplatz interessant sein könnte. Jedenfalls hatten die beiden die Handbremse gelöst, und das Auto war rückwärtsgerollt, erst ganz langsam die Einfahrt hinunter, dann, als es die Straße überquerte, schneller und schneller …

»Mama, die Kleinen fahren mit dem Auto weg!«, hatte Lena gebrüllt und war zu ihrer Mutter ins Haus gerannt. Die blieb erst mal seelenruhig sitzen, weil sie glaubte, das Kind mache einen Witz. Als sie jedoch den Ernst der Lage begriffen hatte und hinausgelaufen war, stand das Auto wieder still, ausgerollt gegenüber der Straße, mit dem Heck im Gartenzaun.

Als Katrin acht war und Lena zwölf, war die Familie umgezogen, in eine kleine Stadt in der Nähe von Stuttgart. Ein völlig neues Leben mit gänzlich anderen Regeln begann für die Kinder: Schuhe anziehen, bevor man aus dem Haus tritt; links und rechts gucken, bevor man eine Straße überquert. Statt Hühnergegacker Autogehupe, statt ländlicher Weite eine Reihenhaushälfte am Stadtrand; statt offener Nachbartüren zugezogene Gardinen.

Lange bevor der Möbelwagen kam, hatte Anna mit ihren Töchtern über den Umzug gesprochen, die Gründe erklärt: Sie wollte wieder arbeiten, wenigstens halbtags, und der Papa habe eine neue Arbeit gefunden, er könne nicht mehr so weit von einer Stadt und einem Flughafen entfernt wohnen. Anna hatte ihnen erzählt, dass sie in eine neue Schule kämen, Katrin in eine neue zweite, Lena in die sechste Klasse.

Katrin hatte für die Eltern völlig überraschend reagiert: Sie machte nachts ins Bett. Der Hausarzt befand, organisch sei alles in bester Ordnung. Ursache sei wohl die Angst des Kindes vor dem Unbekannten. Aber sie war doch immer so mutig und stark! Viel eher hätten die Eltern von der zarten, zurückhaltenden Lena eine solche Reaktion erwartet, nicht aber von der wilden Katrin.

Lena verkraftete den Umzug leicht, doch bald ging auch Katrin wieder mit Charme und ohne Scheu auf Menschen zu. Seit der fünften Klasse besuchte sie eine katholische Mädchenschule und hatte sich dort schnell eingelebt.

Als sie älter wurde, buhlten etliche Klassenkameradinnen regelrecht um ihre Freundschaft. Die Mädchen aus ihrer Clique wollten aussehen wie sie, sie kleideten und schminkten sich wie sie, beneideten sie um ihre tolle Figur, ihre langen Beine. Meist trug sie ihre langen, blonden Haare in der Mitte gescheitelt und offen, manchmal auch hochgesteckt, dann umrahmten zwei Strähnen das schmale Gesicht. Ihre großen blauen Augen betonte sie mit blauem und grauem Lidschatten, mit Kajal und Wimperntusche. Ihre Augenbrauen, dunkel und dicht, brauchten keine zusätzliche Farbe.

Katrins Freundin Tatjana erinnerte sich noch lange an ihr Parfüm: »Sie benutzte Oilily – wenn sie durch einen Raum ging, hing der Duft noch eine Weile drin.«

Katrin wollte Model werden, alle Mädchen in ihrer Clique wussten das. An der Wand in ihrem Zimmer hingen die Poster von Linda Evangelista, Helena Christensen und ihrem großen Vorbild Christy Turlington. Sie träumte davon, zu reisen, reich und berühmt zu sein, bewundert zu werden. Und die Mädchen machten ihr Mut: So, wie du aussiehst, schaffst du das!

Von ihrer Mutter hatte Katrin das nicht. Anna Lenck ist weich und nicht mehr ganz schlank, mit Lachfalten, die aus unbeschwerten Tagen stammen. Sie legt Wert auf gediegene Kleidung nach dem Motto: Ich bin nicht reich genug, mir billige Sachen zu kaufen. Ihr genügen Lippenstift und Wimperntusche, und ihre welligen, dunklen Haare lässt sie seit Jahren auf die gleiche unkomplizierte Weise schneiden. Auch Lena zieht sich gern schön an, schminkt sich, wenn sie ausgeht, aber so ein Tamtam ums Aussehen würde sie nie machen. Wie oft hat sie ihrer Schwester vorgehalten:

»Diese Modelwelt ist eine Scheinwelt, die nichts mit dem richtigen Leben zu tun hat!« Aber das wollte Katrin nicht hören.

»Ich find's toll«, damit war die Debatte für sie beendet. Und dann schrieb sie in ihr Tagebuch: »So berühmt sein! Model – mein Traum!«

Sie hatte sich im Winter bei einem Fernsehsender für eine Miss-Wahl beworben. Jetzt, Monate später, lag die Antwort des Senders im Briefkasten. Ein gewisser André bot der »lieben Katrin« an:

Leider konnten wir Dich nicht bei unserer Wahl ... berücksichtigen. Wir hoffen, Du verzeihst ... Wir planen ... eine Sendung zum Thema: ›Ich bin zu hübsch – keiner traut sich an mich ran!‹ Da ich bei Betrachtung Deiner Fotos klar erkennen konnte, dass Du sehr gut aussiehst ... melde Dich bald, denn außer Dir gibt es nicht sooo viele Leute, die aufgrund ihres Aussehens in dieser Sendung auftreten könnten.

Ciao, bis bald, André

»Findst'n das?«, fragte Katrin ihre Schwester.

»Blöd.«

Katrin ignorierte das harsche Urteil und trollte sich. Nach ein paar Minuten stand sie wieder in Lenas Zimmer. Ihr war eingefallen, dass einer von Lenas Bekannten eine Boutique führt.

»Du wolltest Carlo doch mal fragen, ob ich bei ihm modeln kann, der sucht ab und zu Models, das weiß ich, ich hab's gelesen.«

Lena stöhnte. »Wieso willst du eigentlich für irgendwen der Kleiderständer sein, das ist doch total bescheuert! Du hast so viele andere Qualitäten. Du und Model? Da zählt nur deine äußere Hülle. Das findest du gut? Und was willst du bei diesen Fernsehfritzen?«

»Fang nicht wieder davon an, Lena, hilf mir lieber.«

Katrin hatte eine Weile über der Antwort gebrütet und verschiedene Fassungen ausprobiert, bevor sie ihrer Schwester folgende Version an den »lieben André« vorlegte:

… Allerdings kann ich eurem Thema der Sendung nicht ganz zustimmen … Eher denken Leute, die mich nicht kennen, dass ich arrogant und eingebildet sei. Wenn sie mich näher kennen lernen, ändern sie zwar ihre Meinung, trotzdem nervt es. Übrigens: Meine Schwester ist mein Manager und ohne meine Schwester komme ich gar nicht …

»Den letzten Satz lässt du weg«, befahl Lena, nachdem sie das gelesen hatte. »Manager – du spinnst wohl?«

»War doch nur Spaß! Aber du würdest doch mitkommen?«

»Mal sehen.«

Und dann klappte es auch noch mit dem Modesalon. Fernsehen und öffentliche Modenschau mitten in der Stadt auf offener Straße – »yupieh!« – Katrin war überglücklich.

Ihr 15. Geburtstag fiel auf einen Samstag. Es war April, das Wetter ungewiss, Anna Lenck hatte im Wohnzimmer ein kaltes Buffet aufgebaut, wobei Katrin sie tatkräftig und fröhlich unterstützt hatte. Anna kannte die Freundinnen und Freunde ihrer Töchter, mochte sie gern, und die fühlten sich im Haus der Lencks sehr wohl. Anna strahlte eine heitere Gelassenheit aus und hatte für die großen und kleinen Sorgen der Mädchen immer ein offenes Ohr. Christian Lenck verschwand meist in seinem Zimmer im ersten Stock, wenn es ihm im Wohnzimmer zu quirlig wurde. Manchmal ergab sich aber doch ein Gespräch mit den jungen Leuten – über Politik, Theater, Musik. Und die Jungen waren sehr erstaunt und beeindruckt, als sie mitkriegten, dass Christian Ahnung von Popmusik hatte. Immerhin ging der ja auf die fünfzig zu. Jedenfalls freuten sich Lencks, dass ihre Mädchen in ihrem jeweiligen Kreis gut aufgehoben waren.

Auch zu dieser Geburtstagsfete wurde das Wohnzimmer wieder voll. Tatjana war da, seit der fünften Klasse Katrins beste Freundin; sie blieb öfter mal übers Wochenende bei Lencks in der Jägerstraße, weil ihre Eltern viel unterwegs waren; Luise Kramer, die im Nebenhaus wohnte und auch in ihre Schule ging, Sarah und weitere Mädchen aus ihrer Klasse; Lilly, die Kinderfreundin von einst; Dennis von der Musikgruppe, in der Katrin Saxophon spielte; Susanne, ihre Partnerin beim Altflöten-Duett; Andreas und Alex, die Breakdancer vom Gymnasium, das Lena besuchte. Katrin achtete darauf, dass alle sich wohl fühlten. Sie animierte sie, sich zu bedienen, es sei schließlich reichlich da. Später bemerkte Tatjana Lena gegenüber, dass Katrin keinen Bissen zu sich genommen hätte. Von zwei Uhr am Nachmittag bis 22 Uhr am Abend. Man sah sie nur mit einem Glas Wasser oder Cola.

Fabian hatte angerufen und zärtliche Worte geflüstert, er konnte nicht kommen, weil er mit seiner Basketballmannschaft unterwegs war. Dafür gratulierte völlig überraschend Jean-Luc höchstpersönlich, er blieb zwar nur kurz, aber Katrin war wieder hin und weg.

»Tolle Geschenke, es war voll genial«, schreibt sie am Abend ins Tagebuch, »ein rundum gelungenes Fest.«

Allein sein
kein – SEIN
Denn das ist alles nur
SCHEIN
Bin dann doch ALLEIN!

Und dann kippte die Stimmung. Nur einen Tag später steht da: »Du blödes Aas! Ich lass mich doch von dir nicht anblubbern. Jean-Luc – ich lieb dich! Mein Herz blutet!«

Und fünf Tage später: »Weiß nicht, wie ich da wieder rauskommen soll. Warum hilft mir niemand? I'm all alone!«

Niemand kann sagen, was den Stimmungsumschwung ausgelöst hat.

Als die Mutter Lena danach fragte, wusste die nur: »Jean-Luc ist das Letzte, der behandelt sie nur mies. Am Anfang hab ich ihn auch gemocht. Aber er lässt sie voll am ausgestreckten Arm verhungern. Wenn sie kurz davor ist, sich endlich von ihm zu befreien, taucht er wieder auf, erzählt ihr was von großer Liebe, verschwindet und lässt monatelang nichts von sich hören. Ein richtiger Dreckskerl.«

»Er sieht nett aus, wirkt auch gut erzogen«, sagte Anna. »Ich hab die Mutter mal kennen gelernt, sie ist wohl Französin?«

»Ja, klar sieht er gut aus. Das weiß er auch. Und meine arme Schwester leidet. Ein Arschloch ist das!«

»Na, nun hat sie ja den Fabian beim Basketball kennen gelernt, der gefällt mir gut, weil er sanft ist und nicht so poltrig wie dieser Henryk von nebenan.«

»Ich fürchte nur, dass er verliebter in Katrin ist als sie in ihn«, sagte Lena.

»Aber sie verbringt doch viel Zeit mit ihm, demnach kann sie ihn wohl gut leiden.«

Fabian ging auf das Gymnasium, das auch Lena besuchte. Einmal verklickerte ihr eine Freundin auf dem Schulhof, Katrin und Fabian hätten eine Wette abgeschlossen: Wer als Erster 45 Kilogramm wiege, habe gewonnen.

»Quatsch«, sagte Lena, »das kann ich mir nicht vorstellen. Fabi ist so dünn und durchtrainiert – hast du da was verwechselt? Vielleicht wollen sie zunehmen?«

»Nein, Lena, glaub's mir, Fabian hat es mir selbst erzählt. Ich weiß nur nicht, ob ich es dir weitersagen darf. Lass dir Katrin gegenüber nichts anmerken, ja?«

»Nein, nein, ich sag nichts«, versicherte Lena ihrer Freundin. Und dann überlegte sie laut: »Aber stell dir das doch mal vor: zehn Kilogramm weniger, da würde sie aussehen wie ein Faden! Ich glaub das nicht. Das hat der Fabi sicher als Witz gemeint.«

Anna Lenck musste eines Morgens hinnehmen, dass Katrin ihre Frühstücksgewohnheiten änderte. Ruhig und bestimmt, wie es ihre Art war, lehnte sie das Müsli ab:

»Nein danke, Mum, ich möchte auch kein Nutellabrot mehr essen.«

»Möchtest du ein Ei zum Frühstück?«, bot Anna an.

»Nein danke, Mum, nur ein Brötchen.«

Anna wunderte sich nicht. Pubertät zeigt sich wohl in den seltsamsten Ausprägungen. Hatte sie doch auch akzeptiert, dass Katrin weder Fleisch noch Wurst essen mochte, seitdem im Unterricht von gesunder Ernährung und Massentierhaltung die Rede gewesen war. Anna ist zwar keine konsequente Vegetarierin wie Katrin, aber sie braucht eigentlich kein Fleisch, isst viel lieber Obst und Gemüse. So hatte sie Katrins Entscheidung in Ordnung gefunden und einen Weg, jedes Familienmitglied satt und zufrieden zu machen. Okay, nun also auch nichts Süßes mehr. Das Kind stellte sich eben Regeln auf, so wie es seine Tage strukturierte: Schule, Hausaufgaben, Basketball spielen – »Ich bin in der besseren Gruppe – yupieh!« –, täglich joggen, und dann diese extreme Formen annehmende Gymnastik. Mit ähnlicher Leidenschaft musizierte sie. Während ihr Saxophon noch etwas gequält klang, hörte sich die Sonate auf ihrer Altflöte schon sehr nach Mozart an. Und dann gab es diese kleine Breakdance-Gruppe. Andreas, Alex und Katrin hatten sich eine Geschichte ausgedacht: Die Jungen kämpften mit ihrem Tanz um das Mädchen, Katrin ließ sich umwerben. Sie beherrschte einige raffinierte Schritte und sie war das Schmuckstück der Truppe.

An einem Freitagabend im Mai traten die drei beim Frühlingsball im Gymnasium auf und ernteten viel Applaus. Christian Lenck war samt einem Kollegen und seiner Profiausrüstung gekommen, schließlich war er Kameramann, und hatte den Auftritt gefilmt, was dem Ganzen einen recht bedeutenden Anstrich gab. Katrin strahlte und war überglücklich.

Bis die Stimmung wieder umschlug. Was bei Teenagern doch völlig normal ist. Welche 15-Jährige findet sich schon rundum schön und richtig? In diesem Alter hadert jede und jeder mit sich. Die Haut zu picklig, zu rot oder zu blass, die Nase zu lang oder zu breit, die Beine zu dick oder zu staksig. Bei Katrin ging es um die Mitte:

»Meine scheißigen Hüften, die kotzen mich an!«, sagte sie eines Tages in ihr Spiegelbild und probierte ein Bikinihöschen an. Sie konnte noch so viel daran herumzerren, es war ihr zu weit.

»Spinnst du? Du hast doch gar keine Hüften«, konterte Lena, die sich vor einem der beiden Waschbecken im Bad die Wimpern tuschte.

»Na, guck doch mal, wie fett ich bin!«

»Ich seh nix. Außerdem bist du dran mit Badputzen, mach das mal, das ist gut gegen fette Hüften.«

Plötzlich ließ sie die Wimpernspirale sinken und musterte ihre Schwester von oben bis unten: »Sag mal, hast du schon wieder abgenommen? Der Bikini schlackert ja regelrecht an dir rum.«

»Deshalb will ich ja mit dir in die Stadt, einen neuen kaufen. Guck doch mal: Hier ist Fett und hier und dann dieser Arsch …«

»Katrin, du spinnst. Du bist dünn wie eine Fahrradspeiche. Und einen Arsch kann ich auch nicht entdecken.«

»Kann ich heute deine silbernen Armreifen und den breiten Ring haben?«, lenkte Katrin ab.

»Klar, kannst du haben«, sagte Lena. »Warte. Ich hole sie dir.«

»Scheiß-Jungs«, hörte sie Katrin murmeln, als sie zurück ins Bad kam.

»Um welche Scheiß-Jungs geht's denn diesmal?«

»Wie immer um Jean-Luc, aber auch um Fabi, das Arschloch.«

»Warum das denn?«

»Der hat 'ne andre. Luise hat ihn auf dem Marktplatz mit 'ner Tussi gesehen.«

»Warum soll er nicht mit einem Mädchen durch die Stadt gehen, vielleicht war es eine Klassenkameradin. Auf unserem Gymnasium gibt es schließlich Mädchen und Jungen – nicht wie bei dir in dieser katholischen Mädchenanstalt.«

»Luise hat gesagt, die hätten ziemlich verliebt getan.«

»Ey, Sister, warte doch erst mal ab und red selber mit ihm. Wir fahren jetzt einkaufen und in zwei Wochen mit Mum und Dad in die Toskana. Ich freu mich total drauf, und so, wie du aussiehst, kennst du schon am ersten Abend 'ne Menge anderer netter Jungs.« Und sie reckte sich, um ihre kleine Schwester zu umhalsen, und küsste sie schmatzend auf die Wange.

»So, und nun beeil dich, damit wir den Bus kriegen, und schmink dich nicht wieder 'ne halbe Stunde lang, bist schön genug – wir wollen nur einkaufen, nicht auf eine Party!«

Große, weite WELT – Lass dich grüßen …
Große, weite WELT – Lass dich umarmen …
Große, weite WELT – Bist du da für mich …
Große, weite WELT – Hast du einen Platz
*   für mich?*

Zwei Wochen San Vincenzo, Toskana. Die Eltern und die Schwestern hatten Zimmer in einem Hotel direkt am Meer. Katrin war unbeschwert und glücklich. Sie genoss das Zusammensein mit ihren Eltern und mit Lena, die alkoholfreien Cocktails, die aussahen wie echte, sie genoss die Ausflüge und Wanderungen mit der Familie. Wie von Lena vorausgesagt, spielte sie schon am zweiten Tag mit einer Truppe aus Norddeutschland Volleyball und Basketball, als ob sie dazugehörte. Als die Truppe nach einer Woche abreiste, fand Katrin das zwar »voll scheiße«, aber schon drei Tage später traf sie andere junge Leute, mit denen sie Sport treiben, tagsüber am Pool toben und abends am Meer sitzen konnte. Und dann tauchte Salvatore auf, ein schöner Junge, mit dem sie sich in einem lustigen Mischmasch aus Französisch und Englisch verständigte. Er verliebte sich sofort in sie, schenkte ihr eine Art Starfoto von sich und schrieb zärtliche Zettel. Katrin fühlte sich sehr erwachsen. Sie genoss es, vom schönsten Jungen des Strandes umschmeichelt zu werden.

Was nicht heißt, dass dieser Latin Lover Jean-Luc aus ihrem Kopf vertreiben konnte.

Lena, die Kunstgeschichte studieren wollte, begann ein Praktikum in einem Museum, Katrin besuchte die zehnte Klasse. Anna Lenck arbeitete bis mittags in der Stadtverwaltung und war häufig schon zu Hause, wenn Katrin aus der Schule kam. Sie kochte dann etwas, saß mit ihr, manchmal auch mit beiden Mädchen, an dem ovalen Holztisch im großen Wohnzimmer, sie aßen, redeten über den Tag, lachten, waren fröhlich. Christian Lenck war häufig tage- und wochenlang unterwegs, oder er kam erst spätabends nach Hause, so dass die Familie nur an den Wochenenden komplett um den Tisch saß.

Lena fiel zuerst auf, dass Katrin sich immer kleinere Portionen nahm. Dass sie heiter plauderte, die anderen in Gespräche verwickelte, aber das Essen auf ihrem Teller hin und her schob.

Einmal verlor Lena die Fassung:

»Jetzt iss endlich ordentlich!«, schrie sie quer über den Tisch.

»Ich esse doch«, erwiderte die und lächelte ganz lieb in die Runde.

»Nein, du stocherst nur rum, das kann man ja nicht mit ansehen.«

Anna und Christian, die sich gegenübersaßen, guckten sich erschrocken an und schwiegen.

»Sie kriegt sich schon wieder ein, das ist vielleicht die Pubertät«, sagte Anna später zu Lena, als beide die Küche aufräumten, Katrin joggen und Christian nach oben in sein Zimmer gegangen war.

»Ja, merkst du denn nicht, dass ihr ganzes Verhalten nicht normal ist? Das hat nichts mit Pubertät zu tun, dieses wilde Gejogge, dieses manische Rumgehampel beim Fernsehen! Ihr Pausenbrot schmeißt sie übrigens weg oder verschenkt es. Die hat doch was, das ist krank!« Lena geriet wieder in Rage.

»Das Pausenbrot isst sie nicht? Woher weißt du das denn?«

»Von Tatjana. Erst hat sie sich gefreut über die leckeren Brote, die du so schön bunt belegst und die Katrin ihr geschenkt hat. Dann fiel ihr auf, dass Katrin in der Schule nie auch nur einen Bissen isst. Und als Tatjana die Brote mal ablehnte und mit Katrin darüber reden wollte, habe sie nur gelacht.«

Anna sperrte den Mund auf und holte Luft, aber bevor sie ein Wort sagen konnte, redete Lena weiter: »Ich kenne das übrigens von Antonia, du weißt schon, die aus meinem

Leistungskurs Deutsch. Ich hatte nie gesehen, dass sie in der Schule was anderes aß als einen Apfel. Dafür trank sie literweise schwarzen Kaffee und rauchte wie ein Schlot. Wenn die übern Schulhof ging, musste sie aufpassen, dass sie nicht in den Gully fiel, so dünn war sie.«

»Und warum aß sie nichts?«

»Weil sie dünn sein wollte. Kohlenhydrate machen dick, also aß sie weder Brot noch Kartoffeln, Reis oder Nudeln. Total bekloppt.«

Die beiden standen sich in der nun aufgeräumten Küche gegenüber, Anna an den Schrank, Lena an die Spüle gelehnt.

»Und wie hast du auf Antonias Verhalten reagiert? Hast du sie daraufhin angesprochen?«

»Na klar. Ich war derart wütend, wenn ich sah, wie sie an ihrem Apfel rumknautschte, dass ich ihr knallhart sagte: Du ruinierst deine Gesundheit, wenn du so weitermachst, siehst jetzt schon aus wie ein Zahnstocher … Sie hatte dann einen Freund, der fand sie auch zu dünn. Hat sie voller Empörung erzählt. Aber vielleicht hört sie ja doch irgendwann auf den.«

Anna sah sinnend aus dem Fenster, an dem just in diesem Moment das alte Ehepaar von der Ecke Hand in Hand vorbeikam. Anna wurde immer ganz warm ums Herz, wenn sie die beiden Alten sah.

»Antonias Mutter ist doch diese Kleine, etwas Rundliche, die bei mir in der Verwaltung arbeitet?«, wandte sie sich wieder ihrer Tochter zu.

»Ja, genau. Weißt du, was die beiden im Urlaub auf Fuerteventura gemacht haben? Jeden Tag etliche Stunden im Fitness-Studio verbracht!«

»Antonias Eltern sind geschieden, soviel ich weiß – ist der Vater nicht alkoholkrank?«

»Genau, er lag lange im Krankenhaus, weiß nicht, weshalb. Aber zu dem hatte Antonia keinen guten Draht, sie wollte ihn nicht sehen.«

»Warum nicht?«

»Weiß nicht, sie sprach nie drüber.«

»Hast du noch Kontakt zu dem Mädchen?«

»Nö, und ich bin auch nicht traurig drüber. Ich konnte das Elend eh nicht mehr sehen. Auch Antonias Mutter finde ich schwierig, also etwas unerwachsen«, erzählte Lena weiter. »Ich glaube nicht, dass Antonia bei ihr irgendeinen Halt findet.«

»Wie kommst du darauf?«

»Einerseits mäkelte sie an ihr rum und machte sie klein – du musst was für deine Haut tun, siehst schon ganz grau im Gesicht aus; schlurf nicht so durch die Gegend wie eine alte Frau; Rot steht dir überhaupt nicht, wieso ziehst du diesen Pullover an? – und andererseits überschüttete sie sie mit Geschenken. Eine Mutter muss doch ein Maß kennen und das Selbstbewusstsein ihres Kindes stärken – oder?«

»Das hab ich zumindest immer bei euch beiden versucht.«

»Und auch ziemlich gut hingekriegt«, bestätigte Lena. »Wir sollten nur aufpassen, dass Katrin nicht aus dem Ruder läuft.«

Sie stieß sich vom Rand der Spüle ab und gab ihrer Mutter einen Kuss auf die Wange. »Tschüss, Mama, ich muss geschwind in den Copy-Shop.«

Anna blieb noch eine Weile sinnend stehen. Ob Katrin

eine Ess-Störung hat? Und was unterscheidet eine Diät von einer Ess-Störung? Verschwindet so was wieder von selbst? Oder ist das eine ernstzunehmende Krankheit? Aber vielleicht sind das alles nur extreme, aber letztlich doch pubertäre Symptome, beruhigte sie sich und holte Bügelbrett und Bügeleisen aus der Kammer.

Manchmal sah sie fern oder hörte Radio beim Bügeln. Doch dieses Mal ließ sie der Gedanke nicht los, dass irgendetwas mit ihrer jüngeren Tochter nicht stimmen könnte. Sie würde sich morgen in der Bibliothek und im Internet umschauen.

Warum bin ich so, wie ich bin
Warum bin ich so?
Und nicht Mister Soundso ...
Wie ein kleiner Floh
In einem großen Zoo.

Katrins Stimmung verdüsterte sich. Anna forschte behutsam nach der Ursache. Aber mehr, als dass sowohl Tatjana als auch Sarah und Luise sich verliebt hatten und nun die meiste freie Zeit mit ihren Freunden verbrachten, war nicht rauszukriegen.

Katrin fühlte sich zurückgesetzt, war gekränkt.

»Aber Katrin, du bist doch mit Fabian befreundet und unternimmst auch viel ohne die Mädchen – Joggen, Basketball, Altflöte, Saxophon, Breakdance. Eine Freundschaft muss doch nicht daran zerbrechen, dass man nicht mehr jeden Tag stundenlang zusammenhockt«, versuchte Anna zu trösten.

»Aber die interessieren sich überhaupt nicht mehr für mich, ich fühl mich so fehl am Platz mit denen. Ich hab noch nicht mal was von San Vincenzo erzählt. Die haben nie Zeit, immer was anderes vor.« Katrin saß da mit hängenden Schultern, die Augen ziellos in den Garten gerichtet.

»Das glaub ich nicht, dass sie das Interesse an dir verloren haben, sie sind doch seit Jahren deine besten Freundinnen und …«

Weiter kam sie nicht. Katrin schob den Stuhl zurück und zischte: »Ja, eben drum. Ach, lass mich doch in Ruhe«, und verschwand für die nächsten zwei Stunden in ihrem Zimmer.

Immer öfter kam sie jetzt mit mürrischem Gesicht aus der Schule und meldete: »Hi, Mum, ich leg mich erst mal oben hin. Und wenn jemand anruft: Ich bin nicht da.«

»Aber Katrin, willst du nicht erst was mit mir essen?«

»Jetzt nicht, ich hab Kopfweh. Muss schlafen. Nachher vielleicht.« Und das Nachher wurde auch immer unerfreulicher.

»Mir schmeckt dies nicht … Das ess ich nicht … Ich mag das nicht … Ich hab keinen Hunger, hab schon gegessen …«, hörte Anna ein ums andere Mal. Auch sie wurde traurig, zumal ihr nicht entging, dass Katrin immer mehr abnahm.

»Hast du wenigstens das Schulbrot gegessen, das ich dir gerichtet hab? Hat es dir geschmeckt?«

»Hm«, brummte Katrin unbestimmt.

»Wirklich?«

»Ja doch!«, brüllte Katrin. Und Anna schwieg erschrocken, rat- und hilflos.

Eines Tages saßen Anna und Katrin in der frühen Herbstdämmerung auf dem weinroten Samtsofa und tranken Tee.

Katrin gab sich an dem Tag weniger aggressiv als sonst, sie erzählte wie früher von der Schule, von »Independence Day«, dem Film, den sie am Tag zuvor mit Lena, Fabian und Andreas gesehen und der sie sehr beeindruckt hatte. Plötzlich kuschelte sie sich an ihre Mutter.

»Mama, ich hab nichts mehr anzuziehen. Mir passt nix mehr.«

»Das seh ich, meine Kleine.«

»Kannst du nicht mal wieder mit mir einkaufen fahren, so wie früher? Bitte!«

Anne Lenck war längst klar, dass Katrin nicht mehr lange kaschieren konnte, wie sehr die Sachen an ihr hingen. Ohne Gürtel wären die Hosen einfach runtergerutscht. Sie war froh, dass Katrin das Thema ansprach, von sich aus hätte sie nichts gesagt, zu schwierig war im Moment der Umgang mit ihrer jüngsten Tochter. Wie beiläufig sagte sie jetzt: »Aber ja, das können wir gern tun. Morgen? Wir schauen mal, ob wir ein paar T-Shirts und ein bisschen Wäsche finden.«

Anna schob ihre Tochter etwas von sich weg und betrachtete sie: »Ich denke, du brauchst jetzt Größe 34. Kann das stimmen?«

»Wahrscheinlich.« Katrin lächelte ihre Mutter an.

Die überlegte laut: »Der Anorak wird dir sicher noch passen. Was hältst du davon, wenn ich dir in die helle und die schwarze Hose Abnäher nähe?«

Katrin nickte und legte ihren Kopf wieder an Annas Schulter.

»Danke, Mama. Ich hab dich lieb!«

»Ich dich doch auch. Sehr sogar. Deshalb möchte ich, dass du wieder zunimmst, dazu musst du aber mehr essen.«

»Das will ich ja, aber ich kann nicht.«

»Warum kannst du nicht? Tut dir etwas weh?«

»Nein, es ist nichts, aber ich kann eben nicht essen.«

»Wollen wir es beide versuchen? Ganz langsam? Nachher mach ich für uns Spätzle mit Tomatensoße, ich mach die Spätzle selbst, wie immer – das ist doch dein Lieblingsgericht.«

Katrins Ja kam wie ein Hauch.

»Wir könnten dann morgen nach dem Einkaufen in ein Café gehen und ein süßes Stückchen essen – magst du? Oder zu Marchais oder McDonald's – such es dir aus.«

Anna Lenck warf alle ernährungsphysiologischen Bedenken über Bord, Hauptsache, das Kind aß wieder normal.

»Ja, Mama, danke«, und sie umarmte ihre Mutter so heftig wie schon lange nicht mehr.

Wenige Tage später, Christian Lenck war einige Zeit beruflich unterwegs gewesen, bog er an einem frühen Nachmittag langsam mit dem Audi in die Jägerstraße ein. Da kam ihm Katrin entgegen. Christian erschrak und fuhr noch langsamer. Mensch, Katrin, dachte er bei sich, was ist denn los? Du warst immer so ein offenes Mädchen … Was ist bloß mit meinem Kind geschehen? Sie hatte sich verändert. War ihm früher nichts aufgefallen? So lange war er doch gar nicht weg gewesen. Was war mit den Haaren passiert?, fragte er sich. Früher sind sie locker gefallen, jetzt streng nach hinten gekämmt und hochgesteckt, ohne die schmeichelnden Strähnen. Sie war ungeschminkt. Und irgendwie wirkte auch ihre Kleidung anders auf ihn als sonst. Das war kein junges Mädchen mehr, das gefallen wollte, dachte sich Christian. Das war nicht seine Katrin, die fröhlich auf andere Menschen zuging, die offen war für ihre Umwelt. Diese Haltung, dieser Blick – sie schien völlig nach innen gekehrt. Sie glänzte nicht mehr. Sie war so ... ja, so stumpf. Er war zutiefst erschrocken.

Abends, als Katrin oben in ihrem Zimmer war, saßen sich Anna und Christian am Esstisch gegenüber, zwischen ihnen eine Kanne Tee und die Sorge um die Tochter.

»Es kommt mir vor wie ein ...« Christian stockte, das Wort erschien ihm sehr gewaltig, aber dann sprach er es doch aus: »... wie ein Rückzug. Als wolle sie mit niemandem zu tun haben, auch nicht mit mir.«

»Sie zieht sich tatsächlich zurück«, sagte Anna. »Früher saß sie zwar auch stundenlang in ihrem Zimmer, lernte zielstrebig, wollte unbedingt gute Noten haben – aber man konnte sie stören. Heute darf man sich nicht mal in die Nähe des Zimmers wagen. Sie klagt häufig über Kopfschmerzen, offenbar hat sie auch Kreislaufprobleme, denn manchmal ist ihr schwindlig. Nach der Schule ist sie erschöpft, sie trainiert nicht mehr jeden Tag – worüber ich nicht wirklich traurig bin, aber sie isst immer weniger. Lena hat mir erzählt, sie würde in der Schule die Brote, die ich ihr mitgebe, verschenken.«

»Ist sie vielleicht schwanger? Auf dieser Nonnenschule werden doch einige schon mit 14 oder 15 schwanger?«, fragte Christian, dem die katholische Mädchenschule von Anfang an suspekt war. Er hätte auch seine jüngere Tochter lieber auf einem staatlichen Gymnasium gesehen, aber Katrin wollte auf diese Realschule und Anna hatte den Wunsch unterstützt. 27 Mädchen in einer Klasse, einige Fächer unterrichteten Franziskanerinnen, den Tag mit einem Gebet beginnen, genügend Zeit für Wertevermittlung und Alltagsgespräche – Anna fand ihre Tochter unter solchen Bedingungen besser aufgehoben als in einer öffentlichen Schule.

»Natürlich ist sie nicht schwanger, Christian. Du weißt doch, wie kindlich sie noch ist – trotz ihrer 15 Jahre! Als Jean-Luc noch hier gewohnt hat, hab ich mal mit Katrin das Thema Pille angeschnitten. Sie war ganz aufgeschlossen, hat mir offen gesagt, dass sie es schön finde, mit Jean-Luc zusammen zu sein, dass sie aber auf keinen Fall mehr wolle. Sie fühle sich noch nicht so weit.«

»Und mit Fabian …?«

»Nein, nein, dann wäre sie zu mir gekommen, das weiß ich.«

»Aber die Jungs waren doch schon hinter ihr her, als sie erst zehn oder elf war!«

»Weil sie schon immer reifer wirkte, als sie war, das ist ja das Dilemma. Auch heute noch. Sie wirkt doch nicht wie 15 – sie wirkt wie eine erwachsene junge Frau! So einen Eindruck macht sie natürlich auch auf junge Männer. Erinnere dich doch mal, wie sehr dieser Salvatore in San Vincenzo hinter ihr her war. Nur wer länger mit ihr redet, sie näher kennen lernt, begreift, was für ein Kind sie noch ist!«

»Ich glaube auch, dass Lena darunter leidet, für die Jüngere gehalten zu werden, nur weil sie kleiner ist als Katrin«, sagte Christian. »Lena ist selbstbewusst und klug, sie liebt ihre Schwester sehr und möchte sie eher beschützen, aber manchmal tut es ihr wohl weh, als die Kleine zu gelten.«

»Ich denke, es ist für beide Mädchen nicht einfach. Katrin leidet sicher mehr darunter. Ich hab immer gespürt, dass sie damit überfordert ist, schon so erwachsen zu wirken. Sie hat eine so empfindliche Seele – und alle halten sie für stark. Die Barbara sagt immer, ich würde Katrin viel zu sehr betuddeln …«

»Welche Barbara meinst du jetzt?«

»Lillys und Pauls Mutter. Die hat meine Sorge um Katrin nie richtig verstanden, schon damals nicht, als die Kinder noch klein waren. Katrin wirkt zwar stark, ist temperamentvoll und durchsetzungsfähig, aber dieses äußere Bild stimmt nicht mit dem überein, was innerlich in ihr vorgeht. Das sieht nur niemand.«

Was ist eigentlich der Unterschied zwischen dem, was Eltern von der Art ihres Kindes wahrnehmen, und dem, was dieses Kind fühlt?, dachte Christian. Laut sagte er: »Ja, du hast recht, vermutlich überfordern sie diese Erwartungshaltungen, die von außen an sie herankommen. Ich spüre das ja auch, aber ich weiß nicht, wie ich ihr helfen, sie schützen kann.«

Anna schob ihre Hand über den Tisch und legte sie auf seinen Arm. »Niemand kann sie schützen, Christian. Auch Lena nicht. Die hat das ja auch gespürt. Sie hat mir mal erzählt, dass Katrin immer sehr stolz ist, wenn diese fast erwachsenen jungen Männer – viele gehen ja in Lenas Gymnasium – sich um sie bemühen, sie anhimmeln, ihr Briefe schreiben, sie anrufen. Der ist aber süß! Das ist aber nett!, waren dann ihre Kommentare. Solange es beim Briefchenschreiben und Kindertechtelmechtel blieb, ist alles gut. Sobald die ihr näher rücken, wird ihr das zu viel und sie zieht sich zurück.« Sie trank einen Schluck Tee. Dann sagte sie noch: »Sie weiß, dass sie mit allen ihren Sorgen und Problemen zu uns kommen kann – mehr können wir im Moment nicht tun.«

»Katrin hat offenbar Sorgen oder Probleme, aber kommt damit nicht zu uns. Hat sie Stress in der Schule?«, fragte Christian.

»Ihre Freundinnen verbringen nicht mehr so viel Zeit mit ihr wie früher, das hat sie wohl sehr gekränkt. Inzwischen haben sich die Mädchen aber wohl wieder vertragen, Luise und Sarah waren jedenfalls neulich hier und mit Tatjana hat sie auch lange telefoniert. Das kann es wohl nicht sein.«

In diesem Moment kam Lena nach Hause, küsste ihre Eltern auf die Wange und ging gleich an ihnen vorbei in die Küche.

»Ich mache mir ein Brot, möchte jemand was von euch? Ich hab Riesenhunger.«

»Nein danke, Schatz, wir haben schon gegessen«, sagte Anna.

»Ging es eben um Katrin und ihre Freundinnen?«

»Ja.«

»Nehmt das nicht so ernst. So arg, wie die sich immer streiten, so arg sind sie dann auch wieder befreundet. Das war schon immer so ein Hin und Her: Stress und Streit und Krieg – und dann waren sie wieder ganz dicke und kamen kaum auseinander. So was kenn ich überhaupt nicht. Ich zank mich zwar auch mal mit jemandem, aber zwei Tage später ist das wieder vorbei. Katrin ist da viel extremer als ich.«

»Vielleicht ist der Druck in dieser Schule doch zu stark für sie«, wandte der Vater ein.

»Wie meinst du das?«

»Weil dort vorwiegend Frauen unterrichten, stehen die alle unter einem ziemlichen Erfolgszwang – sie müssen besser sein als die Lehrer an anderen Schulen. Und diesen Druck geben sie weiter an die Mädchen. Die bringen zwar erwiesenermaßen wirklich sehr gute Leistungen – aber um welchen Preis?«

»Genau«, hakte Lena ein. »Ich hatte noch nie 'ne gute Meinung von dieser Schule. Ich finde es furchtbar, dass man dort dazu erzogen wird, andere nur als Konkurrenz zu sehen.«

»Nein, ich glaube nicht, dass es die Schule ist. Katrin war schon in der Grundschule sehr ehrgeizig«, sagte Anna.

Eine Weile war es still im Raum. Alle drei hingen ihren Gedanken nach. Dann kam Anna eine Idee:

»Ob dieser Henryk wieder zudringlich geworden ist?«

»Wieso?«, fragte Lena.

»Welcher Henryk?«, fragte fast gleichzeitig Christian.

»Der von nebenan. Katrin hatte mich gebeten, euch nichts zu erzählen, sie hatte sich so geschämt.«

»Erzähl schon, was war denn gewesen?«, wollte ihr Mann wissen.

»Also, es war so, dass ich bei Henryks Mutter im Garten saß, Katrin und Henryk spielten in seinem Zimmer am Computer. Später hat sie mir erzählt, er habe sie unten angefasst. Als sie aus dem Zimmer laufen wollte, habe er sie daran gehindert. Und da hat sie wohl richtig Angst bekommen, dass er mehr mit ihr machen könnte. Er hat sie dann zwar gehen lassen, aber für sie hatte die Situation etwas Bedrohliches. Du kennst ihn ja, er ist fünf Jahre älter als sie, größer und auch ziemlich kräftig. Dieses Gefühl, sich nicht wehren zu können, ausgeliefert zu sein, das hat sie lange verfolgt. Seitdem geht sie Henryk aus dem Weg.«

»Und wann war das?«

»Vor drei oder vier Jahren.«

»Hast du eigentlich was unternommen, nachdem sie dir das erzählt hat?«, fragte Lena.

»Ja, ich hab mit Henryks Mutter darüber gesprochen, aber die meinte, das müsse ich mit Henryk klären, sie könne dazu nichts sagen. Er kam zufällig dazu, behauptete, Katrin würde spinnen, das sei alles erfunden und totaler Quatsch. Das hat mich ziemlich aufgebracht, ich hab gesagt, warum sollte sie sich so was ausdenken? Dann hab ich das Gespräch abgebrochen, war ja ohnehin sinnlos.«

»Dass du nie davon gesprochen hast …«, sagte Christian.

»Du, sie hatte mich so inständig gebeten, niemandem davon zu erzählen, dir nicht und auch nicht Lena – sie hat sich so geschämt.«

Lena pickte mit der Zeigefingerkuppe Krümel vom Teller. Christian fuhr sich mit der Hand über die Augen. Er war müde, es lagen anstrengende Tage hinter ihm, wie so oft, aber das allein war es nicht. Er sorgte sich um seine Tochter.

»Ich geh mit ihr zur Frau Dr. Lüdenscheidt«, sagte Anna und räumte das Geschirr in die Küche.

»Meinst du, dass sie die Richtige ist?« Christian blickte wieder auf.

»Sie ist Hausärztin und soll erst mal checken, ob organisch alles in Ordnung ist. Dann sehen wir weiter. Komm, lass uns jetzt schlafen gehen.«

Christian umarmte seine Frau, hielt sie lange fest.

Die Arztpraxis lag etwas außerhalb bergauf. Das erste Mal fuhr Lena ihre Schwester mit dem Auto dorthin, weil Anna verhindert war. Als die beiden im Wartezimmer saßen, steckte Frau Dr. Lüdenscheidt ihren Kopf durch die Tür, um der Schwester etwas mitzuteilen.

Die ist ja total durchgeknallt, dachte Lena bei ihrem Anblick – das Klischee von 'ner schrulligen Homöopathin. Und die soll Katrin helfen können? Himmel!

Da wurde Katrin auch schon aufgerufen. Und Lena hatte kein gutes Gefühl, als sie da im Wartezimmer hockte.

Die Ärztin prüfte Katrins Blutdruck: 80:60, ließ sie messen und wiegen: 1,76 Meter, 50,2 Kilogramm. Verordnete ein Langzeit-EKG. Sie verschrieb Aufbaupräparate, kreislaufstabilisierende Spritzen und Tabletten, Bachblüten, vor allem Bachblüten.

Einmal fuhr Anna Lenck ihre Tochter in die Praxis und bestand auf einem Gespräch mit der Ärztin. Die hielt ihr einen Vortrag, den Anna am Abend, immer noch empört, für Christian zusammenfasste:

»Sie hat mich für Katrins Zustand verantwortlich gemacht – ich sei eine überbesorgte Mutter. Ich solle das Mädchen einfach mal lassen. Und das Thema Essen sollte in der Familie überhaupt nicht mehr angesprochen werden, mit keinem Wort. Und wir sollen sie um Gottes willen nicht bedrängen. Wenn sie essen wolle, sei es gut, wenn sie nicht essen wolle, sei es auch gut. Ich hab das Gefühl, die würde uns Katrin am liebsten wegnehmen!«

Anna kamen die Tränen und Christian nahm sie in den Arm.

»Hat sie denn was von einer Ess-Störung gesagt?«

»Ja, aber mir scheint, das Thema ist für sie sehr nebulös.«

»Es gibt doch noch mehr Ärzte, Anna, sie muss doch nicht bei ihr bleiben! Was hat denn Katrin erzählt?«

»Nicht viel. Sie habe mit der Ärztin einen Vertrag geschlossen, sie werde nicht mehr abnehmen.«

»Mehr nicht?«

»Nein.«

»Und wie soll das gehen?«

»Das würden die Ärztin und sie aushandeln und die Ärztin würde es kontrollieren.«

Anna schwieg eine Weile, dann sagte sie: »Neulich haben wir drüber gesprochen, und jetzt ist es wieder so: Diese Dr. Lüdenscheidt hält Katrin wahrscheinlich für verständiger und reifer, als sie ist, und mutet ihr mehr an Verantwortung zu, als ihr zuträglich ist. Und die versucht natürlich, dem Anspruch gerecht zu werden. Mir ist nicht wohl bei der Sache.«

»Warten wir's doch erst mal ein paar Tage ab.«

Katrin ging weiterhin zu der Ärztin, aber was dort geschah, erfuhren weder ihre Eltern noch ihre Schwester. Und wenn Anna doch mal fragte, was Katrin gerne essen wolle – aus Sorge oder aus alter Gewohnheit –, oder wenn Lena bei einer gemeinsamen Mahlzeit rausrutschte: »Nun iss doch endlich, Katrin!«, dann brüllte die los:

»Wir haben ausgemacht, es gibt keine Information über Essen, überhaupt kein Gespräch darüber! Lasst mich in Ruhe!«

Und die drei anderen schwiegen. Und hatten Mühe, die Situation auszuhalten.

Die ungezwungene, offene Atmosphäre, die früher an diesem ovalen Holztisch mit Blick in den Garten geherrscht hatte, die gab es plötzlich nicht mehr.

Im Tagebuch kein Wort über diesen Vertrag. In unregelmäßigen Abständen nur »Ärztin« oder »Blut abnehmen« oder »Lüdenscheidt, hab ewig gewartet«.

Nach außen hin funktionierte Katrin weiter. Für die Hausaufgaben brauchte sie nicht allzu viel Zeit, nur in Mathe bekam sie Nachhilfe; sie machte sich dennoch Sorgen vor jeder Klassenarbeit. Sie kaufte Chopin-Noten und spielte im Flöten-Ensemble der Musikschule und mit Susanne, die zwei Jahre älter war als sie, im Duett. Auf dem Saxophon lernte sie die hohen Töne sauber blasen. Sie trainierte Basketball, lief Inlineskates und joggte. Sie stritt und versöhnte sich mit Fabian. Wartete auf ein Lebenszeichen von Jean-Luc. Traf sich mit ihren Freundinnen und Freunden, ärgerte sich ab und zu über sie und dann war alles wieder gut. Sie rasierte sich die Beine, ließ sich beim Friseur einen Zickzackscheitel machen. Sie kaufte Weihnachtsgeschenke, hockte gerne mit Lena zusammen. Irgendjemand schenkte ihr das Werbeposter einer Parfümfirma und behauptete, Katrin sähe dem Model ähnlich, was ihr sehr gefiel. Ab und zu, so steht es im Tagebuch, hatte sie keinen Bock mehr auf irgendetwas. Und ein paar Mal musste sie die Schule früher verlassen, weil es ihr nicht gut ging. Sie war eifersüchtig auf Fabian, beschimpfte ihn, telefonierte stundenlang mit ihm und fand ihn wieder süß. Manchmal hatte sie Kopfweh.

Mein kleiner strahlender Schutzengel

Ich denke ihn mir leuchtend, strahlend;
Er ist ganz winzig –
Doch er hat eine unermessliche KRAFT
  in sich
              verborgen
seine Wärme umhüllt mich, ist immer bei
mir – lässt mich nicht im Stich,
             lässt mich nicht ALLEIN …
Er gibt mir neuen MUT, neue KRAFT
Lässt mich nicht aufgeben,
           klein werden,
lässt mich nicht »verschwinden« …
Er hat kein Gesicht,
keine bestimmte Gestalt,
doch große, weite, unglaublich schöne
         FLÜGEL,
die ihn überallhin tragen …
In ihnen steckt all seine Liebe, die er
         SCHENKT …
Jene Liebe, die mich sanft, sachte,
         wärmend, leicht und
sogleich befreiend umhüllt …
         und die JEDER in diesem
ganzen Universum braucht
         (und VERDIENT HAT!)

Und dann war Heiligabend. Nachts um halb zwei schrieb sie in ihr Tagebuch:

»Mittags sind wir – Daddy, Lena und ich – zum Kahlberg gefahren, Schlittenfahren, war echt gut. Danach in so 'ne Hütte, was trinken, Daddy ist dann noch Langlauf gefahren. Mit Lena Karten gespielt, wir haben uns fast totgelacht, war genial! Home, schnell geduscht, Essen, Bescherung, war schön. Abends mit Family in die Kirche, war schon voll, wir mussten stehen. Schöner Tag.«

2. Kapitel

1997: 41 Kilogramm

»Nein, Fabi, bitte nicht«, flüsterte Katrin und zerrte ihren Pullover wieder zurecht.

»Ich mach doch gar nichts. Ich werde nichts tun, was du nicht auch willst, versprochen.«

Er küsste sie wieder. Als er spürte, dass sie den starren Widerstand aufgab, gingen seine Hände erneut zielstrebig auf die Suche.

Es war ein gewöhnlicher Winterwochentag. Nach der Schule hatte Katrin das Andante aus Mozarts D-Dur-Flötenkonzert geübt. Der erste Teil gelang ihr schon so spielerisch-weich und einfühlsam, dass sogar Lena gern zuhörte. Auch die Triller bereiteten Katrin keine Mühe. Nur am Ende, in dem es flott über zwei Oktaven rauf- und runtergeht, stolperte sie noch heftig. Nach einer Stunde hatte sie das Instrument beiseitegelegt und war zum Basketballspielen gegangen. Dort hatte sie Fabian getroffen, und nach dem Spiel gingen beide Hand in Hand zu Katrin in die Jägerstraße. Ihre Eltern besuchten mit Freunden ein Konzert, und Lena, frisch verliebt, war mit ihrem Freund im Kino.

Sie hatten Cola light aus dem Keller geholt, ein bisschen ferngesehen und waren nach oben in Katrins Zimmer gegangen.

»Hast du mal Ballett gemacht?«, hatte Fabian gefragt und

auf die kleinen rosa Schuhe gezeigt, die an der Wand hingen.

»Lange her, mit sechs, sieben.«

»Du probierst wohl alles aus?«

»Ja, klar, du nicht? Ich will rauskriegen, was ich am besten kann.«

»Und bei allem, was du tust, willst du perfekt sein.«

»Perfekt nicht, aber gut. Was willst du hören – die Backstreet Boys? Take That? Janet Jackson?«

»Janet – hast du die Scheibe mit ›That's the way love goes‹?«

»Klar.«

Als Katrin eine Öllampe anzünden wollte, hatte er abgewehrt, sie von hinten umfasst und ihr ins Ohr gewispert: »Lass mal, dein Parfüm ist Duft genug hier. Wonach riechst du heute?«

Und er hatte nacheinander auf die Flaschen mit ck-One, L'eau d'Issay und L'Eau Vive neben dem CD-Player gezeigt, aber eigentlich interessierte ihn das herzlich wenig, in diesem Moment schon gar nicht.

Er hatte ihre langen Haare mit beiden Händen hochgehoben und in die kleine Delle an ihrem Hals genuschelt: »Mach ein paar Kerzen an und komm.«

Sie wollte ihn zu dem einzigen Sessel dirigieren und sich auf den Schreibtischstuhl setzen, aber er hatte sie zum Bett gezogen, ohne mit Küssen und Streicheln aufzuhören.

Katrin küsste und streichelte zurück und genoss. Er küsste weicher als Salvatore damals, im letzten Sommer, der nicht viele Worte gemacht hatte. Und er küsste zwar fordernd, doch nicht so besitzergreifend wie Jean-Luc, aber nein, um Gottes willen, nicht jetzt an Jean-Luc denken, jetzt ist Fabian da, und sie schlang ihre Arme fest um seinen Oberkörper, der kaum breiter war als ihrer.

»Zieh wenigstens den Pullover aus«, bat er. Als wollte er ihr die Entscheidung erleichtern, zerrte er sich T-Shirt und Pullover zusammen über den Kopf, dass seine dunklen Haare hochstanden wie gegelt. Sie strich mit der Handfläche über seine nackte, glatte Brust. Er hielt ihre Hand fest, fuhr mit der Zunge leicht über ihren Handteller, ihr lief ein Schauer über den Rücken. Er forderte: »Und nun die Jeans. Hab keine Angst, ich fass dich nur an, ich hab's versprochen.« Und als sie sich noch zierte, fragte er behutsam: »Oder hast du deine Tage und schämst dich? Brauchst du nicht.«

Sie hielt kurz die Luft an, der Gedanke an ihre Periode bremste augenblicklich dieses aufregende Flirren, das Fabian eben in ihrem Körper erzeugte. Seit Dezember wartete sie auf ihre Tage, jetzt war gleich März.

»Nein, hab ich nicht«, sagte sie schnell und zog mit einem Ruck die Jeans aus, als wolle sie damit auch eine unbestimmte Furcht verscheuchen.

Und dann lagen sie beide da, er in Boxershorts, die deutlich von seiner Verfassung zeugten, sie in BH und Slip.

»Du bist so schön«, murmelte er zwischen wilden Küssen, ein Satz, der sie wieder weich stimmte. Ja, sie fand sich auch schön. Vor acht Wochen hatte sie in ihrem Tagebuch notiert: »Ich wiege 51 kg – noch 1 kg!« Und gerade gestern konnte sie eintragen: »Ich hab's geschafft! 85 – 60 – 90 = 49,5 kg!!!«

Aber davon wusste Fabian nichts. Und während Janet

sang: »You know …«, hörte Katrin auf, sich gegen Fabians gierige Hände und Lippen zu wehren, ohne die Kontrolle ganz aufzugeben. Sie fühlte sich geliebt, begehrt, bestätigt. Ihr schwindelte. Und als Janet Jackson schwieg, sang sie Fabian leise ins Ohr: »I believe I can fly. I believe I can touch the sky …«

Das letzte Vierteljahr vor dem Abschluss der 10. Klasse hatte begonnen. Katrin bereitete sich auf die Prüfungen vor. Richtig anstrengen musste sie sich nicht. In Französisch stand sie 1,6, die Eins wollte sie unbedingt halten. Auch Deutsch, Geschichte, Kunst und die naturwissenschaftlichen Fächer bereiteten ihr keine Probleme, in allen sportlichen Disziplinen war sie spitze. Nur Mathe fiel ihr nicht so leicht, aber da konnte Christian helfen. Geduldig erklärte er ihr Wurzelfunktionen, Potenzen, trigonometrische Gleichungen.

Von der Schule kam Katrin meist so müde heim, dass sie sich für eine halbe oder eine Stunde ins Bett legte. Danach war sie mit ihrem üblichen Pensum aktiv bis zum Schlafengehen, als müsse sie die genossene Ruhe wieder wettmachen, der Entspannung erneute Anspannung entgegensetzen. Am liebsten hätte sie noch ein Klavier gehabt. Christian hätte ihr vermutlich auch diesen Wunsch erfüllt, und einmal haben sich beide in einem Musikaliengeschäft Instrumente angeschaut. Der Kauf scheiterte allerdings daran, dass es für ein Klavier keinen Platz im Haus gab. Manchmal fuhr sie mit Lena in die Stadt zum Shoppen, manchmal auch mit Anna. Und als Anna ihr die tolle Lederjacke gekauft hatte, an der Katrin schon mehrfach mit sehnsüchtigem Blick vorbeigegangen war, ließ sie sich widerspruchslos von ihrer Mutter in ein Restaurant einladen und aß immerhin einen Salat.

Eine Kalorientabelle kaufte sie heimlich, als weder Anna noch Lena dabei waren. Und notierte fortan pingelig, wie viel sie am Tag gegessen hat; zum Beispiel an einem Sonntag im März: ein Glas fettarme Milch: 100, ein trockenes Brötchen: 125, eine eingelegte saure Gurke: 14, zwei kleine Äpfel: 100, das macht 339 Kalorien. Oder an einem Wochentag: Kartoffeln ohne Schale mit Brokkoli: 180 + 180, ein Müsli mit Tee: 80, das sind 440 Kalorien.

Katrin war inzwischen so dünn, dass die Idole an ihrer Zimmerwand, Helena Christensen, Linda Evangelista und Christy Turlington, viel rundlicher wirkten als sie. Das aber wollte sie nicht wahrhaben.

Jeden zweiten oder dritten Tag hockte Katrin mit Luise zusammen, die im Nebenhaus wohnte, oder sie unternahm etwas mit ihren Schulfreundinnen Tatjana und Sarah; sie redeten über das Leben und die Schule und natürlich über Jungs. Sie bummelten durch das Städtchen, gingen in ein Café, wo Katrin immer nur etwas trank, nie aß, sie tauschten Klamotten, probierten diverse Make-up-Varianten und Frisuren aus.

Die Gymnastik während des Fernsehens gehörte zum festen Tagespensum. Aus dem Joggen war allerdings schnelles Gehen geworden und sie schaffte es auch nicht mehr so lange wie früher. Manchmal musste sie innehalten und sich irgendwo anlehnen, weil ihr schwindlig wurde und sie fürchtete umzukippen. Aber das machte ihr keine Angst, denn dieser Schwindel konnte sich zuweilen anfühlen wie ein großartiger Rausch. Inlineskating ging immer noch leidlich. Aber für Basketball fühlte sie sich oft zu schlapp. Einmal stellte der Trainer Katrin für ein Spiel gegen eine auswärtige Mannschaft auf, was sie sehr gefreut hat, doch dann musste sie absagen. Auf einmal war ihr alles zu viel, der Weg zum Training, das Training selbst, vor allem im Umkleideraum die blöden Sprüche ihrer Sportkameradinnen nach dem Motto: Iss mal was Ordentliches, du bist ja so dünn! Das ging ihr zunehmend auf die Nerven, zumal sich die Leute, wohin sie auch kam, laut wunderten: Katrin, bist du krank? Geht's dir nicht gut? Du hast ja so abgenommen! Bist doch viel zu mager! Sie konnte es nicht mehr hören. Sie fand ihre Figur ausgesprochen klasse, war stolz auf die superschmale Silhouette, und wenn sie dann noch Radlerhosen und eng anliegende Shirts trug, fühlte sie sich echt toll. Aus diesen fetten Kühen, die an ihrem Gewicht rumnörgelten, sprach doch nur der blanke Neid. Sie hatte es geschafft, auszusehen wie eines der von ihr angehimmelten Models. Da würden die anderen nie hinkommen. Sie, Katrin Lenck, erreichte jedes Ziel, das sie sich steckte.

Lena spottete zwar auch über Katrin, wenn die mal wieder ihren Hintern zu dick fand oder die Hüften, aber Lena war nicht neidisch. Wiewohl auch Lena nervte: »Das kann doch nicht wahr sein, dass du das nicht selber siehst! Du spinnst doch total!« Lena zerrte ihre Schwester vor den Spiegel: »Siehst du einen Hintern? Dort, wo ein Hintern hingehört, sehe ich nur ein Brett. Du siehst aus wie eines dieser Hungerkinder in Afrika!«

Katrin befreite sich aus dem Klammergriff und machte: »Phh, was verstehst du denn schon.«

Auf Lena war sie nie ernsthaft sauer, denn Lena war ihre

Schwester, die sie »Sister« oder »Sœur« nannte und die eigentlich ihre beste Freundin war. Mit ihr fühlte sie sich noch enger verbunden als jemals mit Tatjana, Luise oder Sarah.

Manchmal ging sie am Wochenende mit Fabian, seinen Freunden und ihrer Mädchenclique in die Disco. Sie blieb fast nie länger als bis Mitternacht. Auch dort nahm das Genörgel wegen ihrer Figur zu. Aber mehr noch trieben sie diese ewige Mattigkeit und dieses Frösteln nach Hause. Es half nicht, dass sie eine Jacke über die andere zog. Sogar im Bett dauerte es eine Weile, bis ihr warm wurde.

Frau Dr. Lüdenscheidt hatte erneut ein Stärkungsmittel verschrieben, weil der Blutdruck auf 80:40 gesunken war. »Mich kotzt es so an mit meinem Kreislauf«, heißt es im Tagebuch.

Katrin duschte morgens heiß und kalt und heiß und kalt. Danach ging es ihr besser. Scheinbar gelassen und heiter kam sie mit ihrer Schultasche die Treppe herunter, griff in der kleinen Diele nach ihrer Jacke und rief Anna während des Anziehens zu: »Nö, Mum, danke, ich mag kein Frühstück, ich hole mir vorne beim Bäcker ein Brötchen, das schmeckt mir so gut und das esse ich auf dem Schulweg.«

Einmal wurde Anna argwöhnisch: »Guck mich mal an, Katrin: Kaufst du dir wirklich jeden Morgen ein Brötchen?«

»Aber ja, Mum!« Sie sah ihre Mutter mit großen, blauen Augen treuherzig an.

Dass sie log, bekam Anna Lenck später mit, und sie wusste nicht, worüber sie enttäuschter war – über die Lügen oder über die Tatsache, dass ihre Tochter kaum noch etwas aß. Jede Mahlzeit geriet zu einer Tortur für die ganze Familie. Schlimmer noch: Alles, was mit Essen zu tun hatte, war Stress, besonders für Anna.

Sie stand in der kleinen Küche an der Arbeitsplatte unter dem Fenster und wusch grünen Salat, schleuderte ihn, gab ihn in eine Schüssel. Sie griff nach der Ölflasche …

»Nein«, gellte ihr Katrin ins Ohr. Anna zuckte zusammen und fuhr herum, sie hatte ihre Tochter nicht kommen hören.

»Bist du verrückt geworden, wie kannst du mich so erschrecken? Was hast du denn?«

»Kein Öl«, befahl Katrin.

»Wieso denn nicht? Öl gehört nun mal an Salatsoße, wir sind doch keine Kaninchen!«

»Zitronensaft reicht.«

Ergeben stellte Anna die Ölflasche zurück in den Schrank. Biss die Zähne zusammen, presste eine Zitrone aus, gab Salz dazu und …

»Nein, keinen Zucker!«

Anna hackte schweigend ein dickes Büschel Dill, den sie über den Salat streute.

»Ist es so recht? Ja?« Ihre Stimme klang sarkastisch. »Dann kannst du mich ja hier weitermachen lassen und wieder gehen.«

Aber Katrin blieb. »Was gibt es denn noch zu essen?«

»Brokkoli, Kartoffeln und Fleischküchle.«

Katrin kontrollierte, keine zehn Zentimeter von ihr entfernt, mit düsterem Blick die Handlungen ihrer Mutter. Natürlich wurde Anna nervös, wenn Katrin so dicht hinter ihr klebte, dass sie ihren Atem im Nacken spürte. Das wollte sie sich aber unter keinen Umständen anmerken lassen. Sie nahm die fertigen Buletten aus der Pfanne, legte sie auf einen angewärmten Teller, goss die Kartoffeln ab, einen Teil des Kochwassers in die Pfanne, fügte Sahne und Zitronensaft hinzu, rührte alles um und tat die Fleischklopse noch mal hinein.

Katrin zischte wie eine Schlange: »Brauchst gar nicht weiterzumachen, die Soße esse ich nicht.«

»Dann lässt du es bleiben, isst eben nur Kartoffeln und Brokkoli.«

Anna streute Petersilie über die Kartoffeln, drückte ihrer Tochter eine Schüssel in die Hand: »Hier, trag das rein, ich bringe den Rest.«

Katrin aß tatsächlich nur eine kleine Kartoffel und ein Brokkoliröschen.

Einmal gab es Eierkuchen.

Sie saßen alle vier am Tisch, auf der einen Seite Anna und Lena, gegenüber Christian und Katrin. Die nahm sich einen Esslöffel voll Apfelmus und einen halben Eierkuchen, beguckte ihn intensiv und stellte mit schriller Stimme fest: »Das glänzt ja so, da ist Fett dran! Ich hab doch tausendmal gesagt, ich will kein Fett!«

»Hör auf, hier herumzuschreien, Katrin!«, befahl Christian, und Anna zischte, nur mit Mühe ihre aufsteigende Wut unterdrückend: »Auch in eine Teflonpfanne muss ein Hauch von Fett, sonst brennt alles an.«

Anna war der Appetit vergangen. Mit einem Auge schielte sie auf Katrins Teller, was auf ihrem lag, schien ihr egal, ihr blieb ohnehin jeder Bissen im Hals stecken. Am liebsten hätte sie Katrin das Essen reingestopft, wie man eine Mastgans stopft. Alle drei sahen schweigend zu, wie Katrin den halben Fladen von beiden Seiten mit einer Papierserviette betupfte, bis er aussah wie ein Stück feuchte Pappe. Dann guckte sie in die Runde, als ob nichts Ungewöhnliches passiert sei, und begann fröhlich zu plaudern.

»›Star Wars – Krieg der Sterne‹ soll ein voll geiler Film sein, Tatjana und Basti haben ihn schon gesehen, hast du Lust, am Samstag mit mir ins Delphi zu gehen, Lena?«

Lena schüttelte den Kopf, und Katrin redete munter weiter, zerteilte währenddessen den Eierkuchen in winzige Stücke, sprang von einem Thema zum nächsten: dass sie mit Alex und Andreas einen neuen Tanz probiere, dass sie einen Song getextet und komponiert hätten, den Katrin singen solle, dann wollten sie ihn auf eine CD pressen lassen; dass ihre Firmgruppe eine ziemlich öde Versammlung sei, zur Firmung hätten sie sich versprochen, sich gelegentlich zu treffen, aber nun ginge sie auch nicht mehr hin; dass Carlo angerufen habe, um sie zu bitten, bei seiner Frühjahrsmodenschau zu laufen …

»Du bist dermaßen dürr, an dir bleibt doch keine Klamotte hängen«, stoppte Lena den Redefluss.

»Wieso? Man muss groß und schlank sein, damit sie wirken, und das bin ich ja wohl.«

»Du bist krank, merkst du das nicht?«, fuhr Lena erst ihre Schwester an, dann ihre Eltern: »Seht ihr nicht, dass die nicht normal ist? Wer soll denn das aushalten? Ich jedenfalls nicht!«

Sie nahm ihren fast leeren Teller, knallte ihn in der Küche auf die Spüle und ging nach oben.

Christian aß schweigend weiter. Katrin, die nur kurz und

erstaunt aufgesehen hatte, fing wieder an zu reden. Anna beobachtete, wie sie mit Messer und Gabel die winzigen Eierkuchenstückchen auf dem Teller hin und her schob, um den Eindruck zu erwecken, als äße sie hintereinanderweg. In Anna stieg Wut hoch, als sie sah, dass Katrin mit pausenlosem Besteckgeklapper und Gerede versuchte, von ihrem sinnlosen Hantieren abzulenken. Anna quälte sich jeden Bissen runter. Bis auch sie nicht mehr an sich halten konnte und ihre Tochter anschrie: »Jetzt iss endlich und hör auf mit dem Bluffen!«

Wieder lächelte Katrin, als sei sie eben gelobt worden. Da langte Anna über den Tisch und gab ihrer Tochter eine klatschende Ohrfeige.

Alle drei schwiegen erschrocken. Anna räumte den Tisch ab.

Später saßen Anna und Christian allein im Wohnzimmer.

»Wie konnte ich mich nur so vergessen?«, murmelte Anna. Ihr Ausrutscher quälte sie. »Nie hab ich meine Kinder geschlagen, nie, das weißt du doch!«

»Aber ja, Anna, ich mach dir doch gar keinen Vorwurf. Du hast die Nerven verloren, kein Wunder bei diesem permanenten Terror, den sie veranstaltet. Sag mal, was macht eigentlich diese Ärztin? Seit Monaten ist Katrin bei ihr in Behandlung, dabei ist doch offensichtlich, dass das Mädchen nicht dicker wird, sondern immer dünner.«

»Sie hat ihr eine Langzeit-Akupunkturnadel ins Ohr gesetzt, hat Bachblüten und Appetitanreger verschrieben«, sagte Anna. »Auf Akupunktur hab ich sehr gebaut, das funktioniert ja auch bei Tieren, hab ich neulich gelesen, also außerhalb unseres Bewusstseins. Nur bei Katrin nicht. Ich kann das nicht mehr mit ansehen, und dieser Terror, den sie wegen jedes Gramms Fett macht – ich halt das nicht mehr aus. Ich gehe ja schon mit irrem Blick durch den Supermarkt, immer auf der Suche nach fettarmen Produkten. Das ist doch nicht mehr normal.«

Eine Weile schwiegen sie, dann sagte Anna:

»Übrigens hat sie seit Monaten keine Menstruation mehr.«

»Ist sie doch schwanger?«

»Aber nein, Christian. Ihr Körper hat die Hormonproduktion eingestellt, er muss sich um Lebenswichtigeres kümmern.«

»Weiß das die Ärztin? Ich meine, dass ihre Tage ausgeblieben sind?«

»Keine Ahnung. Katrin behauptet, sie habe es ihr gesagt. Aber Katrin lügt. Sie hat mir auch gesagt, sie würde sich morgens beim Bäcker ein Brötchen kaufen, das stimmt auch nicht. Ich weiß nicht mehr, was ich ihr glauben soll.«

»Was ist eigentlich aus dem Vertrag geworden, den diese Ärztin und Katrin geschlossen haben? Es ist doch offensichtlich, dass Katrin ihn nicht einhält – merkt die Frau das nicht?«

»Zum Vertrag gehört, dass Katrin nicht mit uns über Essen reden soll. Das kann ich mir nun aber nicht länger ansehen.«

»Ich rufe morgen diese Frau Bachblüte an«, sagte Christian, »und wenn ihr nichts Besseres einfällt, suchen wir sofort einen anderen Arzt.«

Einen Tag später schreibt Katrin in ihr Tagebuch:

»Dad hat mit Frau Dr. Lüdenscheidt gesprochen. Am Abend haben Mum und Dad voll über mich gelabert, sie machen sich große Sorgen, suchen einen anderen Arzt für mich bla-bla-bla – ich kann nicht mehr!«

Am Tag darauf hatte sie während einer Klassenarbeit in Chemie einen Blackout und die Arbeit verhauen. Am Nachmittag gab es Stress bei der Anprobe zur bevorstehenden Modenschau, selbst die kleinste Größe, die Katrin anziehen sollte, war ihr entweder zu weit oder zu kurz. Irgendwie lösten Carlo und sein Team das Problem, denn in ihrem Tagebuch jubelt sie:

»Modenschau! Es ist das tollste Gefühl, ich war so happy danach, hab mich schon lange nicht mehr so gut gefühlt.«

Nur die Vergütung fand sie total blöd: Es war ein Essensgutschein.

Einmal im Monat fuhren Lencks zu den Großeltern, immer im Wechsel entweder eineinhalb Stunden Richtung Norden zu Christians Eltern oder eine Stunde Richtung Westen zu Annas Mutter. Anna hing an ihr, und sie mochte ihre Schwiegereltern sehr, aber in beiden Häusern geriet sie mit jedem Besuch mehr unter Druck. Denn Thema Nummer eins hieß Katrin, sobald die Großeltern ihrer ansichtig wurden.

»Lieber Herr Jesus, ist das Kind dünn! Schick es mal ein paar Wochen zu mir, ich werde es schon aufpäppeln! Ich presse ihr Säfte, bei mir bekommt sie nur gesunde Sachen …«, so die eine Oma.

»Ess-Störung? Ach, dann steckt sie nach dem Essen den

Finger in den Hals? Da muss man eben aufpassen, ich würde die Badezimmertür absperren.«

»Es ist nicht Bulimie, sie isst nichts. Kann nichts essen«, erklärte Anna immer wieder geduldig.

»Du musst ihr eben kochen, was ihr schmeckt, Anna, und nicht immer dieses moderne Zeug auftischen, das ihr heutzutage esst. Bei mir gäb's 'ne ordentliche Portion Kartoffeln und Gemüse und Fleisch mit Soße, hinterher Sahnepudding, sollst mal sehen, wie schnell das Mädel zunehmen würde!« So die andere Oma.

Dem Mädel drehte sich schon beim Zuhören der Magen um.

Bei Tisch gingen dann die Aufforderungen weiter: »Iss doch, Kind, greif zu!« und »Was machst du denn für Sachen, Katrinchen, musst doch ordentlich essen und trinken!«

Katrin hatte ihre Großeltern lieb, aber sie mochte nichts mehr erklären, sie war es so leid und sie war so müde. Und Anna konnte ihre Tochter verteidigen und erklären, so viel sie wollte, sie stieß auf Unverständnis. Ess-Störung? Davon hatten die alten Leute wohl mal im Fernsehen gehört, aber so was kommt natürlich nicht in der eigenen Familie vor, sondern weit weg, in Amerika, da gibt es ja die verrücktesten Dinge. Und weil Anna die Sinnlosigkeit ihrer Erklärungen wahrnahm und sah, welche Tortur die Besuche für Katrin waren, litt sie noch mehr unter dem Gerede. Es war ja gut gemeint und deshalb konnte sie es den Eltern nicht verübeln. Vor ein paar Monaten noch hatte sie selbst so auf ihre Tochter eingeredet. Erst allmählich hatte sich in Anna der Gedanke festgesetzt, dass hinter dem rapiden Gewichtsverlust ihrer Tochter nicht der unbedingte Wille stand, Model zu werden, sondern eine Krankheit. Bis dahin hatte auch sie das Thema Ess-Störung ebenso entfernt wahrgenommen wie die Börsenkurse an der Wall Street. Prinzessin Diana soll an Bulimie gelitten haben und diese andere Prinzessin in Schweden wohl auch, so hatte sie es in den Illustrierten beim Friseur oder beim Zahnarzt überflogen. Aber die waren schließlich beide davon geheilt worden. Irgendwann würde sich das Problem wieder erledigen, sie war sicher, auch Katrin würde gesund werden, sie *musste* einfach gesund werden, etwas anderes konnte und wollte Anna sich nicht vorstellen.

In jenem Frühjahr hatte sich Christian Lenck als Kameramann um eine Festanstellung bei einem Fernsehsender beworben. Nach vier Wochen kam die Absage, man hatte einen anderen Kandidaten vorgezogen. Das traf nicht nur Christian hart. Auch Anna hatte im Stillen gehofft, dass die finanziellen und zeitlichen Unsicherheiten, die freies Arbeiten mit sich bringt, endlich aufhörten. Es fehlte ihnen zwar an nichts, aber sie konnten keine großen Sprünge machen. Und wie lange würde das gut gehen? Lena würde im nächsten Herbst beginnen, Kunstgeschichte zu studieren, auch Katrin sollte mal studieren. Bis die beiden auf eignen Füßen stehen könnten, würden ein paar Jahre ins Land gehen. Die Stimmung im Haus war nach dieser Absage – freundlich ausgedrückt – gedämpft. Christian zog sich meistens zurück oder schwieg missmutig, Anna reagierte empfindlich und gereizt, und die Mädchen bedrückte die Tatsache, dass sie nicht helfen konnten.

Katrin und ihr Essverhalten gerieten für ein paar Tage in den Hintergrund, zumal ihr neuer Arzt, ein Herr Dr. Schuster, offenbar ihr Vertrauen gewonnen und nicht versucht hatte, ihr psychologisch beizukommen.

Die familiäre Situation entspannte sich etwas, als Christian für eine Woche nach Hamburg flog. Er hatte wieder einen Auftrag und die drei Frauen gingen versöhnlich und weich miteinander um.

Dieser Mai war ungewöhnlich heiß, fast täglich stieg das Thermometer auf 30 Grad. Gut, dass Ferien waren. Katrin hätte sich bei dieser ungewohnten Hitze ohnehin zu schwach gefühlt, um in die Schule zu gehen. Sie fuhr mit Lena auf deren Vespa zum Baggersee, wo sie entspannte Stunden mit ihren Freundinnen und Freunden verbrachten und Katrin sich einen Sonnenbrand holte.

Als Christian in Stuttgart aus dem Flugzeug stieg, kam ihm die Luft vor wie in einem geschlossenen Backofen. Er war froh über die Klimaanlage im Auto, und als er die Stadt hinter sich gelassen hatte, genoss er die Fahrt durch die hügelige Landschaft in den satten Frühlingsfarben, den weiten Blick über Wiesen und Felder bis hin zu den Wäldern der Schwäbischen Alb. Es war nicht allzu viel los auf den Straßen. Allmählich fiel der Stress der letzten Tage von ihm ab und er freute sich auf kühlen, selbst gemachten Apfelsaft auf der Terrasse. Anna stand in der Tür, als er aus dem Auto stieg, sie hatte vom Küchenfenster aus gesehen, wie er das Garagentor öffnete.

»Schön, dass du wieder da bist«, sagte sie, »die Mädchen sind hinten auf der Terrasse.«

Christian stellte die Tasche ab, ließ das Jackett auf das Bänkchen in der Diele fallen und ging durchs Wohnzimmer in den Garten. Lena stand auf und umarmte ihn. Katrin hob den Kopf und lächelte ihn an. Er beugte sich zu ihr herunter, und während sein Bart ihre Wange kitzelte, was sie stets aufs Neue belustigte, fiel sein Blick auf ihre Oberschenkel. Er erstarrte in seiner Umarmung, er brauchte einen Moment, um sein Erschrecken zu beherrschen, hatte er doch seine Tochter seit fast einem Jahr nicht mehr so knapp bekleidet gesehen. Stockdünne Beine ragten aus viel zu weiten Shorts, Knochen ohne Fleisch legten sich um seinen Hals.

»Erst mal ein Wasser – mit Zitrone und Eis, dann was zu essen?«, erlöste ihn Anna aus seinem Entsetzen.

»Du bist ein Schatz, gern, aber das kann ich mir auch selber holen.«

Er folgte ihr in die Küche.

»Das wird ja immer schlimmer, wie soll denn das weitergehen?«, flüsterte er.

»Sie muss jetzt in eine Klinik, ob sie will oder nicht. Ich wollte nur erst mit dir reden«, flüsterte sie zurück. »Morgen nach der Arbeit gehe ich mit ihr zu Dr. Schuster.«

Sie standen in der Küche und sahen, wie Katrin auf der Terrasse versuchte aufzustehen. Sie stützte ihre dürren Arme auf den Teakholztisch, aber noch ehe sie Ellenbogen und Knie durchgedrückt hatte, sank sie auf den Stuhl zurück.

»Was ist mit dir, soll ich helfen?«, fragte Lena.

Katrin schüttelte kaum merklich den Kopf.

»Du heulst ja, was ist denn?«, fragte Lena erneut.

»Lena, ich bin ganz nass.«

»Komm, ich bring dich nach oben«, sagte Lena, fasste behutsam ihre Schwester um die magere Taille und führte sie durchs Wohnzimmer und die Treppe hinauf ins Bad.

Anna drehte sich weg und schnäuzte sich.

»Das ist neulich schon mal passiert, als ich mit ihr vom Arzt gekommen bin. Ich war so entsetzt und auch sie wurde richtig panisch angesichts dieser Reaktion ihres Körpers. Sie denkt immer noch, sie könne alles steuern und beeinflussen. Sie will nicht wahrhaben, dass ihre Körperfunktionen längst außer Kontrolle geraten sind.«

Christian ließ sich im Wohnzimmer auf einen Stuhl fallen. Er konnte nichts sagen, wollte nichts sagen, wurde plötzlich wütend und wusste nicht, auf wen.

Katrin blieb in ihrem Zimmer, wollte auch nichts mehr essen. Niemand wollte sie an diesem Abend dazu zwingen.

Nach der Tagesschau ging Anna hinauf in Katrins Dachstübchen. Sie lag in ihrem Bett hinter dem zarten Moskitonetz und starrte an die Decke.

»Wie geht's dir, meine Kleine?«

»Ach, ich weiß nicht, Mama. Manchmal weiß ich nicht, wozu ich überhaupt auf der Welt bin.«

»Was sind denn das für Reden, Katrin? Wir lieben dich alle drei sehr und sind froh, dass du auf der Welt bist!«

»Als ich heute Morgen aufgewacht bin, war ich so glücklich: Die Vögel haben wieder ganz laut gezwitschert, wie damals in der Toskana, weißt du noch?«

»Ja, klar weiß ich das noch.«

»Aber vorhin, da war ich so verzweifelt. Bin ich krank?«

»Ja, Katrin, du bist krank, offenbar viel kränker, als wir zunächst wahrhaben wollten. Aber du wirst wieder gesund, da bin ich ganz sicher. Wir helfen dir dabei. Und nun schlaf erst mal. Behüt dich Gott, meine Kleine.«

Danach saßen Anna und Christian noch lange bei Kerzenschein auf der Terrasse. Der Himmel war sternenklar, die Luft duftete nach Flieder. Ab und zu hörten sie von der nahen Hauptstraße ein Auto vorbeifahren. Aus einem der Nachbargärten drangen Gläserklirren, Stimmengemurmel und Gelächter zu ihnen. Früher hätten sie an einem solchen Abend auch mit Freunden zusammengesessen, doch daran dachte Anna schon lange nicht mehr. Seit dieser Essen-Stress mit Katrin begonnen hatte, war ihr die Lust vergangen, für Freunde zu kochen oder Einladungen anzunehmen.

»Sie ist so hypersensibel«, sagte Anna unvermittelt in die Stille. »Als ob sie die Last dieser Welt auf ihre schmalen Schultern laden will und Angst hat, sie irgendwann nicht mehr tragen zu können.«

»Ja, und andererseits ist sie so stark, so zielstrebig. Und auch ziemlich narzisstisch«, sagte Christian.

»Ich hab das Gefühl, als sei ein Sog in ihr.«

»Ein Sog?«

»Ja. Oder eine Krake, die sich in ihr festgefressen hat und die sie immer weiter und weiter nach unten zieht. Und ich ziehe am anderen Ende, hab aber nicht mehr lange die Kraft, sie zu halten, weil das Andere, also die Krake, stärker ist als ich und immer mehr über sie Besitz ergreift. Aber ich werde nicht aufgeben. Diese Krake wird sie mir nicht nehmen, das wird sie oder dieser Dämon oder was immer das sein mag, nicht schaffen.«

Dr. Schuster schrieb sofort eine Einweisung für die Notaufnahme der Medizinischen Klinik. Katrin wog 40 Kilogramm, er konnte und wollte keine Verantwortung mehr für sie übernehmen.

Katrin, sonst stets freundlich und liebenswürdig, tobte im Sprechzimmer, war kaum zu beruhigen. Sie sei nicht krank, Kreislaufschwankungen hätten andere Leute auch, dagegen müsse man doch was tun können, dann würde sich auch das andere, das Inkontinenz-Problem, erledigen, Dr. Schuster solle sich gefälligst irgendwas einfallen lassen, schließlich stünden ihre Prüfungen vor der Tür und wieso sich ihre Mutter überhaupt eingemischt habe. »Du bist eine Verräterin!«, fauchte sie Anna an.

»Schluss jetzt, Katrin. Ich lasse mich auf nichts mehr ein, das ist mir zu riskant. Morgen früh, acht Uhr, trittst du dort an, ich habe dich bereits angemeldet«, befahl der Arzt. »Dir ist offenbar nicht klar, dass du in Lebensgefahr schwebst.«

Lebensgefahr? Katrin und Anna erstarrten gleichzeitig. Nun dreht er völlig durch, dachte Katrin. Damit will er sie einschüchtern, dachte Anna. Und doch ging beiden dieses beunruhigende Wort nicht mehr aus dem Kopf.

Graue Tage,
Angst, dass ich versage
Das Gefühl, dass ich nur
Noch plage –
Ständig dumme Sachen frage
Innerlich
Nichts mehr wage
Kalte Tage …

»Anorexia nervosa«, sagte Dr. Weiß zu Anna Lenck, »für mich leider nichts Neues.«

Die Aufnahmeärztin hatte den Oberarzt der Kinder- und Jugendpsychiatrie zu Rate gezogen, weil sie fürchtete, das sich recht widerspenstig gebende Mädchen könne sich etwas antun. Dr. Weiß würde Katrin die nächste Zeit psychologisch betreuen, zunächst aber ging es darum, ihren körperlichen Zustand zu stabilisieren.

Eine Schwester quartierte Katrin in einem Zimmer ein, in dem fünf ältere Damen lagen. Die guckten neugierig aus ihren Betten, wie das dünne Mädchen seine Sachen in den ihr zugewiesenen Schrank und den Nachttisch einräumte.

Währenddessen nahm sich Dr. Weiß Zeit für ein Gespräch mit der Mutter, die froh war, in diesem Arzt offenbar endlich auf einen Menschen getroffen zu sein, der, da er ja die Krankheit ihrer Tochter kannte, einen Weg zu deren Heilung wusste.

»Mittlerweile sind drei von hundert Mädchen und Frauen zwischen 15 und 35 Jahren essgestört, Tendenz steigend«, fing der Arzt ohne Umschweife an. »Sie leiden an Bulimie, also der Ess-Brech-Sucht, oder an Magersucht. Das ist die gefährlichste Form, weil etwa ein Drittel der Anorektikerinnen therapieresistent ist, und von denen wiederum hungern sich etwa zehn Prozent zu Tode.« Anna zuckte zusammen, der Arzt registrierte es zwar, aber er sprach rasch weiter. »Sie sterben an einer Infektion oder an Herz-Kreislauf-Versagen infolge einer Verschiebung des Flüssigkeits- und Mineralstoffhaushalts. Wir werden natürlich alles in unserer Macht Stehende tun, um das zu verhindern.«

Wie kann er nur so etwas sagen?, dachte Anna entsetzt

nach diesem Redeschwall und erwiderte: »Aber Katrin doch nicht! Sie wird nicht sterben, sie ist außerordentlich willensstark!«

»Aha.« Der Arzt schwieg. Dass gerade diese Kraft das Zerstörerische ist, weil es sehr viel Willensstärke braucht, um jegliche Nahrung konsequent zu verweigern, wollte er der Mutter nicht auch noch zumuten. Frau Lenck sollte wenigstens die Hoffnung behalten, dass ihr Kind genesen wird, wenn man nur seine Stärke mobilisierte. Allerdings fuhr er dennoch fort: »Es trifft hauptsächlich junge Mädchen aus der Mittel- und Oberschicht, die mit sich und ihrer Umwelt nicht zurechtkommen. Diese Mädchen sind sehr intelligent, ehrgeizig, gewissenhaft, fleißig und vielseitig begabt. Bei weniger intelligenten Heranwachsenden hat man die Krankheit höchst selten festgestellt. Das heißt, Mädchen wie Katrin richten ihre Aggressionen gegen sich selbst, Mädchen aus bildungsfernen Schichten gegen andere.«

»Aber was sind die Ursachen für eine solche Krankheit?«

»Noch sind keine eindeutigen Ursachen erforscht, Frau Lenck. Es gibt eine genetische Komponente, das wissen wir aus der Zwillingsforschung. Bricht bei einem Zwilling die Krankheit aus, ist auch der andere gefährdet. Vermutlich handelt es sich um ein Kommunikationsproblem zwischen den Gehirnzellen. Ausgelöst wird Anorexia nervosa jedoch höchstwahrscheinlich durch die Psyche. Faktoren aus sehr unterschiedlichen Bereichen können sich gegenseitig beeinflussen und die Krankheit befördern. Da sie in der Pubertät auftritt, steht dahinter häufig eine Überforderung mit dem Erwachsenwerden, die Suche nach einer neuen Identität. Das heißt, die Kranken versuchen, einen gewissen Spannungszustand mittels Kontrolle zu ertragen, um nicht außer Rand und Band zu geraten. Oder anders ausgedrückt, sie versuchen, auf diese – freilich sehr selbstzerstörerische – Art und Weise, Probleme zu lösen, die sie anders nicht in den Griff bekommen. Die Probleme, die zu solchen psychischen Spannungen führen, können gesellschaftlicher Natur sein, familiärer oder auch biografischer. Manchmal ist es nur der ganz triviale Wunsch, Model zu werden. Aber darüber zu spekulieren, was auf Ihre Tochter zutrifft, wäre viel zu früh.«

Bei dem Wort Model war Anna zum zweiten Mal zusammengezuckt, mehr noch interessierte sie aber ein anderer Aspekt: »Moment mal, Herr Doktor, was meinen Sie mit familiären Gründen?«

Der Arzt spielte mit einem Kugelschreiber. Er nahm sich Zeit für die Antwort: »Nun, die Betroffene könnte mit der Befürchtung leben, den Erwartungen der Eltern nicht gerecht werden zu können. Sie will mit der Gewichtsreduzierung beweisen, dass sie Herr über ihren Körper ist, dass nur sie die Kontrolle darüber behält. Das wäre eine Möglichkeit.« Dr. Weiß vermied bewusst das Wort Stärke. Er hielt einen Moment inne, bevor er fortfuhr: »Einige dieser Mädchen und jungen Frauen mit Ess-Störungen haben Grenzverletzungen erlebt.«

»Und welcher Art sollen solche Grenzverletzungen sein?« Anna, die mit leicht hängenden Schultern zugehört hatte, straffte sich.

»Nun, emotionaler oder sexueller Missbrauch.«

»Nein, ganz entschieden nein, Herr Dr. Weiß. Katrin ist in einer sehr behüteten Umgebung aufgewachsen …«

»Bitte, regen Sie sich nicht auf, Frau Lenck, ich hab doch nur aufgezählt, welche Umstände wir bislang als Auslöser in Betracht ziehen müssen. Lassen Sie mich doch erst mal Ihre Tochter kennen lernen, dann sehen wir weiter. Ich hab Ihnen eingangs gesagt, dass diese Krankheit viele Ursachen haben kann.« Und ehe sie noch einmal intervenieren konnte, fuhr er fort: »Sehen Sie sich das Schönheitsideal in den westeuropäischen Ländern an: Erfolgreich ist, wer schön ist, und schön, wer dünn ist. Über ihr Aussehen versuchen die Mädchen – und es sind ja meist Mädchen –, Aufmerksamkeit und Anerkennung zu finden. Und da kaum eine von Natur aus superdünn ist, machen sie eben Diät, die man durchaus als Einstiegsdroge ansehen kann. Aber darüber reden wir später, wenn ich mir ein Bild von Ihrer Tochter gemacht habe.«

Als Anna den Arzt verließ, fühlte sie sich wie betäubt. Sie verabschiedete sich von Katrin, ohne sich ihre Verwirrung anmerken zu lassen, was sie enorme Kraft kostete. Danach ging sie durch den Park, der das Krankenhaus umgab, und versuchte, das Dröhnen in ihrem Kopf wenigstens einigermaßen zu besänftigen und das Gedankenknäuel zu entwirren. Nach einer halben Stunde fühlte sie sich so weit klar, dass sie ins Auto steigen konnte. Dennoch fuhr sie wie ferngesteuert heim. Ihre Gedanken rotierten um den einen Satz: Etwa zehn Prozent sterben.

Sie stellte das Auto vor dem Haus ab, froh, sich endlich wieder bewegen zu können. Still sitzen konnte sie jetzt nicht. Schon in der Diele streifte sie die Absatzschuhe von den Füßen, tauschte in ihrem Zimmer Rock, Bluse und Blazer gegen Jeans und T-Shirt, lief auf Strümpfen die Treppe runter und schlüpfte in Turnschuhe. Dann holte sie Harke und Hacke aus der Garage und hackte wie wild im Garten Unkraut. Sie lockerte die Erde um das Tränende Herz, das noch immer in voller Blüte stand, machte sich an den allmählich verwelkenden Pfingstrosen zu schaffen, wollte gerade nach hinten zu dem kleinen Kräuterbeet gehen, als sie im Haus das Telefon klingeln hörte.

»Ich hab so lange nichts von euch gehört, ist was passiert? Geht's euch gut?« Barbara Langners Besorgnis klang echt.

Sie konnte kaum verstehen, was Anna mit zersprungener Stimme hervorbrachte.

»Anna, komm heute Abend zu uns, Gerhard ist auch da. Bring Christian mit, wenn er im Lande ist. Ich mach uns was zu essen und wir reden, okay?«

Anna war dankbar für die spontane Einladung. »Danke, aber mach kein Essen, seitdem sich hier alles um essen oder nicht essen dreht …«

»Ist ja gut, Anna, kommt her und dann sehen wir weiter.«

Bis jetzt hatten Lencks außerhalb der Familie nur mit einem befreundeten Ehepaar über Katrin gesprochen. Tine Bäumer war Zahnärztin, ihr Mann Axel Neurologe, mit ihnen hatten sie die medizinische Seite besprechen können. Tine hatte Anna auch schon Literaturtipps gegeben. Doch je mehr Anna über die Krankheit las, desto verwirrter wurde sie.

Auch mit Barbara und Gerhard würden sie offen über ihre Gefühle reden können, Langners waren, wie Bäumers, die Einzigen in ihrem Freundes- und Bekanntenkreis, die einfach zuhörten, ohne gleich schlaue Ratschläge von sich zu geben, die zwar meistens gut gemeint, aber wenig hilfreich sind. Sie kannten sich seit mehr als zwanzig Jahren, hatten fünf Jahre lang unter einem Dach gelebt, Sorgen und Freuden miteinander geteilt. Und wie den Lencks Lilly und Paul ans Herz gewachsen waren, so ging es Barbara und Gerhard mit den Lenck-Mädchen.

Auch Christian freute sich, endlich mal wieder raus aus den bedrückenden vier Wänden zu kommen, mit den alten Freunden über etwas anderes zu reden als über nervenaufreibende Mahlzeiten und sinnlose Arztgespräche.

Anna hatte ihm gleich nach seiner Heimkehr über das Gespräch mit Dr. Weiß berichtet. Christian war zwar ebenso entsetzt wie seine Frau, war ihm doch, wie ihr, zum ersten Mal vor Augen gehalten worden, dass diese Krankheit lebensbedrohlich ist. Dass aber ausgerechnet seine Tochter zu denen zählen sollte, die daran zugrunde gehen, schien ihm absurd. Und auch Anna schob endlich diesen Gedanken beiseite, ließ sich nur zu gern von seinem Optimismus anstecken:

»Anna, wir kennen doch die Katrin besser, sie hat einen starken Lebenswillen. Und wir unterstützen unser Kind, wir werden das gemeinsam schaffen!«

Katrin hatte nur eines im Sinn: In zwei Wochen fuhr ihre Klasse nach Italien – die Abschlussreise ihrer gemeinsamen Schulzeit. Darauf wollte sie keinesfalls verzichten. Bei jedem Gespräch lag sie Dr. Weiß damit in den Ohren, der sie ungerührt und stereotyp wissen ließ: Es liegt allein an dir. Einmal setzte er sich an ihr Bett, sah ihr eindringlich in die Augen und sagte: »Weißt du, dass du dich beinahe zu Tode gehungert hättest?«

Darauf antwortete sie nicht, sah ihn nur mit ihren blauen Augen an, die in dem mageren Gesicht noch größer wirkten. Erst als der Arzt den Raum verlassen hatte, zog sie die Decke über den Kopf und ließ ihre Tränen laufen.

Sie hatte Zusatznahrung verordnet bekommen, drei Flaschen Fresubin täglich. Sie konnte wählen zwischen den Geschmacksrichtungen Vanille, Kakao, Waldbeere und Nuss.

Misstrauisch kostete sie: nicht übel, schmeckte tatsächlich wie Vanille, allerdings wie leicht geräuchert. Katrin erinnerte sich an Grillpartys auf der Terrasse, wenn ihr Vater Würstchen und Hühnerteile wendete. Aber dann las sie die kleingedruckten Inhaltsstoffe auf dem Flaschenetikett und hätte gleich kotzen können. Eiweiß 3,8 g, Kohlenhydrate 13,8 g – das muss man sich mal vorstellen! Igitt! –, davon 3,5 g Zucker, 3,4 g Fett. Entnervt sank Katrin zurück aufs Kissen. Niemals würde sie das Zeug in dieser Menge trinken, sie musste überlegen, wie sie sich davon befreien und dennoch die Klassenfahrt mitmachen konnte.

Dr. Weiß hatte lange mit Lencks beratschlagt, ob es vertretbar sei, Katrin die Reise zu erlauben. Schließlich hatte der Gedanke gesiegt, die Gemeinschaft mit ihren Freundinnen könne sie zum Essen animieren.

Nach zehn Tagen, sie wog 47,3 Kilogramm, durfte sie die Klinik verlassen. Katrin war glücklich, versprach, lieb lächelnd und mit unschuldig aufgerissenen Augen, alle Ratschläge zu befolgen und weiterhin täglich das Fresubin zu trinken, ja, auch während der Reise nach Italien. Dr. Weiß hatte ihr seine Telefonnummer gegeben.

»Wenn es dir schlecht geht, ruf mich an, Katrin«, hatte er zum Abschied gesagt und lachend hinzugefügt: »Natürlich auch, wenn es dir gut geht!«

Am Tag ihrer Entlassung, einem Freitag, tauchte Jean-Luc auf. Bis spätabends blieb er bei ihr, am Samstag und Sonntag trafen sie sich wieder. Er machte Komplimente über ihr Aussehen, hielt ständig ihre Hand, streichelte sie, küsste sie zärtlich. Katrin war verliebt wie eh und je in diesen gut aussehenden Jungen mit seinen schwarzen Haaren und der olivenfarbenen Haut. Fabian, von dem sie ohnehin einige Zeit nichts gehört hatte, schien vergessen, Jean-Luc, der Held, spielte wieder die Hauptrolle. Zu seinem 18. Geburtstag hatten ihm seine Eltern ein Auto geschenkt, der Führerschein war noch druckfrisch, und so düste er mit ihr durch die Gegend, sie bummelten durch kleine Ortschaften, gingen am Neckar spazieren. Katrin schwebte auf Wolke sieben. Und sang wieder Robert Kellys Ohrwurm: »I believe I can fly. I believe I can touch the sky …«

Sie ließ sich sogar von Jean-Luc in ein Restaurant einladen und aß eine Gemüselasagne, das heißt, sie bestellte eine. Wer weiß, wie viel sie davon wirklich gegessen hat.

> *Ich schau sie mir an –*
> *Die ›tolle‹ Welt!*
> *Besser gesagt – eure Welt …*
> *Und frage mich:*
> *Was bleibt für mich?*
> *Wo bleib denn ich?*

Die Klasse reiste nach Assisi, zu den Wurzeln der Namensgeberin ihrer Schule St. Klara. Von dort aus unternahmen die Mädchen Ausflüge.

Es gibt ein Foto von dieser Reise: Ein Dutzend Mädchen zu Füßen antiker Säulen. Sie sitzen auf den Stufen, neben sich ihre Rucksäcke, sie tragen Sonnenbrillen oder blinzeln in die hoch stehende Sonne, lachen. Dazwischen Katrin mit einem Lächeln, das angestrengt, mühsam wirkt. Die Haare hat sie straff zu einem Pferdeschwanz gebunden. Sie trägt lange Hosen, die Arme, dünn wie Bambusstangen, sind nackt. Auf den Knien liegt ein Heft.

»Was schreibst du da dauernd?«, fragte Heike, eine Klassenkameradin.

»Tagebuch«, gab sie mürrisch zurück.

»Du kannst doch nicht pausenlos Tagebuch führen, früh, mittags, abends, immer kritzelst du was – so viel erleben wir doch gar nicht, wie du aufschreibst!«

»Lass sie doch in Ruhe, Heike«, sagte Tatjana. »Kommt ihr mit Eis essen? Gleich hinter der Piazza ist eine tolle Gelateria.«

Heike, Sarah und Luise erhoben sich. Katrin sagte: »Geht schon vor, ich komme nach.«

»Komm mit, Katrin«, sagten Tatjana und Luise fast gleichzeitig. Aber Katrin schüttelte den Kopf: »Ey, ich komme doch gleich nach.«

Die vier Mädchen überquerten die Piazza und setzten sich unter die Markise des Eiscafés.

»Haben wir ihr was getan? Seit sie im Krankenhaus war, ist sie derart zu, ich kann mir das überhaupt nicht erklären«, rätselte Heike.

»Natürlich haben wir ihr nichts getan, sie ist krank, das weißt du doch«, sagte Sarah.

»Trotzdem geht mir ganz schön auf die Nerven, dass man sie nicht mal fragen darf, wie es ihr geht, gleich wird sie richtig pampig.«

»Dann frag sie doch nicht«, parierte Luise.

»Aber dass sie ihren Hunger derart unterdrückt, macht mir echt Sorgen«, sagte Sarah. »Das ist wirklich arg. Immer hat sie eine Ausrede: Zum Frühstück kommt sie nicht, weil sie angeblich länger im Bad braucht, zum Abendessen nicht, weil es ihr nicht gut geht.«

»Also echt mal«, sagte Luise, »bei aller Sorge – irgendwie macht mich schon das Zugucken voll aggressiv. Hunger macht böse, das wusste mein kleiner Bruder bereits mit fünf.«

»Vielleicht ist das so wie beim Fasten. Meine Tante fastet jedes Jahr einmal, und sie meint, wenn ein bestimmter Punkt überschritten sei, spüre man keinen Hunger mehr«, wusste Heike.

Dieser Vergleich regte Tatjana auf: »Mensch, Heike, Fasten und Magersucht, das ist doch wohl ein kleiner Unterschied! Deine Tante hört ja irgendwann auf mit der Fasterei, die fastet vielleicht 'ne Woche lang und dann isst sie wieder normal. Das mit Katrin ist doch was ganz anderes, kapier das doch endlich!«

Die Mädchen löffelten eine Weile schweigend ihr Eis.

»Stimmt, ich hab sie hier noch nie am Tisch gesehen«, sagte Heike. Sie, Sarah und Luise schliefen in anderen Zimmern. »Kann man da nicht was machen? Ich meine, ihr helfen? So wie Katrin ausschaut, muss es ihr echt schlecht gehen.«

»Ja, man möchte sie an ihren dürren Ärmchen packen und schütteln und sie anbrüllen: Iss jetzt endlich! Aber das hilft wohl auch nicht«, sagte Sarah.

»Ich glaube, wir können ihr nur helfen, indem wir uns ihr gegenüber verhalten wie immer«, sagte Tatjana.

»Und so tun, als ob nichts wäre?«, fragte Luise.

»Weiß nicht, aber zumindest weiter ihre Freundinnen bleiben. Ich meine, sie muss wissen, dass sie auf uns zählen kann.«

»Na, hör mal, ich wohne neben ihr, natürlich kann sie auf mich zählen, und das weiß sie auch«, ereiferte sich Luise.

»Klar doch«, bestätigten auch die anderen beiden.

Nach einer Weile fiel Sarah ein: »Wisst ihr noch, wie wir alle aussehen wollten wie sie? Schönen Dank, heute nicht mehr, da hab ich lieber ein paar Pfund zu viel auf den Rippen und bin putzmunter. Ich hätte überhaupt keinen Bock, auf so was Leckeres wie das hier zu verzichten.«

»Das ist mir auch ein Rätsel, wie sie das schafft. Abends schläft sie meistens gleich ein, weil sie so erschöpft ist«, sagte Tatjana.

»Die Frau Legler war doch ein paar Mal bei euch im Zimmer, als Katrin zum Essen nicht da war, hat die nichts ausrichten können?«

»Nee, die hat zwar auf sie eingeredet wie auf eine störrische Kuh, aber gebracht hat das nichts. Katrin sagt, sie könne nichts essen, sei müde, ihr sei schlecht, na, immer dasselbe. Ich bringe ihr morgens ein Brötchen ins Zimmer. Meistens liegt sie dann noch im Bett. Und dann bleibe ich neben ihr sitzen, rede ihr zu, sie müsse essen, sonst habe sie keine Kraft für die Ausflüge, nun beiß doch mal richtig ab, Katrin, und pick nicht so dran rum. Wenn ich ihr zugucke, wie mühselig sie daran rumnagt, vergeht mir auch der Appetit. Ich hab schon gar keine Lust mehr, was zu essen.«

»Mach bloß keinen Scheiß, Tatjana, müssen wir jetzt auch noch auf dich aufpassen?«, fragte Luise.

»Nö, ich pass schon selber auf mich auf.«

»Ist euch aufgefallen, dass sie überhaupt nicht schwitzt? Als wir vorgestern in Pisa vom Schiefen Turm in die Altstadt marschierten, lief mir der Schweiß runter, auf ihrer Haut war nicht ein Schweißperlchen zu sehen«, sagte Heike.

»Du bist ja auch dicker, Dünne schwitzen nun mal weniger.«

»Sie hat sich so verändert … Jetzt klingt sogar ihre Stimme …« Tatjana, die von dem Thema Katrin nicht loskam, suchte nach dem richtigen Wort. »Ja, kläglich, ihre Stimme klingt richtig kläglich. Früher hat sie mich aufgemuntert, wenn ich nicht gut drauf war, sie war immer für mich da – für euch doch auch? Sagt doch mal was. Wenn einer Hilfe brauchte, war sie zur Stelle. Sie strahlte so viel … ja, so viel Liebe und Fröhlichkeit aus …«

Die drei nickten bestätigend in ihr Eis. Sarah sah auf und schaute Tatjana an: »Du redest ja von Katrin wie von einem Lover!«

»Ich hab sie auch lieb. Seit der fünften Klasse sind wir nun zusammen, ihr kennt sie genauso lange wie ich: Sie ist doch eigentlich eine tolle Freundin – oder?«

»Klar, deshalb fühlen wir uns ja jetzt so beschissen, weil es ihr offenbar so beschissen geht.«

»Hört auf, da kommt sie. Mein Gott, wie läuft die denn?«

Sarah saß da, den Eislöffel in der Luft, und auch die anderen drei starrten erschrocken auf das stockdünne Mädchen, das über die Piazza gestelzt kam.

»Als ob sie Schlaftabletten genommen hat …«, sinnierte Tatjana.

»Man sollte ihr so 'n Rentner-Roller verpassen, an dem sie sich festhalten kann.«

»Ja, damit könnte sie auch gleich ihre Tagebücher transportieren, ohne die sie ja wohl nicht leben kann«, lästerte Sarah.

»Und ihre Lunchpakete«, kicherte Heike.

»O Gott, guckt doch mal!« Die Mädchen erstarrten. Katrin war auf dem Pflaster zusammengerutscht wie eine Plastikpuppe, aus der man die Luft gelassen hat. Tatjana war als Erste bei ihr, dann hatten sich auch die anderen gefasst, und alle vier halfen ihrer Freundin auf die Beine und in das schattige Café.

»Sollen wir einen Notarzt holen?«

»Nein, bloß nicht, ich bin gleich wieder okay!«, flehte Katrin mit dünner Stimme.

»Dann holen wir jetzt Frau Legler.«

»Bitte, tut das nicht, es geht schon wieder besser. Und sagt niemandem was!«

Der Kellner hatte unaufgefordert ein Glas Wasser mit Eis vor Katrin gestellt. Langsam straffte sich ihr Körper, die Augen blickten wacher. Bittend sah sie von einer zur anderen.

Die Mädchen nickten unisono, und doch gestanden sie sich später, dabei ein verdammt schlechtes Gewissen gehabt zu haben.

»Jeden Tag durchs Land fahren und diese Kirchen besichtigen, das strengt sogar mich an und ich bin gut beieinander. Kriegt ihr noch zusammen, in wie vielen Kirchen wir waren? Florenz, Orvieto, San Gimignano, Siena, Pisa und diese umbrischen Dörfchen, ich weiß schon jetzt nicht mal mehr die Namen – das müssen sicher zwanzig Basiliken oder Dome oder Kirchen gewesen sein! Und dann diese Hitze – das hält doch kein Mensch aus.« Luise ereiferte sich, um von Katrins Elend abzulenken.

»Also ehrlich – mir hätte es gereicht, wenn wir in Assisi geblieben und mal ans Meer gefahren wären, das haben wir bis jetzt ja nur von weitem gesehen«, bestätigte Sarah.

»Aber schön ist es doch, trotz der vierzig Grad im Schatten.«

> *Kann ich sein wie die andern?*
> *Will ich wie die andern sein?*
> *Ich weiß es einfach nicht …*
> *Doch ich denke eher NEIN!*

Während dieser Sechs-Tage-Reise hat Katrin fünf Kilogramm abgenommen. Katrins Eltern waren entsetzt, mehr noch Lena, die ja häufig mit ihr das Bad teilte.

»Katrin, wie siehst du denn aus, das kann doch nicht wahr sein!«

»Wieso? Jean-Luc findet mich toll.«

»Jean-Luc ist ein Arsch, der hat 'n Knall. Ich bin schon dünn, aber du bist die Hälfte von mir.«

»Guck doch mal, Sister, hier, dieser Bauch und die Oberschenkel, ich sehe aus wie ein fettes Schwein.« Sie sprach in einem Tonfall, als sei Lena schwer von Begriff.

»Du bist ja bescheuert, Katrin. Oberschenkel sind nun mal dicker als Handgelenke. Guck bitte hier in den Spiegel – wieso siehst du nicht, dass du nirgends auch nur ein Gramm Fett hast? Ich kapiere nicht, dass du nicht siehst, was ich sehe!«

»Ach, lass mich doch in Ruhe.«

»Früher haben wir alle Sachen tauschen können, heute sind mir sogar deine Pullis zu eng«, schmollte Lena.

»Kannst dir aber immer noch meine Haarspangen, Armreifen und den Rucksack ausborgen.«

»Aber deine Ringe trägst du schon nicht mehr auf dem Ringfinger, sondern immer nur auf dem Mittelfinger. Denkst wohl, ich merk das nicht? Ich mach mir doch nur solche Sorgen um dich, Katrin!«

»Weiß ich doch, musst du aber nicht.«

Sie beugte sich zu ihrer älteren, kleineren Schwester und gab ihr einen Kuss auf die Wange.

Sie musste los, zu einem Arzt. Zum Zahnarzt wegen häufiger Zahnschmerzen, zum Hautarzt wegen eines Hautausschlages, zum Hausarzt Dr. Schuster zum Wiegen, wegen der Vitaminspritzen und anderer Aufbaumittel. Und jeden zweiten Tag erwartete sie Dr. Weiß in der Klinik zum Therapiegespräch.

Er wog sie ebenfalls. Von den verordneten drei Flaschen Fresubin täglich trank sie lediglich vor dem Arztbesuch den Inhalt einer, dazu eine Cola, und ohne eine Wasserflasche ging sie ohnehin keinen Schritt mehr. Der Arzt durchschaute ihre Methode, sobald sie auf der Waage stand, und schickte sie zur Toilette. Sie hatte ihm gegenüber zwar ein schlechtes Gewissen, dennoch konnte sie es nicht über sich bringen, mehr als eine Flasche von diesem Zeug zu trinken.

Eintrag im Tagebuch: »Hab mich total präpariert mit Fresubin und Cola. Hab zuerst 44,6 kg gewogen, nach Klo 44 kg – er hat's, wie immer, geschnallt. Weiß war die ganze Zeit voll ruhig, und ich frag mich so langsam, was das bringt, wenn er nichts sagt. Hab in der Therapiestunde etwas aus Knetmasse machen müssen. Hab eine krüppelige Schlange gemacht mit großen Augen, ohne Zunge. Er hat wieder gleich was hineininterpretiert. Mir hat's heute nicht so gefallen, kam mir irgendwie sinnlos vor. Danach bin ich durch die Stadt gelaufen, hab geile Schuhe gesehen.«

Es war ohnehin »ein Scheißtag« gewesen, steht weiter im Tagebuch, es hatte geregnet, dann wieder die Sonne geschienen, der Wechsel verursachte Katrin Kopfschmerzen, und dann war noch ein Brief von Jean-Luc gekommen, und sie schreibt: »Ich weiß nicht, was ich machen soll.«

Eigentlich war Dr. Weiß dagegen, dass Katrin zur Schule ging, und »Papa hat voll Stress gemacht wegen Schulgang«, vertraute sie dem Tagebuch an. Und: »Die haben gemeinsam einen voll gemeinen Plan erstellt, mit knallharten Vorgaben«: Wenn sie 44 Kilogramm wog, durften Freundinnen und Freunde sie besuchen; ab 45 Kilogramm Gewicht durfte sie in die Altflötenstunde; erst wenn sie 46 Kilogramm wog, sollte sie wieder in die Schule und für eine Stunde etwas mit Freundinnen unternehmen dürfen, allerdings nichts Sportliches; ab 46,5 Kilogramm erlaubte der Arzt den Besuch der Saxophonstunde, ab 47 Kilogramm die Tanzgruppe, ab 48 Kilogramm Inlineskaten und ab 49 Kilogramm Basketball.

Katrin aber dachte nicht daran, ihre 41,8 Kilogramm Lebendgewicht aufzustocken und dem Plan zu folgen, andererseits wollte sie am Wochenende – »3 Tage arztfrei! Yupieh!« – mit Luise, Andreas und Dennis zum Neckarfest, mit ihrer Mutter auf den Flohmarkt, zu Sarahs Geburtstag und mit den Freundinnen die Fotos von der Assisi-Reise anschauen. »Ich kann nicht zunehmen! Blockade«, erklärt sie im Tagebuch lakonisch.

Außerdem stand sie nun mitten in den Prüfungen zum Realschulabschluss, musste sich auf die Geografie-, Französisch- und Matheprüfung vorbereiten. Lena kam abends müde von ihrem Praktikum im Museum heim. Dennoch hörte sie ihre Schwester Vokabeln, Zahlen und Fakten ab.

Und wieder tauchte an einem Freitagabend Jean-Luc auf. Er durfte sogar bei ihr übernachten, im Gästebett, versteht sich, und das Wochenende bei Lencks verbringen, mit Katrin um die Häuser ziehen. Dass sie dabei Fabian mit einer anderen sah, gab ihr zwar einen Stich, tat aber nicht wirklich weh, sie war glücklich mit Jean-Luc. Zumindest für ein paar Stunden, denn kaum dass er sich verabschiedet hatte, fand sie wieder einen Brief von ihm. Im Tagebuch nur die kryptische Notiz: »So etwas Perverses hab ich noch nie in meinem ganzen Leben gelesen! Ich versteh diesen Jungen einfach nicht!«

Katrin beendete die Realschule mit einem Notendurchschnitt von 1,3. Während der Abschlussfeier wurde diese Leistung vor der gesamten Schule mit viel Lob bedacht und mit einem Bücher-Gutschein anerkannt. Katrins Eltern nahmen an der Zeremonie teil, Christian hielt alles mit der Kamera fest. Er war sehr stolz auf seine Tochter und noch voller Hoffnung. Schließlich ging er davon aus, dass die Ärzte einen Weg aus dieser Krankheit finden würden.

Katrin lag derweil zu Hause hinter ihrem Moskitonetz, zu schwach, um das Haus zu verlassen. Die Prüfungen hatten sie zu viel Kraft gekostet.

Nach der Feier ließ Anna ihren Mann allein nach Hause gehen, sie machte einen kleinen Umweg über den Markt, um in der Stille des Doms für ein paar Minuten Ruhe vor den quälenden Gedanken und vielleicht auch Trost zu finden.

Anna Lenck war nicht nur durch ihre Arbeit in der Stadtverwaltung vielen Menschen bekannt, sondern auch durch ihr großes Engagement in der Gemeinde. Man mochte sie wegen ihrer gewinnenden Art, die keinen Unterschied machte zwischen Begüterten und Bedürftigen, zwischen Gebildeten und Gescheiterten. Und so konnte sie kaum hundert Meter durch die Stadt gehen, ohne zu grüßen und gegrüßt zu werden.

Nicht selten sprach man sie an und stets gab sie ein paar freundliche Worte zurück. Jetzt aber hatte sie Mühe, verbindlich zu bleiben, schon das dritte Mal in zwei Tagen musste sie sich anhören: »Ach, Frau Lenck, Ihre ältere Tochter, die Katrin … ach, das ist die jüngere? Ja, also die sieht ja so schlecht aus, so dünn … ist sie denn krank?«

»Es geht ihr derzeit nicht gut, danke, aber sie ist in guten ärztlichen Händen. Aber jetzt muss ich weiter. Ja, danke, haben Sie auch einen schönen Tag!«

Sie war froh, als das Portal des Domes hinter ihr zuklappte. Sie setzte sich auf eine Bank, sah zu dem Kruzifix vorn im Chor, aber die rechte Andacht wollte sich nicht einstellen. Die untergehende Sonne schickte schmale Streifen durch die westlichen Fenster des Mittelschiffs. Als Anna sich dabei ertappte, diese Sonnenstreifen zu zählen, schloss sie die Augen und betete ein Vaterunser. Aber schon bei der Zeile »Unser täglich Brot gib uns heute« schweiften ihre Gedanken wieder ab zu ihrem Kind. Katrin hatte das täglich Brot, viel reichhaltiger noch, als ein Mensch zum Überleben braucht. Anna dachte an die Armen in ihrer Gemeinde, die froh wären, einmal einen so gefüllten Kühlschrank wie den bei Lencks vorzufinden, und die vermutlich überhaupt nicht verstehen, wieso jemand diesen reich gedeckten Tisch verschmäht.

»Und vergib uns unsere Schuld, wie auch wir vergeben unsern Schuldigern ...« Schuld? Haben wir Schuld, dass unsere Tochter krank ist? Dieser Dr. Weiß hatte erwähnt, dass zu hohe Anforderungen von Eltern an ihr Kind eine solche Krankheit auszulösen vermögen. Aber das trifft doch nicht auf sie zu, das wäre doch absurd! Christian und sie haben nie Druck auf die Kinder ausgeübt, sie haben Katrin nie animiert, auf allen Hochzeiten zu tanzen und immer perfekt zu sein. Im Gegenteil, dass Katrin pausenlos unterwegs war, verstand Anna ohnehin nicht so recht. Als sie jung war, hatte sie sich auf weniger konzentriert. Aber ein Grund zur Sorge schien ihr Katrins ausgefülltes Nachmittagsprogramm nicht zu sein, im Gegenteil, es freute sie, dass sie nicht rumhing wie andere in ihrem Alter.

Dr. Weiß hatte auch von familiären Faktoren gesprochen. Was soll das? Ihr Familienleben war weitgehend entspannt,

Meinungsverschiedenheiten trugen Christian und sie aus wie erwachsene Menschen, also brüllten sich nicht an, beschimpften sich nicht, niemand stellte den anderen bloß oder wertete ihn ab. Die Kinder kannten zwar Regeln und Grenzen, wuchsen aber ansonsten frei auf. Was sollte daran falsch sein?

Und Angst? Angst sei ein Auslöser, hatte sie in einem der Bücher über Anorexia nervosa gelesen. Wovor sollte ihre Tochter Angst haben? Vor dem Frauwerden, vor der Sexualität? Anna fiel diese Vorstellung schwer. Seit Katrin elf war, wurde sie umschwärmt von Jungen, hatte Freunde, war verliebt. Zugegeben, Lenas Jugendlieben und Flirts erschienen ihr klarer, nachvollziehbarer. Lena verliebte sich, sie ging eine Zeit lang mit dem betreffenden Jungen aus, entliebte sich wieder. Hingegen entsprach weder Katrins Beziehung zu Fabian, geschweige denn die zu Jean-Luc dem, was sie sich für ihre Jüngste wünschte. Anna verstand nicht einmal, was da vor sich ging. Sie konnte sich nicht erklären, warum die Liebe zu Fabian so sang- und klanglos im Sande verlaufen war. Katrin hatte nie darüber gesprochen. Eines Tages war Anna aufgefallen, dass er fortblieb und Katrin ihn nicht mehr erwähnte. Einen Grund, sich deshalb zu sorgen, sah Anna darin nicht. Eher war ihr das Hin und Her mit Jean-Luc suspekt. Katrin war sehr verliebt in ihn, das war ihr klar. Was dieser Junge jedoch für ein Spiel mit ihrer Tochter trieb, konnte sie sich nicht erklären. Aber welches Mädchen litt nicht mal an heftigem Liebeskummer! Wenn die alle deshalb gleich abmagern würden, gäbe es keine einzige Übergewichtige auf der Welt!

Angst vor der Loslösung von der Familie, das stand auch

in einem der Bücher. Katrin musste nicht fort, Lena blieb doch auch noch. Blieben nicht die jungen Leute überhaupt heutzutage viel länger im Elternhaus und genossen die Vorzüge des »Hotels Mama«? Anna war früh aus dem Elternhaus fortgegangen, zum Studium musste sie in eine andere Stadt und das hatte ihr nicht geschadet, aber damals waren andere Zeiten. Sie jedenfalls würde ihre Kinder nicht aus dem Nest schubsen und das wussten die auch.

Katrin hatte nun die Realschule beendet, sie wollte ein Ernährungswissenschaftliches Gymnasium besuchen, würde also etwas Neues beginnen, wovon sie noch nicht wusste, was es sein könnte. Ob sie davor Angst hatte? Vor dem Unbekannten? Fürchtete sie, das Unvertraute nicht bewältigen zu können?

Alle Welt nahm das Mädchen wahr als innerlich und äußerlich perfekt: Sie war schön, sie hatte einen natürlichen Charme, das Zeugnis war eines der besten der Schule, dazu war sie musisch begabt, sportlich interessiert und fit ... Annas Magen krampfte sich zusammen, so viel Perfektion muss einen Menschen eigentlich überfordern, sie war doch erst 16! Wie hatte dieser Dr. Weiß gesagt? Die Befürchtung, dem Anspruch der Eltern nicht gerecht werden zu können ... Anna war zumute, als stünde sie vor einem grauen, dunklen Meer, über sich einen ebenso drohend grauen Himmel.

Rasch öffnete sie die Augen, schaute hinauf in das strahlend helle Deckengewölbe. Durch die hohen Fenster schienen immer noch goldene Sonnenstreifen, doch hatte das Licht die Farbe der Wände verändert, das kühle Grau war einem sanften Blau gewichen. Der erhabene, stille Raum wirkte heiter und leicht, sie fühlte sich heimischer hier als in einer dieser düsteren hohen gotischen Kirchen.

»... sondern erlöse uns von dem Bösen. Denn dein ist das Reich und die Kraft und die Herrlichkeit ...«, betete Anna und spürte endlich wieder ein leises Gefühl von Zuversicht.

Es ist wie ein langer, langer Weg, der nie aufzuhören scheint. Jedoch hat dieser Weg, der mit vielen Felsbrocken versehen ist, noch kein Ende – meistens auch keinen Lichtblick am Horizont, sondern nur einen Steinbruch, der schwarze, traurige Steine beinhaltet, die hoffnungslos dort herumliegen und sich schon aufgegeben haben. Diese Steine sind hohl, leer, kahl – fühlen sich alleine, obwohl so viele von ihnen nebeneinander liegen. Werden sie für immer dort liegen?

»Atme ganz ruhig, entspann dich, du musst entspannt sein, sonst ist es sehr unangenehm. Je besser du mitmachst, umso schneller geht es.«

Dr. Weiß hatte auf der Einweisung in die Kinderklinik bestanden, auch dort konnte er Katrin weiterhin psychologisch betreuen. Als der Aufnahmearzt dann Zwangsernährung über eine transnasale Magensonde anordnete, ließen allein diese Worte das Mädchen vor Angst schlottern. Argwöhnisch, die blauen Augen weit aufgerissen, verfolgte sie jetzt, wie die Stationsärztin die Länge der Sonde abmaß: von der Nasenspitze zum Ohrläppchen, von dort die Entfernung bis zur Magengrube, etwa 45 Zentimeter. Nun stand sie mit der Sonde neben Katrins Bett und sprach beruhigend und dennoch entschieden auf diese ein. Auf der anderen Seite des Bettes wartete die Krankenschwester auf ihren Einsatz. Sie hatte das Kopfteil etwas hochgestellt, damit Katrin halb sitzen konnte; jetzt streichelte sie Katrins dürren Arm und nickte ihr mit mütterlichem Lächeln zu.

»So, jetzt Mund auf, durch den Mund tief einatmen …« Die Ärztin schob beherzt die Sonde durch Katrins Nase bis hinunter zur Epiglottis, diesem Deckel, der beim Schlucken den Kehlkopf verschließt, damit keine Nahrung in die Luftröhre gerät. Die Schwester reichte Katrin ein Glas Wasser, bat sie zu trinken: »Mit jedem Schluck rutscht der Schlauch ein Stück tiefer. Schlucken, Katrin, du musst schlucken, dann geht es viel leichter!«, befahl die Schwester immer wieder. Katrin würgte, sie glaubte, ersticken zu müssen, sie lief rot an und der Schweiß brach aus allen Poren, sie spürte, wie er eiskalt unter ihren Achseln entlanglief, alles in ihr sträubte sich gegen diesen Schlauch, mit den Händen wollte sie das Ding rausrupfen, aber die Schwester stützte sich jetzt auf ihre Oberarme, sie lag fast auf ihr, Katrin spürte ihren Atem, sie wollte sich aufbäumen, aber die Schwester war viel kräftiger als sie, ihr war heiß, so heiß, wie schon lange nicht mehr, rote Kreise tanzten vor ihren Augen, die tränten, niemand konnte die Tränen trocknen, die Ärztin schob den Schlauch, die Schwester hielt Katrins Arme, Katrin schlotterte am ganzen Körper, als hätte sie einen Stromschlag bekommen, in ihr war nur noch Panik, ich ersticke, wollte sie rufen, aber es gelang nicht, sie musste schlucken und würgen und schlucken und würgen, und bei jedem Schluck schob die Ärztin die Sonde ein Stück weiter, bis sie irgendwo tief in ihrem Inneren angekommen schien.

»Brav, Katrin, nun ist es vorbei«, lobte die Schwester, hielt das Mädchen aber vorsichtshalber noch fest.

»Mach noch mal den Mund auf«, bat die Ärztin, schaute in Katrins Rachen, ob der Schlauch gerade verlief, ohne Schlinge. »Das Ende kleben wir nachher an deiner Wange fest«, sagte die Ärztin, »jetzt bekommst du erst mal Nahrung.«

Die Prozedur hatte höchstens drei Minuten gedauert, die Katrin vorgekommen waren wie Stunden. Sie schloss die Augen, unter ihren Lidern liefen die Tränen hervor. Sie spürte, wie die Schwester sie streichelte, ihr die Stirn und die Tränen abtupfte, das Kopfteil etwas niedriger stellte.

Katrin hörte nicht auf zu zittern, der Würgereiz blieb, wenn auch nicht so stark wie am Anfang, und auch die Furcht, keine Luft zu bekommen, verließ sie erst nach Stunden.

Die Schwester befestigte die Flasche mit der Flüssignahrung an dem Infusionsständer neben Katrins Bett, stellte die elektronische Steuerung ein und folgte der Ärztin nach draußen.

Das Wort Zwangsernährung spukte durch Katrins Gehirn. Sie zwingen mich zu essen, sie zwingen mich in dieses Klinikbett, immer nur Zwang, das ist gegen die Menschenrechte, Zwangsernährung ist Folter, und dann Fresubin, das klingt wie Fressen, ich bin ein Mastschwein, werde jetzt gemästet, zwangsweise abgefüllt, jedes Mal 1500 Kilokalorien, dabei bin ich schon so fett, und mit jedem Tropfen, der durch die Sonde läuft, werde ich fetter.

Es läuft und läuft, ich kann nichts dagegen unternehmen, das macht mich ganz nervös, und dann die blöden Reden:

»Du wiegst 39,5 Kilogramm, damit stehst du kurz vor einem Herzschrittmacher – und du bist erst 16! Wir sind hier kein Gefängnis – hier hast du die Chance, gesund zu werden, denn wir kümmern uns um dich, aber du musst mithelfen, ohne deine Hilfe können wir dir nicht helfen, wir lassen dich erst wieder raus, wenn du mindestens 46 Kilogramm wiegst. Und bis dahin hast du hier gar nichts zu melden.«

Katrin sah das völlig anders. Sie fand sich immer noch »fett, faul und unnütz«. Und von aller Welt verraten.

Wenn sie den Kopf nur ein Stückchen drehte, spürte sie erneut diesen ekelhaften Würgereiz, dem eine neue Welle der Angst vor Ersticken folgte. Das Schlucken bereitete ihr Qual und allmählich breitete sich ein ziehender Schmerz in ihrem Bauch aus.

Die Fresubin-Flaschen wurden dreimal täglich an ihre Sonde angeschlossen. Katrin nahm es hin.

Sie sah ringsum krebskranke Kinder und fühlte manchmal ein schlechtes Gewissen ihnen gegenüber, zumal Dr. Weiß in seinen Gesprächen mit ihr immer wieder an ihr Gewissen appellierte: »Diese Kinder können nichts dafür, dass sie hier sind, sie wollen alle leben, aber du, du isst halt nichts. Du fühlst dich wie eine Prinzessin und wahrscheinlich wolltest du nur von daheim weg.«

Toll, dachte Katrin, wenn ich das selbst in der Hand hätte, wäre ich bestimmt nicht hier, sondern zu Hause. Und wie 'ne Prinzessin fühle ich mich noch lange nicht, du Idiot!

»Du bist Vegetarierin, weil du nicht willst, dass Tiere getötet werden, lässt dich aber mit einem Ding ernähren, das so viel Aufwand erfordert – das ist ganz schön verlogen, Katrin!«

»Ich glaube, du weißt nicht, was Liebe ist.«

»In eurer Familie macht sich jeder um die anderen mehr Sorgen als um sich selbst.«

»Es hat mich gefreut, dass du heute unser Gespräch verschlafen hast, Katrin, langsam kommst du los von deinem Perfektionsdrang.«

So sprach Herr Dr. Weiß ein ums andere Mal in der Therapiestunde.

Einmal sollte sie zehn Dinge aufschreiben, vor denen sie Angst hat:

Dass ich bevorstehende Aufgaben nicht bewältigen kann.
Dass ich eine für mich sehr wichtige Person verliere.
Dass ich nicht gesund werde.
Zukunft.
Dass ich mich nicht so annehmen kann, wie ich bin.
Dass ich alleine gelassen werde.
Zunehmen.
Große Portionen von Essen.
Fettige Speisen.
Fresubin.

Sie begann, ihre Gefühle, ihre Ängste, ihre Sehnsucht mit Farben auszudrücken: spitze Formen und schmerzlich grelle Fantasien wie lodernde Feuer, die das Dunkle in ihr nicht vertuschen konnten.

Im Tagebuch steht:

»Wozu noch leben? ... Es ist wie ein Käfig – niemand kann reinkommen, um mir zu helfen; ich selbst kann aber nicht ausbrechen ... Warum kann ich mich nicht annehmen, wie ich bin – meinen Körper, meine Ängste und Gefühle? Dann wäre ich endlich geheilt.«

Mit ihrem Charme gewann sie die Ärzte, die Diätassistentin, die Schwestern. Vor dem Wiegen musste sie zur Toilette, aber danach trank sie schnell und heimlich viel Wasser, damit die Waage mehr anzeigte. Manchmal durchschaute eine Schwester den Trick, und eine machte einmal aus den 45,8 Kilogramm auf der Waage 46 Kilogramm im Protokoll. Wenn es bis zum nächsten Wiegen bei diesem Gewicht bliebe, würde die verhasste Sonde entfernt werden, sie könnte nach Hause, Therapie und Krankengymnastik ambulant fortsetzen.

Nachmittags durfte Katrin für zwei Stunden das Krankenhaus verlassen. Oft streifte sie ziellos durch die Stadt. Die Leute starrten dem dürren Mädchen nach. Katrin schien das nicht zu stören, sie trug die an der Wange festgeklebte dünne Sonde, als stünde sie mit einem Mikrofon auf der Bühne. Manchmal betrat sie ein kleines Süßwarengeschäft. Blieb lange vor den Regalen stehen, sah sich ausgiebig die Schachteln und in Zellophan verpackten Leckereien an. Bonbons und Lakritze, Kokos, Marzipan und Nougat, Milchschokolade, zartbittere und die ganz dunkle, Schokoladenfiguren und Schokoladentafeln, Schokolade mit Anis, Schokolade mit rotem Pfeffer, Schokolade mit Walnüssen, Pistazien, Haselnüssen …

»Kann ich Ihnen helfen?«, fragte die Verkäuferin beim ersten Mal noch. Katrin schüttelte lächelnd den Kopf und guckte stumm weiter. Als sie immer wieder mal kam, fragte die Verkäuferin nicht mehr. Komisches Mädchen, was mag mit der los sein? Ob die nichts Süßes essen darf? Sie guckte, als wolle sie sich mit den Augen satt essen, dachte sie und wechselte mit dieser seltsamen Kundin allenfalls ein paar unverfängliche Worte über das Wetter. Manchmal kaufte Katrin doch etwas, eine Tüte Bonbons oder Karamell oder Pfefferminzdragees. Die hortete sie im Schubfach neben ihrem Krankenhausbett. Nicht ein einziges Stückchen erlaubte sie sich zu essen.

> *Selbst in jeder andern Klinik*
> *Werd ich wieder einen Schlauch*
> *in meinen Magen kriegen.*
> *Schlauch im Magen*
>   *falsches Hoffnungssagen*
> *Schlauch im Magen*
>   *kannst doch grad verzagen …*
> *Schlauch im Magen*
> *Immer diese Falschaussagen*
> *So kannst du nicht mehr Ja zum Leben sagen …*

Anna Lenck fuhr jeden Tag nach der Arbeit zu Katrin ins Krankenhaus. Bei schönem Wetter spazierten sie im Park, Katrin wollte laufen, laufen, laufen, die unfreiwillig aufgenommenen Kalorien wieder abtrainieren.

Auf einer Bank saßen drei kahlköpfige Jungen und spielten mit Gameboys. Sie lachten, als sie Katrin sahen, riefen ihr einen Gruß zu und: »Liest du uns heute Abend wieder was vor, Katrin?«

»Klar«, rief Katrin zurück. Und zu ihrer Mutter sagte sie: »Die armen Kerlchen, die sind viel schlimmer dran als ich. Und die können nix dafür. Ich finde sie so tapfer.«

»Du kannst auch nichts dafür, dass du krank bist, Katrin, niemand kann etwas dafür.«

Sie schob Müdigkeit vor, um Katrin zu bewegen, mit ihr auf einer Bank zu sitzen. Widerstrebend setzte sich auch Katrin. Sie schlug die Beine übereinander, begann sofort, mit dem in der Luft hängenden Fuß zu wippen. Anna wurde nervös von dem Gezappel, aber sie nahm es hin. Ermahnungen, Appelle, Verbote hätten ohnehin keinen Sinn gehabt.

»Mum?«

»Ja, meine Kleine?«

»Der Weiß meinte heute, dass es eine Klinik gäbe, in der mir besser geholfen werden könnte als hier. Das hier ist ja eine Kinderklinik und sie sind nicht spezialisiert auf Fälle wie mich. Ich solle mir das mal überlegen, falls ich es draußen doch nicht schaffen sollte. Er hat gesagt, ich könnte es zwar schaffen, wenn ich weiterhin zur Therapie käme, aber ich müsse gesund werden *wollen*.«

»Aber das willst du doch?«

»Ja, natürlich, das heißt …«

»Was? Das heißt was?« Anna wurde heiß.

»Manchmal weiß ich nicht mehr, was ich denke. Ihr seid immer bei mir und doch fühle ich mich oft so schrecklich allein. In mir ist es dann ganz schwarz.« Katrin sprach plötzlich immer schneller. »Ich sehe dann kein Licht mehr, hab keine Lust auf gar nichts, alles ist mir so wurscht, ich will einfach nichts mehr, ach Mama, manchmal hab ich solch große Angst, in ein Loch zu fallen, und dabei hab ich doch alles gehabt.«

»Wovor hast du Angst, mein Engel?«

»Vor dieser Leere … Dass ich nicht weiß, wer ich bin. Dass ich in eine Depression falle und nicht mehr rausfinde.«

Sie starrte vor sich auf den Weg, schob mit der Fußspitze ein Kieselsteinchen hin und her.

»Weißt du«, sagte Anna, »im Moment steckst du voller trauriger und düsterer Gefühle, und all die positiven sind vergraben. Die kommen wieder ans Tageslicht, glaub mir, und wir helfen dir dabei. Du fehlst uns nämlich sehr!«

»Ja, aber der Weiß hat gesagt, ihr würdet es nicht aushalten, wenn ich daheim bin und depressiv werde, ich sei dann eine Zumutung für euch, auch deshalb wäre es besser, ich würde in diese Klinik gehen.«

Das ist doch unglaublich, wie kann der Mensch so zu einer Kranken reden, dachte Anna, aber sie schluckte ihre Wut runter, um Katrin nicht zu beunruhigen. Die redete weiter:

»Ach, Mama, wie gern wäre ich zu Hause und die alte, fröhliche Katrin. Aber ich fühle mich oft so beschissen, hab Kopfweh, und das Essen ekelt mich richtig an, dann krieg ich Panik, dass ich mich selbst umbringe, also zerstöre … und dass ich nicht alleine rauskomme aus diesem schwarzen Loch.«

Anna legte ihren Arm fester um die knochigen Schultern ihrer Tochter, sah sie an und war unendlich traurig. Wie stumpf ihre Haare geworden waren. Was hatte sie noch vor einem Jahr für eine schöne, glänzende Mähne gehabt. Und wie energisch sie die früher mit einer Kopfbewegung nach hinten geworfen hatte. Jetzt strich sie höchstens mal mit einer müden Handbewegung eine Strähne hinters Ohr.

»Guck mal, dort, das Eichhörnchen …«, lenkte Anna ab, um Zeit zum Überlegen zu haben. Eine Weile beobachteten beide, wie das Tier am Stamm einer Esche entlang nach oben ins Geäst huschte.

»Und wie schön die Rosen aussehen!«

»Aber sie duften gar nicht«, sagte Katrin.

Die Nachmittagssonne wärmte ihnen den Rücken, und jetzt sah Anna deutlich den Flaum, der Katrin wie ein feiner Bart ums Kinn gewachsen war. Mein Gott, dachte Anna, auch das noch. Lanugobehaarung nennt man das wohl. So was haben manche Neugeborene. Durch ihr Abmagern war ihre Östrogenproduktion gestoppt. Sie streichelte Katrins Hinterkopf und ihren Nacken. Auch der ist irgendwie dünner geworden, dachte sie, wie die Haare. Plötzlich kam Anna die Redensart in den Sinn: Jemand macht sich dünn. Man macht sich dünn, wenn man wegwill, wenn man irgendwas nicht mehr aushalten will oder kann; jemand wird immer dünner, um nicht mehr zu existieren, um nicht mehr auf dieser Welt zu sein … NEIN, stoppte Anna erschrocken ihren Gedankenkreisel und zog Katrin heftig an sich, die ihren Kopf an Annas Schulter kuschelte und hemmungslos zu weinen begann.

»Du hast immer noch alles«, fing Anna an. »Ich glaube, der Weg zu sich selbst ist ein langer Prozess. Du bist erst 16, bis jetzt hast du ausprobiert, was zu dir passt, was du möchtest, was dir liegt. Und wenn du die Zeit hier nutzt und dich nur um dich kümmerst, um deine Wünsche und Ziele, dann wirst du dich ganz neu kennen lernen. Weißt du, Hobbys und Beziehungen verändern sich im Leben, aber dein Ich bleibt, du bist die ganz und gar einzigartige Katrin.«

»Vielleicht hab ich zu viel probiert, Mama, vielleicht war ja wirklich alles zu viel: all die Hobbys, die Freunde und Freundinnen und dass ich immer so ehrgeizig bin. Wenn ich nur wüsste, was mich in diesen ganzen Scheiß gebracht hat. Es ist alles so durcheinander und wirr, ich seh überhaupt keinen Sinn im Leben.«

»Jeder Mensch muss seinen eigenen Sinn im Leben finden, Katrin, auch du wirst ihn finden. Und wir sind immer für dich da und werden dich dabei unterstützen.«

»Ach Mama, ich bin so froh, dass ich dich hab, du hilfst mir immer so sehr, dafür bin ich dir dankbar.«

> *Gefühle, Ängste, Sorgen*
> *bleiben hinter der Fassade verborgen,*
> *der äußere Schein ist gewahrt.*
> *Ist es die Angst,*
> *ein Versager, ein Schwächling zu sein,*
> *wenn man ist, wie man eben ist?*
> *Ist das Leben etwa ein Theater,*
> *wo jeder seine Rolle spielt – zu spielen hat,*
> *wo das wahre Ich im Hintergrund verschwindet?*
> *Cool sein, stark sein, nicht aus der Rolle fallen,*
> *denn The show must go on.*
> *Aber muss sie das wirklich?*

46 Kilogramm, das Gewicht, das die Klinikärzte Katrin als Ziel vorgegeben hatten, erreichte sie nicht, weder mit Schummelei noch ohne. Im Gegenteil, sie nahm stetig ab: 43,4, 42,8, 42,3, 41,9, 41,5 Kilogramm. Anna Lenck hatte telefoniert, recherchiert, im Internet gesurft, mit Christian

beratschlagt und mit Bäumers gesprochen, bis sie zu der Überzeugung gelangt war, dass diese anthroposophische Klinik, die Dr. Weiß empfohlen hatte, das Richtige für Kathrin sei. Das Credo der Klinik entsprach Annas Auffassung und ließ in Christian Vertrauen entstehen: Whying is dying – die Frage nach dem Warum hieße, dass wir nicht die Zukunft gewinnen, sondern dass der Patient stirbt. Nicht das Körpergewicht ist von zentraler Bedeutung, sondern die Seele. Der Körper ist nur der Spiegel des seelischen Befindens. Bestrafungs- und Belohnungsrituale gehörten nicht ins Programm.

Nachdem Katrin Lenck sechs Wochen in der Kinderklinik verbracht hatte, schrieb Oberarzt Dr. Weiß seinen Abschlussbericht:

»… wirkt Katrin fast durchgehend höflich, lächelt, nimmt gut Kontakt auf. Erst im Verlauf der Gespräche kann sie ihre innere Traurigkeit zulassen, ist dann tief depressiv …

… zeigte Katrin ein schwer gestörtes Körperbild und Körperschema: Sie fühlte sich bereits in kachektischem Zustand dick und rundlich und konnte keine Vorstellung von normalen Körperproportionen entwickeln …

… Zur Familienanamnese ist bekannt, dass der Vater Anfang der Neunzigerjahre unter einer Depression gelitten habe, er sei damals über drei Jahre in Gesprächstherapie gewesen. In einem Gespräch äußerte der Vater eine Angst vor der Suizidalität der Tochter …

Insgesamt ist die Anorexie bei Katrin stark vor dem Hintergrund einer familiär bedingten Aggressionsabwehr zu sehen und der Angst vor depressiven Persönlichkeitsanteilen. Die Berichte aus der Vergangenheit deuten darauf hin, dass Katrin sich zunächst durch Entwicklung eigener Initiative zu retten versuchte, in der Folge des Umzugs in der zweiten Klasse jedoch auch dahingehend frustriert wurde und zunehmend in eine vermeidend passive Haltung abglitt, die sie durch Leistungserfüllung, den Blick auf sich selbst durch die Bewertungen anderer und schließlich die Umwandlung aggressiver Impulse in selbstschädigendes Verhalten wie Fasten und sich selbst Kratzen stabilisierte …

Da abzusehen war, dass bei Katrin eine ambulante Behandlung keinen Erfolg haben wird, haben wir die Bemühungen der Eltern um einen Behandlungsplatz in einer anderen Klinik unterstützt. Katrin selbst konnte sich nur sehr schwer dazu entschließen, vor allem wegen der damit verbundenen Trennung von den Eltern und der Infragestellung der schulischen Pläne (Ernährungswissenschaftliches Gymnasium), während die Eltern bereits viel früher die Unmöglichkeit einer ambulanten Psychotherapie erkannten …«

Anfang August brachten Lencks ihre Tochter in die anthroposophische Klinik. Katrin weinte beim Abschied von ihren Eltern. Immer wieder hatte Anna ihrer Tochter versichert: Wir denken immer an dich. Wir vergessen dich nicht. Du bist immer bei uns! Und Christian hatte ihr Mut gemacht: Jeder Tag wird dich ein Stückchen weiterbringen!

Sie wog 41,3 Kilogramm, Puls 37. Sie hatte Magenschmerzen und Herzrhythmusstörungen, war entsetzlich müde, konnte sich kaum auf den Beinen halten, sah häufig nur noch verschwommene Umrisse. Ihre Hände gehorchten ihr nicht mehr, sie zitterten und hatten Mühe, Gegenstände zu halten. Ohne Hilfsmittel war ihr seit Wochen schon kein Stuhlgang möglich. Und vor Essen ekelte sie sich. In ihrem Gesicht hatte sich Wasser angelagert, »Zahnarzt-Backen« nennen das Eingeweihte. Man legte ihr eine Infusion, gab ihr Psychopharmaka. Meist döste Katrin in ihrem Bett vor sich hin. Einmal tätschelte ihr Schwester Magdalena die Wangen: »Katrin, wach auf! Deine Finger sind schon ganz blau, du bist ja halb tot!«

Sie wachte auf. Schrieb in ihr Tagebuch:

»Das erste Gespräch mit Herrn Dr. Schmitz, Mum und Dad hat mir viel gebracht. Er hat ja recht, wenn er sagt: ›Was muss eigentlich noch passieren, dass du dir die Erlaubnis gibst zu essen? Du musst anfangen, gegen diese Krankheit zu kämpfen, nicht gegen dich selbst! Willst du dein ganzes Leben lang rumrasen wie eine aufgezogene Springmaus?‹

Danach sind Mum und Dad noch mit mir in mein Zimmer gekommen. Hab gesagt, dass es oft keinen Sinn mehr gibt und dass alles so gleichgültig wird. Hab's bereut, dass ich so ehrlich war. Mum war total am Ende. Ich will ihnen doch nicht wehtun, aber ich muss diese Gedanken einfach jemandem erzählen, dem ich hundertprozentig vertrauen kann.«

Und eine Woche später: »Der Sonntag war voll schön mit Family. Dad war seit langem mal wieder locker und entspannt. Sie halten immer zu mir, das hilft mir so viel.«

Allmählich kehrten Wärme und Gefühl in ihre Hände

zurück. Sie hatte ein paar mutmachende Gespräche mit Dr. Schmitz, dem Therapeuten. Sie konnte sich auch wieder richtig heftig aufregen. Als sie einmal in kurzen Hosen aus ihrem Zimmer trat, lief sie Schwester Magdalena vor die Füße, die sie zurückschickte, sie sollte sich sofort umziehen. Die Schwester war empört: »Das geht nicht, schau dich doch an, wenn das der Herr Dr. Schmitz sieht!«

Und Katrin schob ab und murrte vor sich hin.

Einmal hat sie beim gemeinsamen Mittagsmahl Dessert mit Sahne gegessen. Das ging nur, weil sie sich suggerierte: Ich bin stark! Ich bin stark! Und als sie ein bisschen stabiler schien, durfte sie mit anderen Patienten täglich einen Spaziergang im angrenzenden Wald machen. Wohl nie zuvor hat sie die würzige Luft so tief eingesogen, die sich langsam schon verfärbenden Blätter so deutlich wahrgenommen wie in diesen Tagen.

Und dann der Rückschlag: Schwester Magdalenas Waage zeigte 39,6 Kilogramm.

Ich bring mich um, wenn ich wieder eine Magensonde bekomme, beschloss Katrin. Und schrieb später ins Tagebuch: »Hab die Sonde bekommen. Bin zu feige, mich umzubringen. Ich schaff es einfach nicht. Alles schwarz.«

Und der tödliche Reigen begann von vorn. Während Katrin im Bett lag und zusah, wie ein halber Liter des verhassten Fresubins durch die Sonde in ihren Magen lief, drehten sich ihre Gedanken fieberhaft nur um eines: Wie wenig darf ich nun essen, um nicht zuzunehmen? Sie berechnete immer wieder den Gegenwert dieser fünfhundert Kilokalorien in Bewegung. Da ihr kaum Bewegungsmöglichkeiten blieben, wippte sie rhythmisch mit den Füßen, bewegte die Oberschenkel, um die Kalorien wieder abzubauen. Wegen dieser Rechnerei und Zappelei plagte sie das schlechte Gewissen und dann hasste sie sich für das schlechte Gewissen. Sie fühlte sich beschissen und begann zu bescheißen, sich und die anderen. Wann immer sie sich unbeobachtet fühlte, klemmte sie die Sonde ab und ließ den Inhalt der Flasche ins Waschbecken laufen. Trank vor jedem Wiegen literweise Wasser.

Hintergehen,
hintergehen –
Ja, OK!
Ich geb's zu,
es war kein Versehen!

Jetzt ist's abzusehen,
ist die Zeit gekommen –
um zu gehen?

Meine Gedanken,
die wehen …
in mir herrscht wieder
dieses Beben.

Würde am liebsten
davonschweben.
Hab doch angefangen,
mich zu pflegen –
und nicht mehr so stark
zu steuern dagegen.

*Hintergehen,
hintergehen –
doch bitte!
Auch sehen,
Wie ich kämpf dagegen!*

*Das ist nämlich für mich
ein kleiner Segen!*

Einmal kam Dr. Schmitz mit wehendem weißem Mantel in Katrins Zimmer gestürzt, stellte einen Stuhl neben ihr Bett und sah sie streng an.

»Mir ist zugetragen worden, dass du Essen wegwirfst, was sagst du dazu?«

Katrin guckte erschrocken und schwieg.

»Du brauchst dir keine Lügen einfallen zu lassen, einige Mitpatientinnen haben es gesehen. Nicht nur, dass du dir selbst schadest und uns hintergehst, es ist sträflich, du bringst mit deinem Verhalten deine Mitpatientinnen in einen Gewissenskonflikt, ist dir das klar? Einerseits mögen sie dich und wollen nicht petzen, andererseits fühlen auch sie sich betrogen, stehen sie doch unter ähnlichem Druck wie du.«

So hatte Katrin das noch nie gesehen. Sie war total geschockt. Nicht geliebt, nicht anerkannt zu werden, war für sie die Hölle. Sie war gern mit den anderen zusammen, mochte sie sehr und wollte sie natürlich nicht in einen Zwiespalt bringen. Katrin weinte. Wie sollte sie nur aus diesem Teufelskreis herausfinden? Wie den inneren Befehlen widerstehen, die sie zu solchem Handeln zwangen?

»Ich denke, du hast mich verstanden«, sagte Dr. Schmitz, tätschelte ihre Hand und erhob sich. »Ich gehe davon aus, dass du stark sein und essen willst, schließlich möchtest du doch nach Hause und dein normales Leben wieder aufnehmen, nicht wahr?«

Katrin schluckte und nickte und war in dem Moment überzeugt davon, ab sofort essen zu wollen.

Und dann fürchtete sie sich erneut, vor Schwester Magdalena auf die Waage zu steigen – wog sie zu wenig, würde die Fresubin-Dosis erhöht werden. Wog sie zu viel, fühlte sie sich wie ein Mastschwein und hasste sich dafür. Und sie hasste sich, weil sie den Sommer verpasst hatte, weil inzwischen September war und das neue Schuljahr im Ernährungswissenschaftlichen Gymnasium ohne sie begonnen hatte. Stattdessen Minimalunterricht im Krankenhaus, statt der Waldspaziergänge Heileurythmie, eine Bewegungstherapie, mit der die physischen, seelischen und geistigen Ebenen wieder in ein gesundes Gleichgewicht gebracht werden sollten. Statt Basketball, Joggen und Inlineskating Einreiben mit Öl, damit sie wieder ihren Körper wahrnahm. Statt mit Fabian, Dennis und Andreas um die Häuser zu ziehen und was zu unternehmen, eine Notgemeinschaft mit ebenso kranken jungen Menschen. Statt mit Tatjana, Sarah und Luise über Klamotten, Jungs und Musik zu reden, zweimal wöchentlich Therapie bei Dr. Schmitz. Sie hasste es, ständig kontrolliert, gewogen, zum Essen genötigt zu werden. Und dann, als höchste Bedrohung, die Zwangsernährung. Auf ihrem Nachttisch lag der Zettel mit dem absoluten Horrorplan:

7.30 bis 8.15 Uhr: Fresubin unter Beobachtung

8.15 bis 9 Uhr: Sitzen in der Sitzecke – absolutes Zimmerverbot, Toiletten- und Badverbot.

Von 11.45 bis 13.15 Uhr und von 16 bis 17.30 Uhr die Wiederholung, und dann noch mal das gleiche Spiel von 19 bis 20.30 Uhr. Dazwischen: Aufenthaltsort absprechen, Toilette und Bad nur in Begleitung.

Sie bekam Psychopharmaka, wenn die körperlichen Beschwerden außer Kontrolle zu geraten schienen. Wog sie ein paar Gramm mehr als erhofft, durfte sie mit den anderen spazieren gehen. Wog sie weniger, musste sie in ihrem Zimmer bleiben. Ihre Stimmungen schwankten wie ihr Gewicht, ihre Gemütslage war instabil und unberechenbar. An einem Tag voller Mut und Tatendrang, voller Lebenslust und Zuversicht, am nächsten fiel alles zusammen wie ein Soufflé. Unter der Oberfläche immer die Sehnsucht nach Lena und den Eltern.

Sonntags fanden im Festsaal der Klinik Konzerte statt. Wann immer es ihr möglich war, saß Katrin im Publikum. Einmal gab es Flötenmusik des 18. Jahrhunderts. Auf das Programm schrieb sie hinter eine Händel-Sonate: »Hab noch nie jemanden so schön Altflöte spielen hören. Der Ton war so genial. Es hat alles gestimmt … Hab das Allegro sogar selbst einmal gespielt. Das war jedoch ein Unterschied wie Tag und Nacht. Wenn ich gesund bin, werde ich mir die Noten besorgen! Freu mich schon!!!«

Im Festsaal stand ein Klavier, so konnte sie doch anfangen, Klavier zu spielen, wie sie es sich früher immer gewünscht hatte. Den Flohwalzer lernte sie jedenfalls rasch.

Aber wenn sie nichts gegessen, wenn sie kein Gramm zugenommen hatte, dann durfte sie das Zimmer nicht verlassen. Und das war für sie das Schlimmste, dieses totale Gefühl des Eingesperrtsein, des Verlassenseins, dieses Wissen, dass ihr jegliche Kontrolle versagt sei.

Und dann gab es die Familientherapie bei Dr. Schmitz. Vier Monate lang fuhren Anna, Christian und Lena Lenck wöchentlich einmal zu Dr. Schmitz in die Klinik. Alles in Katrins kurzem Leben wurde durchleuchtet, von der Geburt bis heute.

»Wir hatten uns das Kind sehr gewünscht. Katrin war eine Frühgeburt, sie hat im Brutkasten gelegen«, erzählte Anna Lenck dem Therapeuten. »Mein Mann ist fast täglich zu ihr gefahren, hat sich ein paar Minuten neben ihr Bettchen gesetzt. Ich konnte sie nicht stillen. Ich habe in jener Zeit nicht gearbeitet, sondern meine Kinder betreut.«

»Perinatalmediziner debattieren seit einiger Zeit einen Zusammenhang zwischen Frühgeburt und späterer Ess-Störung …«, warf Dr. Schmitz ein.

»Früher sind die doch auch nicht magersüchtig geworden«, hielt Christian dagegen. »Es gibt haufenweise wohlgeratene Frühgeburten, dicke und dünne, glückliche und unglückliche – so what?«

»Ich wollte ja nur andeuten, dass man in den meisten Fällen keine eindeutigen Auslöser der Krankheit festmachen kann.«

Man besprach die Konstellation und die Interaktion der Familie, den Umgang mit Konflikten und das Äußern von Gefühlen – nichts ließ sich als Auslöser für eine solche Krankheit festmachen.

»Es gab nie Druck, nur Angebote. Natürlich haben meine Eltern Grenzen gesetzt: wann wir nach Hause zu kommen, wann ins Bett zu gehen haben, was wir fernsehen durften. Das haben wir aber nie als einengend empfunden«, erzählte Lena. »Ich glaube, sie hätten es gern gesehen, wenn wir wie sie Tennis gespielt oder einen anderen Familiensport mit ihnen getrieben hätten. Aber ich hab überhaupt keine Lust auf Sport und Katrin hatte andere Interessen. Aber jedes Jahr haben wir mit unseren Freunden eine Fahrradtour gemacht – fünf Familien, zehn Erwachsene, sechs Kinder, das war immer ganz toll.«

Einmal intervenierte Christian: »Ich fühle mich, als stünde ich unter Anklage. Sie haben eben vernommen: Wir haben nie Druck auf die Kinder ausgeübt. Ja, wir haben ihnen Grenzen gesetzt. Nach Ihrer Meinung ist unsere Familie also zu harmonisch, wir sind nicht konfliktfähig, okay, das ist meine Schuld, ich stehe dazu – aber wie nun weiter?«

Es ging nicht weiter. Man trat auf der Stelle. Und es offenbarte sich immer deutlicher, dass die Chemie nicht stimmte zwischen Lencks und Dr. Schmitz. Weil er der einzige Therapeut auf dieser Station war und weil sie Katrin helfen wollten, haben alle drei mit ihm geredet, gestritten, gerungen – eine gemeinsame Basis haben sie nicht gefunden. Und auch im Zwiegespräch mit Katrin kam er nicht weiter. Sie war für ihn keine Partnerin, mit der man ein Arbeitsbündnis eingeht, sie fühlte sich behandelt wie ein bockiges Kind – mit Druck. Und Druck erzeugt Gegendruck. Manchmal saßen sich beide gegenüber und spielten minutenlang »Wer-bricht-zuerst-das-Schweigen«.

Einige Zeit später, als Anna, Christian und Lena einmal Langners besuchten und sie alle am Neckar spazieren gingen, erzählte Anna von diesen Therapiesitzungen: »Ich hatte gehofft, dass wir gemeinsam einen Ansatzpunkt für einen Weg finden – ich hätte auch eine Schuld auf mich genommen, wenn es denn eine Frage von Schuld wäre, es wäre mir vollkommen egal gewesen, Hauptsache, wie hätten einen Weg gefunden, um Katrin zu helfen.«

»Vielleicht hat der Therapeut auch gespürt, dass ihr nicht miteinander könnt«, mutmaßte Barbara.

»Möglich, er hat es aber nicht angesprochen. Was hätte er auch tun sollen? Wäre ich nach meinem Bauchgefühl gegangen, hätte ich Katrin nie so lange in dieser Klinik gelassen. Andererseits hat mir eingeleuchtet, dass die Therapie nur Sinn macht, wenn man den Weg zu Ende geht, damit sie greifen kann.«

Und Christian sagte: »Ja, natürlich haben wir ganz aktiv nach einem Weg gesucht, um unserer Tochter zu helfen. Aber es war eine hilflose Suche – von beiden Seiten, ein zufälliges Hopsen von Punkt zu Punkt, und keiner der Punkte hat uns tiefer berührt. Ich hatte mir unter Therapie etwas Systematisches vorgestellt. Und ich finde es immer noch verwunderlich, dass es daran gemangelt hat. Wahrscheinlich hat er uns beobachtet, wie wir miteinander umgehen. Nun sind wir einigermaßen intelligente Leute und wissen, was erwartet wird. Aber oft genug hab ich gedacht: Und jetzt? War es das? Oder sind wir blöd?«

Auch Lena war ratlos: »Ich wusste nichts über Therapien, aber so hatte ich mir das bestimmt nicht vorgestellt: Man saß da, es war kein Hinarbeiten auf irgendwas, kein Gespräch. Das ging sogar so weit, dass manchmal zehn Minuten totale Funkstille herrschte – es wurde kein Ton gesagt. Das war beklemmend für uns alle. Ich bin mitgegangen, weil ich meiner Schwester helfen wollte, wir wollten ihr ja alle helfen. Aber nach meinem Empfinden hat es überhaupt nix gebracht.«

Die Schwestern hatten sich längere Zeit nicht gesehen, Lena war verreist gewesen und nun etwas vor dem angesetzten Gesprächstermin in die Klinik gekommen, um mit Katrin zusammen sein zu können. Die beiden Mädchen hatten sich umarmt. Es gab so viel zu erzählen, Katrin wollte alles wissen über das Leben draußen, über Lenas Studium, das sie eben begonnen hatte, über Jonas, ihren neuen Freund, über Katrins alte Clique. Schwatzend und lachend gingen sie den hellen Flur auf und ab, dessen Wände in zarten Farben gestrichen und mit heiteren Bildern geschmückt waren. Lena, die Kleinere, hatte sich bei Katrin untergehakt …

»Wieso hängen Sie sich denn bei Ihrer Schwester ein, Frau Lenck?« Es kam Lena vor, als würde ihr Dr. Schmitz die Frage in den Rücken schießen.

»Wie bitte? Wie meinen Sie das?«

»Es sieht aus, als würde Katrin Sie stützen, oder wie würden Sie das interpretieren?«

Lena war so verdattert, dass ihr keine Erwiderung einfiel. Blöder Affe, dachte sie, ich konnte dich noch nie leiden. Und so einem fällt meine Schwester in die Hände, die sich in dieser Anstalt nicht wehren kann.

Katrin schien zu ahnen, was in Lena vorging. »Er kann aber auch sehr lieb sein«, murmelte sie ihr zu.

Dr. Schmitz schien keine Antwort erwartet zu haben, er ging weiter den Flur entlang, und als er das Ehepaar Lenck kommen sah, bat er alle vier in den Therapieraum.

Diesmal kam er ohne Umschweife auf Katrin zu sprechen. Da es nicht recht vorwärtsginge mit ihr, würde das Konsequenzen mit sich bringen – in Bezug auf den weiteren Schulbesuch, auf ihre sozialen Beziehungen. Und es gehe nicht vorwärts, weil Katrin ihr Gewicht manipuliere und das Personal belüge.

Katrins Gesichtsfarbe glich einer Kalkwand, im nächsten Moment wurde sie puterrot. Sie wollte raus aus diesem Zimmer.

Aber der kleine, dünne Psychiater redete weiter, und Katrin saß da und bewegte, wie von einem Motor getrieben, rhythmisch ein Bein.

Er wandte sich an Lena:

»Sie müssen Ihre Aggressionen ihr gegenüber rauslassen. Schreien Sie Ihre Schwester mal an, richtig laut!«

»Ich muss sie jetzt grad nicht anschreien – warum sollte ich?«

»Doch, doch, schreien Sie mal!«

»Nein, mir ist wirklich nicht so. Meine Schwester tut mir leid.«

Der Arzt gab auf und suchte Katrins Blick.

»Offenbar willst du gar nicht nach Hause, sonst hätte sich in den fünfzig Tagen, die du jetzt hier bist, irgendwas geändert. Deine Familie tut alles, um die Situation zu ändern, aber du scheinst deine Lieben zu dominieren, als würdest du dich über sie erheben.«

»Erheben? Ich will mich über niemanden erheben, und schon gar nicht über meine Family«, erwiderte Katrin mit dünner Stimme.

»So? Dann steig mal auf deinen Stuhl!«

»Was soll ich machen?« Das Rot in ihrem Gesicht wich erneut der Kalkeimerfarbe.

»Auf den Stuhl steigen«, befahl Dr. Schmitz scharf.

Katrin sah hilflos von einem zum anderen, in ihren großen Augen standen Tränen, und dann stellte Katrin ganz langsam ein Bein nach dem anderen auf den Stuhl, hielt sich eine Weile an der Lehne fest, bis sie sich sicher fühlte, richtete sich mit erkennbarer Mühe zu ihrer vollen Größe auf.

Anna stockte der Atem. Das kann man doch nicht machen, dachte sie, mein Gott, ist das demütigend. Was mache ich nur? Sie sah Christian an, der starrte ebenso entgeistert auf seine Tochter.

»Na, Katrin, wie ist es dort oben, wenn man auf Menschen runterguckt? Das ist das Bild: Du erhebst dich mit deiner Haltung über andere.«

»Komm runter, Katrin«, sagte Anna laut, reichte ihrer Tochter die Hand, und Katrin setzte sich auf ihren Stuhl, schlug die Hände vors Gesicht und weinte. Auch Lena wischte sich über die Augen. Beschämt sah sie auf ihre Schuhspitzen, sie schämte sich so – für diesen Arzt, für ihre Schwester, für diese ganze entwürdigende Situation.

»Auch wenn ich jetzt als Querulant gelte, aber diese Art von Gewaltausübung scheint mir total unangebracht und sehr demütigend«, sagte Christian Lenck. »Druck …«

»Diese ganze Krankheit hat mit Druck und Aggression zu tun«, unterbrach Dr. Schmitz scharf. »Entweder Sie akzeptieren unsere Methoden oder Sie können gehen.«

Was hätten sie tun sollen? Wohin hätten sie gehen sollen mit ihrer kranken Tochter?

Diesmal fiel den Eltern und Lena der Abschied von Katrin besonders schwer. Sie konnten in ihr Leben zurückgehen, Katrin, ein heulendes Bündel Elend, mussten sie zurücklassen. »Dieser Halbgott in Weiß, wofür hält der sich denn?«, fing Christian an zu schimpfen. Er steuerte mit finsterem Blick das Auto aus der Stadt. »Wenn wir was falsch gemacht hätten, okay, dann hätte ich seine Haltung akzeptiert. Aber das ist doch kein partnerschaftliches Herangehen! Man wird offenbar nur so lange akzeptiert, wie man sein Gegenüber nicht in Frage stellt – das ist total unakzeptabel!«

Anna sagte leise: »Das war so unwürdig – für uns alle vier. Warum haben wir das nur zugelassen? Warum haben wir sie nicht einfach mitgenommen?«

»Weil wir ihr allein nicht helfen können, Herrgott noch mal, wir können keine Infusionen legen und ihr dieses Fresubin einflößen«, erregte sich Christian. »Wir haben es doch probiert – es geht nicht. Hast du vergessen, wie sie dich in der Küche genervt hat? Wie sich bei uns alles nur noch um Katrin und Essen gedreht hat? Wir können nicht rund um die Uhr damit zubringen, in Katrin irgendwas Nahrhaftes zu stopfen, wir müssen Geld verdienen, Lena muss ihr Leben leben!«

Christians Backenmuskeln arbeiteten, er presste die Lippen zusammen, starrte auf die Straße vor sich. Lena stierte düster aus dem Fenster. Anna schluckte, wischte sich ab und zu eine Träne ab. Alles haben wir versucht, um der Krankheit auf den Grund zu kommen, dachte sie. Auch bei uns selber haben wir gesucht, und wir wären froh gewesen, hätten wir irgendwas gefunden, dann hätten wir das ändern können. Nichts ist in all diesen quälenden Stunden herausgekommen. Wir haben diesen Mann nicht verstanden, und der hat uns nicht verstanden. Es war alles total sinnlos, weder medizinisch noch therapeutisch können sie Katrin helfen. Gab es überhaupt jemanden, der diese Krankheit verstand und heilen konnte? Anna fühlte sich plötzlich schrecklich allein.

»Setz mich bitte am Markt ab«, bat sie ihren Mann. Sie hatte längst aufgegeben, Christian oder Lena um Begleitung zu bitten. Die beiden gingen nicht mehr in die Kirche.

In einem späteren Gespräch mit dem Therapeuten, das wieder ruhiger verlief, also mit minutenlangen Pausen, die Katrin immer aufs Neue verunsicherten und ihre Eltern und die Schwester zutiefst beunruhigten, setzte Dr. Schmitz ein Ziel: Wenn Katrin 45 Kilogramm wiegt, darf sie die Klinik verlassen und zur Schule gehen. Es schien zunächst, als sei das für Katrin eine enorme Motivation.

40,6 Kilogramm, weiter kam sie nicht.

»Wir hätten sie da rausholen sollen«, sagte der Vater bei jenem Neckarspaziergang mit den Freunden.

»Mir dreht sich jetzt noch der Magen um, wenn ich an diese Sitzungen denke«, bestätigte Lena. »Und offenbar hat der Schmitz nichts kapiert: dass Katrin glaubt, sie könne das Personal erpressen und tun, was sie will, dass sie wenigstens die Kontrolle über ihr Gewicht behalten wollte, wenn schon alle anderen Entscheidungen über sie von anderen getroffen wurden.«

»Der Therapeut hat interpretiert, sie hätte Angst vor der

neuen Schulsituation und deshalb alle hintergangen, um nicht zuzunehmen«, sagte die Mutter.

Einen Tag vor Weihnachten fuhren Anna, Christian und Lena Lenck wieder in die Klinik, am Nachmittag sollte die letzte Therapiestunde im alten Jahr sein. Christian hatte eine Rio-Reiser-Kassette eingelegt und unterhielt sich mit Lena über dessen immer noch, lange nach seinem Tod, gültige Musik. Anna sah aus dem Fenster. Der Himmel hing tief und grau über der hügeligen Landschaft, die weiße Schneedecke war löcherig geworden. Aber es lag Schnee in der Luft und vielleicht würde es doch ganz weiße Weihnachten geben.

Ob wir Katrin über die Feiertage mit nach Hause nehmen können? Einerseits wäre das wunderschön, dachte Anna, die sich nichts sehnlicher wünschte, als ihre Lieben um sich versammelt zu sehen. Und besonders Weihnachten gehören nun mal alle nach Hause. Andererseits … In ihrem Bauch begann es zu grummeln. Um Gottes willen! Dann stehen wir wieder allein da mit diesem Dämon in ihr. Ohne Hilfe. Ohne Alternative. Wenn was passiert, wenn sie umkippt – zwischen den Feiertagen ist doch kein Mensch erreichbar! Klinik ist zwar scheußlich, aber dort kann ihr wenigstens nichts passieren.

Christian parkte das Auto, die drei stiegen aus, gingen den bekannten Weg zu Katrins Station, den Flur entlang, vorbei an den vier hellen Holzstühlen und dem Tisch. Auf dem Adventskranz brannten vier dicke, rote Kerzen. Katrin kam ihnen lächelnd entgegen. Plötzlich schoss Dr. Schmitz auf sie zu: »Sie können Ihre Tochter mitnehmen.« Und zu Katrin gewandt: »Pack zusammen, Katrin, du kannst heimgehen.«

»Wie …«, kriegte Anna gerade noch ohne Tränen raus, »endgültig nach Hause?«

»Was heißt endgültig? Du wirst eh nicht lang zu Hause sein, dann müssen dich deine Eltern wieder in die Klinik bringen und dann kommst du eben in die Psychiatrie, ich geb dir ein, zwei Wochen.«

Noch bevor Anna den Sinn dieser Worte richtig zu erfassen vermochte, machte ihr die Situation zu schaffen: der lapidare Ton des Arztes, der den entgeisterten Blicken der gesamten Familie auswich. Als ginge es hier um eine defekte Kaffeemaschine, deren Reparatur nicht mehr lohnt, nicht um einen kranken jungen Menschen. Dass er nicht das Gespräch in seinem Zimmer gesucht hatte, um eine so schwerwiegende Entscheidung und deren Folgen in Ruhe mit ihnen zu besprechen, sondern dass er sie, die Eltern einer Patientin, die monatelang in dieser Klinik betreut worden war, zwischen Tür und Angel abfertigte. Noch dazu vor Publikum, denn inzwischen waren andere Mädchen und Jungen aus ihren Zimmern gekommen, hatten betreten und furchtsam, als könnte ihnen Ähnliches widerfahren, die Szene beobachtet. Was ist das für eine ungeheuerliche Umgangsform, und das in einer anthroposophischen Klinik? Die Welt des Seelischen erkennen, das Geistige bewusst erfahren – so klang doch der Lehrsatz von Rudolf Steiner, dem Begründer der Anthroposophie! Anna fühlte sich, als hätte sie eine schallende Ohrfeige bekommen. Abgestraft kam sie sich vor, stand da mit hängenden Armen, unfähig zu reagieren.

Plötzlich machte Katrin den Mund auf und Anna glaubte zu träumen: »Ich möchte dableiben, Herr Dr. Schmitz, bitte! Ich mach auch alles, was Sie mir sagen, ganz bestimmt!«

Ganz klein, ganz flehentlich war Katrins Stimme. »Nur dass ich dableiben kann.«

Da flog bei Anna das Ventil raus, das ihre Wut bis dahin unter Kontrolle gehalten hatte. Wut auf diesen Therapeuten, der in seinen dämlichen Sitzungen nichts hingekriegt, nur ihrer aller Zeit vergeudet hat, und Wut jetzt auch auf Katrin. Das ist doch absolut entwürdigend! Das haben wir nun doch nicht nötig, uns so einfach abservieren zu lassen!

»Komm, Katrin, wir packen«, sagte Anna energisch, und sie zog ihre Tochter in das Zimmer, das diese fünf Monate lang bewohnt hatte.

Der Mann scheint ja total hilflos zu sein, warum gibt er das nicht zu und bespricht mit uns eine andere Lösung?, dachte Christian und folgte ihnen. Auch für ihn war es ein Schock, in seinem Kopf wirbelten die Gedanken durcheinander. Wir suchen nach einem rationalen Grund bei uns selber – warum haben wir nicht mal gefragt: Was hat dieser Mann für ein Problem? Der hat möglicherweise keinen Fortschritt bei Katrin gesehen, wusste nicht weiter. Aber in der Psychotherapie muss man eben ab und zu akzeptieren, dass es nicht weitergeht, das ist kein Programm wie gegen Krebs mit Verfahren, Methoden, Medikamenten, bei einer psychischen Krankheit muss man mal damit rechnen, dass ein Weg nicht funktioniert. Das ist schwer, aber uns ohne Betreuung lassen, der Katrin ins Gesicht sagen, du bist es nicht wert – damit stärkt er nur die Krankheit, sie ist krank, sie braucht Hilfe, darf doch nicht dafür bestraft werden, verdammt noch mal, monatelang gaukelt der uns vor, er kümmert sich, und dann das … Christians Gedanken überschlugen sich, wortlos folgte er Anna und den Töchtern in Katrins Zimmer.

Ebenso wortlos und unsortiert rafften Anna und Lena Katrins Kram zusammen: den Stofftierzoo, die Tagebücher, die Bastel- und die Malsachen, Fotos, die Flöte, bunte Haarbänder, jede Menge Cremes und Lotions und Mini-Parfümfläschchen, T-Shirts und Hosen, Pullover und Jacken, die Plateau-Boots und Hausschuhe, den Schlafanzug, das Waschzeug, den Strauß getrockneter Blumen, das Bubiköpfchen von der Fensterbank … Katrin saß auf dem Bett und heulte. Plötzlich trat Schwester Magdalena ins Zimmer, auch sie schien sehr bedrückt; sie zog Katrin die Sonde, umarmte sie und bat für sie um Gottes Segen. Schweigend trug Christian die Beutel und Taschen zum Auto. Schweigend umarmte Katrin zum Abschied einige Mädchen, die ebenso fassungslos schienen wie sie. Auch später im Auto fiel kein Wort und den Rest des Tages verbrachte jeder für sich.

Am nächsten Morgen hatte sich Anna wieder im Griff, es gelang ihr, Wut, Hilflosigkeit, Schmerz, Sorge vor den anderen zu verbergen. Anna, Christian und auch Lena bemühten sich, das Weihnachtsfest wie in jedem Jahr zu feiern. Seit die Kinder klein waren, hatte Christian mit den beiden am 24. Dezember etwas unternommen. Er hatte das Jahr über häufig zu wenig Zeit für die Mädchen, Weihnachten wollte er ganz für die Familie da sein. Den Tag bis zum Heiligen Abend genossen die drei ungestört miteinander.

Wie jedes Jahr blieb Anna derweil zu Hause. Sie schmückte den Weihnachtsbaum mit weißen Wachskerzen, Strohsternen, Kugeln und kleinen Figuren, bereitete das

Abendessen vor. Christian fuhr mit den Mädchen in den Schwarzwald. Es hatte geschneit in der Nacht und so hatten sie den Schlitten mitgenommen. Früher waren sie auch Ski gelaufen, aber Christian hatte gedacht, dazu sei Katrin zu schwach. Er hatte nicht damit gerechnet, dass sie nicht mehr auf dem Schlitten sitzen konnte: Auf ihrem Po war kein Polster mehr, sie hatte Schmerzen bei jedem Steinchen, das unter der Schneedecke lag. Und sie fror so entsetzlich, obwohl sie schon viel mehr angezogen hatte als Lena. Zitternd und kraftlos bat sie mit dünnem Stimmchen: »Ich möchte ins Warme, bitte!« Sie machten eine Schneeballschlacht, wobei sowohl Lena als auch Christian darauf bedacht waren, die Schneebälle wie Wattebäusche zu formen und ebenso leicht zu werfen, damit Katrin sich nicht wehtat. Danach kehrten sie in einem Wirtshaus ein und Katrin aß widerspruchslos eine heiße Suppe.

Die Krankheit war an diesem Weihnachtsfest kein Thema. Jeder in der Familie vermied es, über Essen, Klinik oder gar die Zukunft zu reden. Alle wollten nur eins: ein friedliches Weihnachtsfest, bei dem Katrin sich wohl fühlen sollte und die anderen entspannen konnten.

Nach der Bescherung und dem Festessen, von dem Katrin zwar nur pickte, was die anderen aber geflissentlich übersahen, spielten sie Gesellschaftsspiele. Und nachts besuchten Anna und Katrin die Christmette.

Katrin genoss. Die Badewanne und ihr eigenes Bett. Ihre CDs und die Freunde, die sie besuchte und die zu Lencks kamen, kaum dass sie von Katrins Rückkehr gehört hatten. Sie genoss das vertraute Geplauder mit Tatjana, die Spaziergänge mit den Eltern, das Fernsehen mit Lena. Einmal gingen Lencks und Langners gemeinsam ins Kino, sie sahen die »Comedian Harmonists«, und die folgenden Tage liefen nur deren Songs auf dem CD-Player. Sie probierte das Saxophon aus und übte auf der Altflöte, sie ging zum Friseur und mit ihrer Mutter einkaufen. Silvester feierte sie fröhlich und unbeschwert bei einer Party mit ihren Freundinnen und Freunden.

»Ich fühl mich daheim so geborgen, sie sind alle so lieb zu mir – womit hab ich das verdient?«, fragt sie in ihrem Tagebuch und: »Das war seit langem die allerschönste Woche.«

Funkelnder Stern –
Wie hab ich dich gern!

Bist immer da –
Bleibst EWIG (– nur –)
Mein STAR!

Funkelnder Stern –
Leuchte auch für
    ALLE
Die nicht
können gehen
MIT STARKEM GANGE

Und

Auch für JENE
Die nicht
    selbst –

können stehn –
    im Gedränge

sondern – eher ›untergehn‹!

Funkelnder Stern –
Steh uns bei!

Hab dich soo gern
Denn ohne dich
wärn viele verlorn –
(und schon gar nicht geborn)!

Und dann wieder der Absturz: »Ich friere. Hab total mies geschlafen, hab mir so viele Gedanken gemacht, wie es weitergehen soll. Hab solche Angst …«

»Komisches Gefühl, den Arsch wieder zu sehen. Aber ich weiß, dass es so auch nicht weitergehen kann.«

»Mum war total verzweifelt; Dad war so sauer und total aggressiv. Ich kann nicht mehr!«

3. Kapitel

1998: 33 Kilogramm

Was hatte Dr. Schmitz lakonisch prophezeit? »In einer, spätestens in zwei Wochen müssen Sie sie ohnehin wieder in eine Klinik bringen …«

Am dreizehnten Tag nach dem Rauswurf aus der Klinik begleitete Anna ihre Tochter zu Dr. Schuster, dem Hausarzt. Er bat Katrin auf die Waage, las das Ergebnis: 33,5 Kilogramm, setzte sich an den Schreibtisch und füllte einen Einweisungsschein aus.

»Katrin, du kommst jetzt in die Psychiatrie, alles andere hat keinen Sinn. Aber du musst freiwillig gehen, sonst wirst du nicht aufgenommen.«

Katrin brüllte und tobte, hieß die Mutter eine Verräterin und den Arzt einen Versager. Anna Lenck bat leise: »Katrin, bitte! Ich hab dich so lieb, aber ich kann dir nicht helfen. Wenn du wirklich nicht in ein Krankenhaus willst, dann nenn uns eine Alternative. Du brauchst Hilfe. Wer soll dir helfen? Von wem lässt du dir helfen?« Sie war am Ende ihres Lateins.

Und Dr. Schuster stellte sachlich fest: »Auch meine Mittel sind erschöpft, Katrin. Ich bin nicht der Richtige für diese Krankheit. Wenn du dir nicht von Fachärzten helfen lässt, wirst du sterben. So grausam das klingt, es hat keinen Sinn, die Situation zu beschönigen. Begreife endlich den Ernst der Lage.«

»Dann lasst mich doch sterben«, schrie Katrin unter Tränen. »Ich will ja gar nicht mehr leben, es kotzt mich alles so an! Wozu bin ich denn überhaupt noch auf der Welt?«

Anna brauchte alle Kraft, um sich zu beherrschen. Zuerst hatte sie noch versucht, ihre tobende Tochter zu umfangen, zu streicheln. Dann saß sie da wie gefroren, die Hände bewegungslos im Schoß, sie wartete stumm ab, bis ihrer Tochter die Luft ausging.

Endlich hatte sich Katrin von Dr. Schuster beruhigen und überzeugen lassen, Ja und Amen zu der neuerlichen Einweisung gesagt.

Anna löste sich aus ihrer Erstarrung und rief Christian an, sie wollte die Entscheidung nicht allein tragen.

»Mein Kind in eine geschlossene Anstalt? Vor mir weggeschlossen? Was soll denn das bringen, findest du das okay?«

»Es ist nicht nur dein Kind, Christian, es ist unser Kind, und natürlich finde ich es auch schrecklich, aber ich weiß nicht weiter. Wenn dir eine andere Lösung einfällt, sag es mir.« Anna kämpfte mit den Tränen. »Bist du noch da?«

»Ja klar«, brummte er.

»Dann sag doch was!«

»Was soll ich dazu sagen. Wenn Katrin freiwillig hingeht, dann bring sie hin. Vielleicht können die ihr ja wirklich helfen …«

Anna Lenck saß Oberarzt Dr. Weiß gegenüber, wie schon einmal vor einigen Monaten. Nach der Erfahrung mit Dr. Schmitz beschäftigte sie eine Frage besonders: Was, wenn es zwischen Therapeut und Patientin wieder nicht stimmt?

»Ich kann Sie beruhigen, Frau Lenck. Zum einen schließen wir eine Art Arbeitsbündnis mit ihr, wir werden ihr klarmachen, dass wir ohne ihre Hilfe nicht weit kommen. Und dann wird sie mehrere Ansprechpartner haben: Außer mir – und wir beide verstehen uns ja wohl ganz gut – sind das eine Ärztin und zwei Betreuer aus dem Pflege- und Erziehungsbereich. Die Betreuer duzen sich mit den Patientinnen und Patienten, damit von vornherein eine Basis des Vertrauens gegeben ist. Jeder in unserem Team ist Ansprechpartner sowohl für die praktischen Dinge des Lebens als auch für Katrins Gefühle, für ihre seelischen Nöte und Aggressionen.«

So schluffig und kumpelhaft, wie dieser Arzt auf Anna wirkte, wird er wohl bei Katrin den richtigen Ton treffen, dachte Anna. Laut sagte sie: »Katrin ist ein sehr liebes Mädchen, wir haben nie Probleme mit ihr gehabt. Aber sie ist unglaublich stark, wenn es darum geht, ihren Willen durchzusetzen.«

Der Arzt lachte: »Wir können auch stark sein, Frau Lenck. Unser Personal ist geschult, da können Sie sicher sein!«

»Und was gehört zur Therapie?«

»Ziel ist es, ihr ein gesundes Selbstbewusstsein, ein realistisches Körperempfinden und Körpergefühl zurückzugeben. Anorektikerinnen, das wissen Sie, leben von Ausflüchten und Auswegen, um ihr lustfeindliches Leben zu behaupten, nichts ist ihnen wichtiger, als die Kontrolle über ihren Körper, über Kilogramm und Kalorien zu behalten. Diese Kontrolle werden wir jetzt übernehmen, Fluchtwege sind verbarrikadiert. Die Tage sind streng strukturiert. Auf dem Plan stehen Bewegungstherapie, Gruppengespräche, kreative Beschäftigung. Bewegung und Ruhezeiten sind präzise vorgeschrieben, Ausgang und Heimurlaub, Besuch der Klinikschule individuell geregelt. Alle zwei Wochen werden wir mit Ihnen und Ihrem Mann – Sie haben noch eine Tochter, nicht wahr? Es wäre gut, wenn sie auch dabei sein könnte – ein Gespräch führen, um gemeinsam zu beraten, was für Katrin gut ist.«

»Sie hat panische Angst vor dieser Magensonde – muss sie die wieder bekommen?«

»Nein. Aber sie wird das Fresubin trinken müssen, vermutlich drei- bis fünfmal am Tag fünfhundert Milliliter. Erst wenn sie wieder ein bestimmtes Gewicht erreicht hat, werden wir entscheiden, wann sie was essen darf. Aber darüber reden wir dann noch im Einzelnen.«

»Noch eine Frage, Herr Dr. Weiß: Katrin führt seit Jahren Tagebuch, ich schenke ihr immer diese Bücher, damit sie wenigstens ein Ventil für ihre Gedanken hat …«

»Keine Sorge, Frau Lenck. Das soll sie auch weiterhin tun. Sie darf es einschließen und niemand wird sich daran vergreifen.«

Einigermaßen beruhigt und getröstet, verließ Anna Lenck die Klinik und ihre Tochter. Sie konnte nichts anderes tun als beten, dass es diesmal gelingen würde, Katrin von dieser heimtückischen Krankheit zu heilen.

*Lovely friend –
Ein Freund, einen richtigen Freund
Wünsch ich mir –
Der immer da ist –
Auch,
Wenn alles nur noch einzig 'ne Plag ist …*

*Jemand, dem ich Vertrauen
Schenken kann –
Dem seine Liebe
Mich sanft umhüllen
Und auch beschützen kann!*

*Hab gesucht,
Schon oft vergebens
War enttäuscht, des Lebens …*

*ENTTÄUSCHUNG, WUT und SCHMERZ
Kamen dabei raus –
Hatte KEINE LUST MEHR
Zu baun
Ein Freundschaftshaus*

Die Klinik für Psychiatrie liegt inmitten eines alten Parks. Auf der Station für Jugendliche freundliche, kleine Zimmer, ein hell möblierter Clubraum, auch auf dem Flur eine Sitzecke mit hellen Holzmöbeln, Grünpflanzen und Bildern. Im Essensraum stehen nur acht Stühle um den Tisch, große Fenster bieten nach drei Seiten Ausblick ins Grüne. Aber die Tür zur Station lässt sich nicht öffnen. Fällt die Tür ins Schloss, bleibt die Welt draußen.

Kurz nach ihrer Einlieferung machte eine Mitpatientin von Katrin ein Polaroidfoto, das lange an der Pinnwand des Clubraums hing: Aus dem dicken, braunen Pullover mit kleinem V-Ausschnitt ragt ein dürrer Hals, der ein schmales Gesicht trägt. Die Haare sind streng zurückgebunden. Oberflächlich betrachtet, wirkt das kaum sichtbare Lächeln ein wenig arrogant. Die Augen hingegen sagen eindeutig: Was versteht ihr denn schon von der Welt, zu der außer mir niemand Zugang hat? Sie gucken zwar geradeaus, aber der Blick erreicht nicht den Betrachter, dazwischen scheint eine unsichtbare Mauer. »Schildkröte« steht in Katrins Schrift darunter. Treffender hätte ein Vergleich nicht ausfallen können.

Ein Jahr und drei Monate verbrachte Katrin in dieser Klinik. Wochenlang stand sie unter ständiger Beobachtung, sogar beim Duschen und beim Gang zur Toilette. Ihre Wünsche spielten keine Rolle mehr. Sie fühlte sich, als sitze sie in einem kahlen Zimmer, dessen Wände immer enger auf sie zurückten. Ihre gesamte Energie richtete sie darauf, sich gegen diese Wände zu stemmen, sie wehrte sich durch Toben, Schreien und durch körperlichen Widerstand, mit Ausflüchten, Tricks, Betrügereien und Fluchten. Doch jeder entdeckte Ausbruchsversuch hatte Sanktionen zur Folge.

Das Tagebuch war ihre einzige Möglichkeit, ihr Denken und Fühlen unreflektiert, unkontrolliert und unzensiert zu äußern. Von Monat zu Monat wirken die Eintragungen bedrückender, sie verwandte jetzt Farben, um zu betonen, was sie quälte: Schwarz für die trüben, trostlosen Äußerungen, Rot für Erfreuliches, Blau für Protokollarisches. Die Buchstaben, die Zeilen drängen sich immer näher aneinander. Sie fühlte sich wie ein gehetztes Tier in der Falle.

»Bevor Mum mich in die Klinik gebracht hat, war sie so fertig, das werde ich nie vergessen. Ich hab ihr und Lena gesagt, dass ich nicht mehr leben will. Mum war wieder so verzweifelt, und Sister ist total ausgerastet. Aber ich muss doch irgendjemandem sagen können, wie mir zumute ist, das kann ich keinem Fremden erzählen, nur Menschen, denen ich voll vertraue. Ich hab jetzt schon Sehnsucht nach meiner Family. Ich hab sie alle drei so lieb! Ich will hier raus.

Am ersten Tag kam Herr Weiß in mein Zimmer, der hat mir Mut gemacht, ich solle Hoffnung haben, und wenn ich mitmachte, dann würde ich nach ein paar Monaten wieder nach Hause können. Ein paar Monate! Wie soll ich das aushalten?«

»Termin bei Martin, er ist Krankenpfleger und mein Betreuer. Langes Gespräch über Leistungsdruck und Hobbystress. Er hat mich gefragt, ob ich später mal Kinder haben möchte. Dazu müsste ich gesund sein, sonst würde daraus nichts werden. Hat gut getan, zu reden. Ich hatte dennoch keinen Bock, von Jean-Luc und Fabi zu erzählen.

Aber am Ende hat er mir voll vor die Nase geknallt, dass ich noch nicht mit den anderen mitessen darf, darf auch sonst noch nichts mitmachen, nicht mal spazieren gehen, nur ein bisschen im Haus herum. Also immer nur rumsitzen oder rumliegen und dreimal täglich dieses beschissene Fresubin trinken. Wie mich das ankotzt! Das Einzige, was mir Freude bringt, ist heimlich trainieren. Die blöden Deppen merken ja nicht, wenn ich Gymnastik mache.

Freitag ist Wiege-Tag. Absoluter Horror. Untersuchung bei Silke, der Ärztin. Sagt doch die blöde Kuh: Na, dann wollen wir mal sehen, ob man von der Gewichtszunahme schon was sieht ... Wie die mich angeglotzt hat von oben bis unten, ekelhaft. Hat mit mir über den Klinikaufenthalt geredet, was ich darf und was nicht. Hab mit ihr gestritten. Die versteht gar nichts.

Und einen Tag später Chefarzt-Visite, dasselbe Gelaber: Na, im Gesicht siehst du schon viel besser aus, es geht aufwärts! – Schönen Dank. Ich sehe nur Fett, überall Fett!

Angenehm ist die Bewegungstherapie bei Andrea. Das erste Mal musste ich nur daliegen und Meinen-Körper-Spüren spielen, aber später hat sie mal einen weichen Ball über mich gerollt, mal warme Tücher auf mir ausgebreitet. Am schönsten ist es, wenn ich in der Hängematte liegen und Musik hören kann. Oder wenn sie meinen Kopf massiert.

Mum hat angerufen. Ich konnte eine halbe Stunde mit ihr telefonieren. Sie ist krank, tut mir so leid. Aber es war schön, mit ihr zu reden, ich hab sie so lieb! Wenn ich doch nur hier rauskönnte.

Ich hab häufig Kopfweh und fast immer Heimweh. Ich schreibe Briefe, an Lilly, Tatjana, Luise und Sarah. Abends sehe ich meistens mit den anderen fern oder wir machen Spiele.

Hab mich mit zwei Mädchen angefreundet: Sophie, sie ist 15, und Dorothee, so alt wie ich. Sind schon ein paar Monate da und können mir viel von dem Betrieb hier erzählen.

Am letzten Sonntag war Besuchstag, von 13 bis 16 Uhr,

endlich. Mum war immer noch krank, Dad und Lena waren da. Wir haben im Clubraum gesessen, geredet und gespielt. Sogar Andreas kam und brachte mir Blumen. Hab mich total gefreut.«

»Sophie hat gepetzt, dass ich das Fresubin wegkippe. Sie meinte, mir helfen zu müssen. Gab 'ne Riesenaussprache mit Martin. Jetzt sitzt Andrea dauernd neben mir und passt auf, dass ich die Flasche austrinke. Danach muss ich in der Sitzecke bleiben. Sitzruhe nennen sie das. Komme mir vor wie ein Hund: Fifi, sitz! Sogar wenn ich mich umziehe, ist Andrea dabei. Auch das hat einen Namen: Dauerbegleitung. Blöde Deppen.«

»Dienstag ist Sophie abgehauen. Das muss man sich mal vorstellen: Erst petzt sie, dass ich trickse, und dann haut sie ab. Eine Woche später ist Dorothee abgehauen. Beide waren am Tag drauf wieder da.

Auch ich hab's versucht, ist dumm gelaufen. Bin hingefallen und hab aufgegeben. Alles tut weh, ich hab mir die Lippe aufgeschlagen. Bin einfach umgekippt, wahrscheinlich hat mein Scheiß-Magen nicht mitgespielt. Jetzt krieg ich Psychopharmaka, aber die machen so schlapp. Und es gab wieder Riesenstress mit Martin, ich darf jetzt am Tag gar nicht mehr in mein Zimmer. Ätzend! Martin und Andrea haben mich aus dem Bett und dem Zimmer gezerrt, meine Hände waren anschließend knallrot! Scheißkontrolle! Sie schließen morgens meine Zimmertür ab. Ich darf Fifi, sitz! machen, eine kleine Klinikrunde drehen, ein bisschen in der Küche helfen. Das Schlimmste aber ist, dass ich nicht trainieren kann, wenn ich ständig beobachtet werde. Ich muss aber trainieren!

Hatte wenig Stuhlgang und mächtig Panik vor dem Wiege-Tag. Ich platze, bin so voll!

Hab abgenommen.

Konnte mit Mum telefonieren, viel zu kurz, nur zehn Minuten. Mum – ich lieb dich! Warum holst du mich nicht hier raus? Scheißtag. Will heim!«

»Sie haben mich mit dem Taxi zur Kernspintomografie gefahren. Andere haben Schiss davor, weil sie Platzangst kriegen, ich war froh, in dieser Röhre zu liegen, da hatte ich wenigstens vierzig Minuten meine Ruhe!

Termin bei Silke. Sie wollte mit mir über meine Zerstörungswut reden und über Sexualität. Ich hab die meiste Zeit geschwiegen. Ich hasse diese Kuh, kann mit der Fotze nicht reden, die kotzt mich an!«

»Das Gruppengespräch war langweilig, ich bin fast eingepennt. Ich weiß nicht, was ich da soll. Viel besser kann ich mit Martin reden. Der versteht mich voll gut. Bei ihm fühle ich mich wohl.

Andrea-Bitch hat mich beim Joggen erwischt, ich durfte nicht mit den anderen ins Kino.

Am Abend hab ich mit Dad telefoniert, Mum geht's besser, ich mache mir solche Sorgen um sie. Lena ist auch krank. Daddy kommt morgen. Hab ihn lieb!«

»Durfte baden, danach hat mich Andrea eingecremt, das hat sehr gut getan.

Martin hat mich bei Gymnastik erwischt, offenbar hab nicht nur ich meinen Wecker gehört, denn er kam früh um fünf ins Zimmer geschossen, hat mir den Wecker weggenommen und gesagt, ich solle sofort aufhören. Ich musste den ganzen Morgen draußen in der Ecke sitzen. Wie ich sie alle hasse! Durfte nicht mit zum Wochenausklang, da sie Bewegungsspiele gemacht haben. Also wieder: Fifi, auf deinen Platz in der Sitzecke und keine Widerrede! Na, wenigstens hatte ich eine Zeit lang meine Ruhe. Bin schrecklich müde, hab ständig Blackouts, das ist ein Scheiß-Gefühl. Ich will morgen nicht aufwachen!

Hatte die ganze Woche von alleine Stuhl.

Ich fühl mich so fett, ich muss hier raus!

Zimmer geputzt.

Bekomme noch mehr Medikamente, bin doch jetzt schon so müde – fuck!«

»Bin abgehauen. Erst in der Stadt spazieren gegangen, dann nach Hause getrampt. Hab geduscht, dann kam Dad und hat mir – zum ersten Mal – die Haare geföhnt. War total lieb!«

Katrin saß, mit dem Rücken zur Tür, auf einem Hocker im Bad, Christian stand hinter ihr. Der Föhn surrte so laut, dass sie Lena nicht hatten kommen hören.

»Hey, was macht ihr denn hier?« Beide fuhren herum.

Lena umarmte zwar die Schwester, aber ihr Ton klang scharf.

»Bist du etwa abgehauen, Katrin? Das find ich überhaupt nicht toll!«

»Ich konnte es nicht mehr aushalten, musste einfach raus und euch sehen!«, sagte Katrin ziemlich kleinlaut.

»Du gehst aber zurück?«

Noch bevor Katrin antworten konnte, sagte Christian: »Natürlich, ich fahre sie nachher zurück.«

Katrin zog es vor, darauf nicht einzugehen, stattdessen fragte sie die Schwester, wie es ihr mit Jonas ginge und ob sie jetzt bei ihm wohne.

Lenas Züge entspannten sich. Sie zog ihre Jeansjacke aus und machte es sich, die Jacke auf dem Schoß, auf dem Badewannenrand bequem.

»Gut geht's mir mit ihm, nee, nur wenn spät Vorlesungsschluss ist und an den Wochenenden übernachte ich bei ihm. Wenn du Urlaub bekommst und heimdarfst, unternehmen wir mal was zusammen, okay? Jonas ist schon gespannt darauf, dich kennen zu lernen.« Dass sie vor einiger Zeit zu ihm gezogen war, verschwieg sie der Schwester. Das fehlte noch, dass Katrin erfuhr, wie sehr sich die Eltern fast täglich ihretwegen stritten. Lena verstand zwar, dass diese Dauerbelastung an den Nerven ihrer Eltern fraß, litt sie doch ebenfalls unter der Sorge um Katrin. Aber es gab auch noch ein Leben außerhalb von Anorexia nervosa.

Sorgfältig und schweigsam föhnte Christian Strähne für Strähne, froh, dass die Mädchen ihn nicht als Gesprächspartner brauchten. Wie dünn Katrins Haare geworden sind! Vor seinem geistigen Auge sah er ein Bild seiner Jüngsten: Sie steht am Strand von San Vincenzo, sie winkt ihm zu, der Sommerwind pustet ihre Haare nach vorn und durch die helle Mähne ist nur ihr lachender Mund zu sehen. Erst zwei Jahre her …

Die Mädchen redeten über frühere Klassenkameradinnen, Katrin fragte nach dieser und jener, sagte: »Neulich hab ich mal von Sonja Riebecke geträumt, hast du die mal wieder gesehen? Das war so eine Rundliche mit ziemlich lautem Organ, die war damals mit auf dem Stadtfest, wo ...«

»Keine Ahnung, wo die abgeblieben ist«, schnitt Lena ihr das Wort ab. Sie wollte gar nicht wissen, was aus dieser Sonja Riebecke geworden ist, denn das war auch eine von denen gewesen, die nervten: Warum ist denn deine Schwester so dünn? Findet sie das schön? Wie dünn will sie denn noch werden? Will wohl Model werden und nichts mehr mit uns zu tun haben? Dummes Huhn, dachte Lena.

»Lena, hörst du mir überhaupt zu?«

»Klar, ja, entschuldige, mir war eben was eingefallen, was ist denn?«

»Ob ich mir ein paar CDs von dir mitnehmen darf, hab ich gefragt.«

»Aber ja, nimm dir, was du magst. Ach, ich hab übrigens heute was für dich gekauft, warte mal ...«, sie scharrte in ihrem Rucksack und förderte eine CD zutage.

»Xavier Naidoo! O Lena, du bist so lieb, das find ich echt super – und alle meine Lieblingstitel drauf: Ich kann dich sehen, Nicht von dieser Welt, Sag es laut ... ich freu mich ganz doll! Danke!«

Plötzlich wurde die Tür aufgerissen und Anna stand im Raum, die Augen vor Wut ganz dunkel.

»Bist du verrückt geworden, Christian? Die Klinik lässt sie suchen, die Polizei hat bei mir angerufen – und du streichelst sie noch? Siehst du nicht, dass du mir damit in den Rücken fällst? Und wieso gehst du nicht an dein Handy?«

»Moment mal, Anna, der Handy-Akku lädt gerade auf, das kann schließlich mal passieren. Ich streichle sie nicht, ich föhne ihre Haare! Sie kann doch den Föhn gar nicht so lange halten. Und damit falle ich dir noch lange nicht in den Rücken, wie kommst du denn darauf?«

»Und wieso bist du hier, Katrin, und wie bist du hergekommen? Als die Klinik bei mir im Büro anrief, war ich total ahnungslos – meinst du, es macht mir Spaß, mich deinetwegen vor meinen Kolleginnen mit diesem Martin auseinanderzusetzen?«

Annas Stimme überschlug sich fast. Lena umfasste ihre Mutter und schob sie aus der Tür. »Komm, Mama, wir trinken erst mal einen Tee. Papa bringt sie ja dann zurück.«

Das Mastschwein in der Box
Warten
Auf Punkte im Tag
Auf Besuch
Aufs Essen
Aufs Wochenende
Aufs Christkind
Auf bessere Zeiten
Aufs Verfetten
Warten hilft nichts

»Am nächsten Tag Gespräch mit Martin. Er hat mir vorgeworfen, ich würde meine Eltern tyrannisieren, wäre aggressiv, würde nerven. Schönen Dank, ich hab die Schnauze voll! Beim Völkerball durfte ich nur zusehen, da kam ich mir ziemlich blöd vor. Aber die Rhythmusgruppe war toll, wir haben getrommelt und gesungen. Demnächst wollen wir unseren Gesang aufnehmen, wird sicher ganz witzig.

Das neue Fresubin schmeckt zum Kotzen.

Kann leider nicht kotzen.

Toll, keine Mittagsruhe, damit kein Training, ich halte es nicht aus, hab Heimweh! Scheißverstopfung, ich platze gleich. Herr Weiß kam, um meinen Bauch zu untersuchen, er war total lieb und einfühlsam.

Gesprächstermin bei Silke-Fotze. Es gab voll Stress und ich bin einfach früher gegangen.«

»Dorothee ist wieder abgehauen. Diesmal hat sie mir einen Brief zugesteckt. Sie will einfach nur mal einen Tag für sich haben, an dem sie abnehmen kann. Sie hat mir geschrieben, dass sie mich ganz doll lieb hat und mir von Herzen wünscht, dass ich aus diesem Kreislauf rauskomme. Und dass sie mir meine Coffeintabletten mitbringen wird, wenn sie zurückkommt. Keine Ahnung, wohin sie gegangen ist. Nach Hause wollte sie nicht, weil man sie dann ja sofort wieder zurückbringen würde.«

»Heute war ein schöner Tag. Ich hab erfahren, dass ich ab April in die Klinikschule gehen darf, Mathe und Englisch. Und ich durfte zum ersten Mal mittags das fucking Fresubin ersetzen und mit den anderen essen. Es gab gefüllte Tomate mit Nudeln und Salat, hat gut geschmeckt. Ab morgen darf ich auch das Frühstück ersetzen, bekomme ein Brötchen, Müsli und Milch.«

»Gestern war mein Geburtstag. Martin hatte mit mir in der Stationsküche Käsekuchen gebacken, wir haben dann am Nachmittag alle zusammengesessen, ich musste als Einzige zwei Stück Kuchen essen. Wir haben geredet und gelacht, Spiele gespielt, Sophie hat mir die Haare geschnitten. Hab mit Mum und Dad telefoniert. Ich hab viel Geburtstagspost bekommen, von Andreas einen lieben Brief, einen Ring und eine wunderschöne Rose. Es war soooo schön! Und vielleicht darf ich am Wochenende heim. Und ich darf ab jetzt allein ins Bad, keine Dauerbegleitung mehr.«

»Mist. Martin hat mich im Clubraum bei Gymnastik erwischt. Und am nächsten Morgen gemerkt, dass ich mit der Milch trickse, sie nicht trinke. Ich musste horrormäßig viel Quark und Konfitüre essen, danach wieder Sitzruhe. Ich bin so breit und rund! Sie lassen mich nicht heim, die Schweine. Ich bin so mies gelaunt, weil ich nun kaum trainieren kann.«

An einem Frühlingsmorgen saß Christian Lenck in einer Beratung bei einer Produktionsfirma. Die hatte den Auftrag des Kultusministeriums bekommen, einen Film über Verschwörungstheorien zu drehen. Der Film sollte vorwiegend in Schulen eingesetzt werden. Christian war froh über diesen Auftrag; das Thema faszinierte ihn. Und junge Menschen aufzuklären über fanatische Vertreter obskurer Ideen gefiel ihm auch.

    Das Team aus Produktionsleiter, Regisseur, Redakteur und ihm, dem Kameramann, beriet gerade die Konzeption. Drei Themen wollten sie filmisch umsetzen: den angeblichen NASA-Apollo-Fake, also dass die Mondlandung von

1972 eigentlich in der Wüste von Arizona gedreht worden sei; die These von AIDS-Dissidenten, die ein HI-Virus in Frage stellen; und die fixe Idee, die Scharrbilder von Nazca in Peru seien ein Raumflughafen Außerirdischer.

Als Christians Handy klingelte, wollte er das Gespräch eigentlich wegdrücken. Die Nummer auf dem Display sagte ihm nichts, doch ein diffuses Gefühl forderte: Annehmen!

Eine männliche Stimme meldete sich und redete in schnellem Schwäbisch los. Christian verstand nur »Polizei« und »zur Fahndung ausgeschrieben«.

Christian erbleichte. Er sprang auf, entschuldigte sich mit einem persönlichen Notfall, versprach, sich zu melden, und stürzte los, Richtung Parkplatz. Er rief Anna an: »Katrin ist wieder aus der Klinik abgehauen. Die Polizei fahndet nach ihr. Wohin kann sie gegangen sein?«

»Weiß ich nicht. O Gott, ich hab so was befürchtet. Ich fahre sofort nach Hause, vielleicht kommt sie wieder dorthin. Aber vorher rufe ich Lena an, vielleicht hat sie sich ja bei ihr gemeldet. Wo bist du jetzt?«

»Noch in der Produktionsfirma, ich fahre jetzt los und ich rufe mal bei Kramers an, vielleicht haben Luise oder Frau Kramer Katrin nach Haus kommen sehen.«

»Gut, wir treffen uns daheim. Wenn sie nicht da ist, werden wir sie suchen.«

Beide jagten heim. Anna machte sich schwere Vorwürfe, weil sie neulich so schroff auf Katrins Flucht reagiert hatte. Was, wenn sich das Kind nicht noch einmal nach Hause traute? Wo könnte sie sonst Zuflucht suchen?

Vor Lencks Haus in der Jägerstraße stand ein Streifenwagen.

»Was machen Sie hier? Das sieht ja aus, als würden Sie meine Tochter jagen! Sie ist doch keine Verbrecherin!«

»Herr Lenck? Bitte, beruhigen Sie sich, wir sind eben hier eingetroffen, vielleicht ist Ihre Tochter ja zu Hause!«

Christian stürzte ins Haus, riss jede Tür auf, stürmte, zwei Stufen auf einmal nehmend, die schmale Treppe hinauf bis in Katrins Zimmer. Da hockte sie mit angezogenen Beinen, die Arme um die Unterschenkel geschlungen, hinter dem Moskitonetz in einer Ecke ihres Bettes, und sie sah ihn an wie ein Reh, das aus Versehen auf die volle Autobahn geraten ist.

»Ich geh nicht zurück!«, fauchte sie ihren Vater an, als der auf sie zutrat.

»Ist ja gut, Katrin, beruhige dich. Ich schicke erst mal die Polizisten weg, rufe in der Klinik an und dann reden wir, Mama kommt auch gleich.«

»Ich geh nicht mehr zurück in die Klapse!«, schrie Katrin ihm hinterher.

»Du sollst nicht so rumschreien, hab ich gesagt. Wir klären das gleich.«

Er lief nach draußen zu den Polizisten.

Da bog auch schon Anna um die Ecke. Bevor sie zu Katrin nach oben ging, musste sie sich erst mal hinsetzen. So aufgeregt wollte sie ihrer Tochter nicht wieder unter die Augen treten. Sie beriet mit Christian, was zu tun sei.

»Zurück muss sie, keine Frage. Ich fahre sie nachher hin«, entschied Christian. »Aber erst mal soll sie zu sich kommen. Vielleicht tut ihr so ein Tag Pause gut. Ich rufe jetzt in der Klinik an und sage Bescheid. Das werden die Polizisten zwar auch tun, aber besser, wir melden uns.«

Anna nickte.

Am späten Nachmittag saßen sie alle drei beim Tee zusammen, Anna und Katrin auf dem weinroten Sofa, Christian im Sessel gegenüber. Draußen vor der Terrassentür leuchtete gelb der Forsythienstrauch vor bleigrauen Regenwolken. Es war dunkel geworden im Zimmer, aber niemand wollte die kuschlige Atmosphäre durch Lampenlicht stören. Katrin erzählte von ihrem Klinikalltag, die Eltern ließen sie eine Weile reden, dann brachten sie behutsam das Gespräch auf die Rückfahrt. Beide fürchteten, einem neuerlichen Wut- und Tränenausbruch der Tochter nicht konsequent standhalten zu können. Und Konsequenz war es ja, was Dr. Weiß ihnen in den Elterngesprächen immer wieder gepredigt hatte.

Katrin, die eben fast zu ihrer früheren fröhlichen Form gefunden hatte, sackte auf dem Sofa zusammen. Tränen liefen über ihre Wangen, sie tat nichts, um sie aufzuhalten oder wegzuwischen. Anna nahm Katrin in den Arm, Christian sah beiden hilflos zu.

Er war hin- und hergerissen. War es richtig, sie wieder in die Klinik zu bringen? Oder sollten sie es noch einmal zu Hause versuchen? Aber was und wie? Sie hatten doch schon alles versucht. Er rief sich diese schrecklichen Szenen ins Gedächtnis, Katrins Zusammenbrüche, ihre Inkontinenz, ihr Theater bei jeder Mahlzeit, ihr Geschrei wegen jedes Bissens. Er sah dieses lange, magere, bleiche Mädchen an, das einmal seine Bella gewesen war, nein, sie musste durchhalten, bis sich ein Erfolg einstellte. Auch Anna war es nicht zuzumuten, Katrin jetzt aus der Therapie zu nehmen. Nachdem sie die Tochter zum Jahresanfang in der Klinik abgegeben hatte, war sie zusammengebrochen. Ihre verständnisvolle Ärztin hatte sie für Wochen krankgeschrieben, ihr eine Therapeutin vermittelt, die sie in einer Krisenintervention einigermaßen stabilisierte. Nein, nicht alles noch mal von vorn, sie würden es nicht allein schaffen.

Bevor sich sein Gedankenkarussell von neuem zu drehen begann, stand er auf: »Komm, Katrin, wir fahren jetzt. Such deine Sachen zusammen.« Ihr Schluchzen schmerzte ihn. Dennoch ergriff er sie am Arm: »Bitte, komm!« Er spürte, wie sie sich stocksteif machte. Seine Hand umspannte mit Leichtigkeit ihren Oberarm, er zerrte sie vom Sofa hoch. Und noch während sie im Auto zusammengekauert neben ihm saß und auf die regennasse Straße starrte, war er nicht sicher, ob das, was er tat, richtig oder falsch war. Schließlich beruhigte er sein Gewissen mit der Hoffnung, dass es Fachleute sind, die sich in dieser Klinik um seine Tochter kümmern, und dass die das Richtige tun werden.

> *VERGITTERTE WELT*
> *Hab euch doch so gern!*
> *Warum*
> *Bin ich trotzdem so fern?*
>
> *Leb in meiner eigenen Welt*
> *Schon so lang*
> *In mir sind immer Angst und Bang*
> *Hab oft so viel Zweifel*
> *Die bei euch NICHT*
> *können greifen …*
> *Lebe wohl mein Leben lang*
>   *im ZWANG …*

»Am Freitag waren Lilly, Sarah und Luise da, sie haben mir eine Sonnenblume mitgebracht – es war schön, sie wiederzusehen! Und am Sonntag war mein Dad da, wir sind die große Klinikrunde gelaufen, und er hat mir versprochen, dass wir zusammen in den Urlaub fahren, wenn ich wieder draußen bin. Ich hab ihn so lieb! Abends kam ein Brief von Jean-Luc.«

»Andrea hat mich erwischt, als ich das Medikament ausspucken wollte. Shit!

Und am Morgen Stress mit Martin, weil ich zu spät zum Frühstück gekommen bin und das Medikament verweigert hab. Er hat mir dicke Brotscheiben gegeben mit viel Belag und dann gab's Streit wegen der beschissenen Sitzruhe. Martin hat mir gesagt, dass ich so lange Fresubin bekomme, bis ich 46 oder 47 Kilo wiege, wir haben nur gestritten.«

»Scheiß-Bitches! Ich hab so einen Hass auf alles, vor allem auf mich selbst! Gestern Morgen zentimeterdicker Belag, hundert Gramm Butter, total viel Müsli mit Nüssen, die spinnen doch, die Arschlöcher! Und dann diese blöde Sitzruhe, ich kann nicht trainieren!!! Ich fühle mich so unwohl, fett und schwabbelig!

Bin nach dem Frühstück abgehauen und hab total viel erlebt.

Bin in die Stadt getrampt, rumgebummelt. Hab bei H & M Klamotten anprobiert und im Plattenladen CDs gehört, hab mich in der Kosmetikabteilung vom Kaufhaus schminken lassen, sie haben mir Parfümproben geschenkt. Hab ein Mädchen aus der letzten Klinik getroffen, bin dann getrampt, hab ein paar Mädchen aus meiner früheren Klasse getroffen, mit denen im Café eine Cola light getrunken. Dann bin ich heim, hab geduscht, die Haare gewaschen, viel geredet und geweint. Zwanzig Uhr war ich zurück in dieser Klapse.

Die Strafe folgte heute Morgen – ein Horrorfrühstück! Drei Zentimeter dicke Brote, hundert Gramm Butter, sechzig Gramm Quark, Müsli mit Nüssen – die haben doch echt 'n Knacks! Und wieder diese beschissene Sitzruhe, ich konnte nicht trainieren, fühle mich so unwohl, fett und schwabbelig! Ich halte das nicht mehr aus!

Meine Mum hat angerufen, aber ich durfte nicht mit ihr reden, da ich sie angeblich so unter Druck setze. Ich hasse alle Betreuer!«

»War eine total schöne Woche. Ich durfte mit ins Kino, ›Mr. Magoo‹. War witzig, Leslie Nielsen als Komiker echt klasse. War so schön, mal wieder was vom Leben mitzubekommen. Danach sind wir noch durch die Stadt gelaufen, es war total viel los.

Am nächsten Tag hat's bei mir in der Mittagspause klick gemacht: Ich will nie mehr so viel trainieren.

Durfte zum ersten Mal beim Frühstück mein Brot selbst schmieren!

Hab mit Herrn Weiß gealbert, mit den Jungs den Musikkeller eingeräumt, hat Spaß gemacht.

Henry, ein neuer Junge, ist gekommen. Scheint nett zu sein.

An einem Nachmittag sind wir auf dem Neckar gerudert, die Sonne schien und es war wunderschön.

Mich hat 'ne Zecke gebissen, muss zwei Wochen Antibiotika nehmen.

Mittags gab's Spaghetti mit Gemüsetomatensoße und Salat, hat echt gut geschmeckt, aber Mammutportion!

Hab Küchendienst gehabt, in der Gärtnerei geholfen und Briefe geschrieben.

Mit Sophie und Dorothee Frisbee gespielt, abends ferngesehen.

Beim Kegeln bin ich Dritte geworden, hat total Spaß gemacht.

Sogar das Familiengespräch war okay. Ich hab von meinen Plänen und von Jean-Luc berichtet. Mum und Dad fanden es auch okay. Ich wär so gerne mit ihnen heimgefahren!

Wir waren im Wildgehege, haben eine Disco organisiert, können abends draußen sitzen, schöne Tage.«

Blütenzauber!
So schön wie Blüten blühn
Will ich einmal aufgehn
Und wie sie jedes Frühjahr
NEU auferstehn!

Jede Blüte erscheint so wunderbar –
Ist nicht jede Einzelne ein Star?

Jede Blüte erscheint in ihrer vollen Pracht
und hat dadurch ein bisschen Macht …

Ihre Knospen,
die wieder und wieder aufgehn –
könnten für uns

als gutes Beispiel
   VORANGEHEN!

Gehn auf –
sind trotzdem noch
geschützt in ihrem Haus –
LERN was draus

»Am Wochenende durfte ich endlich heim – hab sooo gut in meinem Bett geschlafen! War beim Sommerfest bei Andreas, alle haben sich gefreut, mich wiederzusehen. Hab am nächsten Morgen mit Mum und Dad gefrühstückt, war mit Lena Klamotten kaufen. Die drei sind dann zum Opa gefahren, der Geburtstag hatte, ich wär so gern mitgefahren! Ich wollte nicht mehr zurück, hab schrecklich geweint. Sie haben mich wieder zurückgebracht.

Abends hatte ich zum ersten Mal Tischdienst. Musste total viel Belag essen. Blöde Deppen!«

»Bin zu Jean-Luc nach Stuttgart. Seine Mum ist soo lieb! Er hat mir zum Abschied gesagt: Ich hab dich lieb! Ich liebe dich auch, Jean-Luc!«

»Martin hat mich beim Trainieren erwischt und war total sauer. So viel Stress um nichts! Und den ganzen Tag nur fressen! Hab genug von der Welt! Will tot sein!

Das schlimmste Frühstück bisher – unglaublich viel Quark, mindestens hundert Gramm, dazu vier Löffel Marmelade – die Frau spinnt doch! Scheiß-Essen, hab keinen Hunger. Hab 'ne Krise gekriegt und wollte mich mit einer Glasscherbe umbringen, Andrea war schneller.«

»Yupieh! Kein Fresubin mehr, ich darf jede Mahlzeit mitessen! Auch die Medikamente sind abgesetzt worden. Soll meinen Tag jetzt in Eigenverantwortung regeln. Hab ein Lob von Martin bekommen. Ich durfte mit der ganzen Gruppe in die Stadt. Beim Bogenschießen hab ich den Luftballon getroffen. Mit Sophie, Dorothee und Henry war ich beim Wildgehege, wir haben die Ziegen gefüttert. Bin so happy! Auch das Familiengespräch war voll gut, wir haben über Einsamkeit und Traurigkeit gesprochen.

Nach der Klinikrunde epiliert und Pickel ausgedrückt, früh ins Bett. Und ich darf für das ganze Wochenende heim!

Und wenn ich 50 Kilo wiege, darf ich ab September aufs Ernährungswissenschaftliche Gymnasium. Ich muss es schaffen!«

»Die blöde Bitch Andrea hat mich heute nach dem Frühstück gewogen, mit Klamotten. Hatte zum Glück noch eine Flasche getrunken: 45,8 Kilo. Fett, überall Fett! Scheiß-Fresubin. Wie ich mich mit diesem Zeug in meinem Bauch anfühle, ist denen scheißegal. Muss hier raus!!! Rufe die Polizei an. Mum, hilf mir!!!

Was ist an mir wertvoll?«

»Wiege-Tag, sie sagen, viel zu wenig. Scheiße. Ich wollte abhauen, sie haben mich gekriegt, ich hab überall blaue Flecken. Martin hat mir vor die Nase geknallt, dass ich wieder fünf Flaschen Fresubin täglich trinken muss. Durfte nicht meine Eltern anrufen. Hab Melleril geschluckt. Notarzt, Infusion, auf die Intensivstation der Med. Bin so müde ...«

Die Konferenz war beendet, der Verwaltungsleiter, die Kolleginnen und Kollegen verteilten sich auf ihre Zimmer.

»Kommst du mit in die Pizzeria, Anna, oder wollen wir in der Kantine Mittag essen?«, fragte Margit, Annas langjährige Kollegin und Schreibtischnachbarin.

»Gute Idee, in der Pizzeria waren wir lange nicht mehr. Ich guck nur mal schnell in meine Mailbox.« Anna schaltete ihr Handy ein, hörte die Nachricht ab.

»Nein!«, entfuhr ihr ein Schrei.

»Katrin?«, fragte Margit, als sie sah, wie Annas Gesichtsfarbe immer blasser wurde.

Anna nickte. Diese Kollegin war die einzige, der sie etwas über ihre Tochter erzählt hatte. Alle anderen wussten nur, dass Lencks Tochter an einer langwierigen Krankheit litt. Es schien Anna sinnlos, jemandem von Katrin zu erzählen. Das Schicksal ihrer Familie ging niemanden etwas an. Wenn ich nichts Privates preisgebe, kann auch nicht über mich getratscht werden, lautete Annas Devise. So war sie erzogen worden und so hielt sie es weiterhin. Außerdem stand ihr nicht der Sinn nach Ratschlägen, die möglicherweise gut gemeint waren, aber meistens nichts taugten, weil sie jeglicher Sachkenntnis entbehrten. Nur Margit ahnte das Ausmaß der Bedrohung, sah sie doch häufig genug, wie Anna in sich zusammenrutschte oder vor sich hin grübelte, wenn sie sich unbeobachtet fühlte. Anna hatte es ihr gegenüber bei der knappen Information belassen, dass Katrin wegen ihrer Ess-Störung in der Psychiatrie lag, und Margit hielt sich mit Fragen zurück.

»Katrin liegt auf der Intensivstation … Mehr weiß ich jetzt auch nicht, muss zu ihr.«

Sie tippte Christians Kurzwahltaste. Margit bemerkte, wie Annas Hände zitterten.

Christian meldete sich gleich. »Sie haben mich auch angerufen, ich bin auf dem Weg zu dir, ich hol dich ab.«

»Ich sag dem Chef Bescheid, wenn er nach dir fragt, geh nur, ich räum deinen Kram zusammen und mache deinen Computer aus, halt dich nicht damit auf«, sagte Margit.

Als Anna auf die Straße trat, bog Christian um die Ecke. Er öffnete die Beifahrertür und gab Gas, kaum dass sie saß.

»Wie kann so was passieren? Ich dachte, die geschlossene Psychiatrie sei ein geschützter Raum? Als Katrin zu Hause war, hatte ich Panik, dass sie sich was antut, weil wir nicht rund um die Uhr auf sie aufpassen können. Und jetzt passen die auch nicht auf! Hat man dir gesagt, was sie gemacht hat?«

»Melleril«, sagte Christian. »Sie hat das Melleril, das sie gegen diese psychomotorische Unruhe bekommt, gesammelt und auf einmal geschluckt.«

»Kann man sich damit umbringen?«

»Keine Ahnung, bin kein Mediziner.«

»Ich fasse es nicht. Die kontrollieren jedes Gramm und jede Sekunde, und dann so was! Was kann denn noch alles passieren, wenn so etwas möglich ist? Und warum in aller Welt tut sie das?«

Annas Herz raste, sie hielt die Hände auf ihrem Schoß, drehte ein Taschentuch zu einem feuchten Knäuel.

»Ob das ihre Reaktion darauf ist, dass wir sie nach ihren Ausbrüchen immer wieder zurückgebracht haben in die Psychiatrie? Wollte sie uns damit erschrecken? Oder will sie wirklich nicht mehr leben? Mein Gott …«

Christian erwartete keine Antwort. Er parkte auf dem Hof der Medizinischen Klinik und stellte den Motor ab.

Als Anna und Christian die Treppe hinaufhasteten, kam ihnen eine junge Frau in weißem Kittel entgegen.

»Herr und Frau Lenck? Mein Name ist Peters, ich bin Stationsärztin. Ihre Tochter hat eine erhebliche Dosis Melleril geschluckt. Wie das passieren konnte, wissen wir nicht, das müssten Sie in der Psychiatrie klären. Ob sie sich damit hätte umbringen können? Unter gewissen Umständen vielleicht. Sie hat Herzrhythmusstörungen und wir werden sie zwei, drei Tage beobachten. Sagen Sie …«, sie machte eine kurze Pause, dann: »Ist Ihre Tochter schwanger?«

Da rastete Christian Lenck aus. Er brüllte: »Schwanger? Mit dem Gewicht? In der Psychiatrie geschwängert? Vielleicht vom Heiligen Geist? Sie ist doch nicht die Jungfrau Maria, was denken Sie sich denn?«

Anna, die zwar ebenso aufgebracht war wie er, drängte es zu ihrer Tochter. Sie legte ihren Arm auf seinen. »Lass gut sein, Christian.« Und zu der Ärztin gewandt: »Wir möchten jetzt zu unserer Tochter.«

»Ja, ja, das zweite Zimmer links, bitte.«

Christian stürmte in das Zimmer, auf Katrins Bett zu.

Bei ihrem Anblick bekam seine Wut neue Nahrung. Er war immer aufs Neue erschrocken, wenn er sie sah – was hatte diese Krankheit nur aus ihr gemacht: Kraftlos und dürr, bleich wie das Bettzeug, mit bläulichen Schatten unter den Augen lag sie da.

»Warum hast du das gemacht? Weißt du nicht, was du uns damit antust?«, fuhr er sie an. Ihr Schweigen brachte ihn noch mehr in Rage: »Mach doch, was du willst, wenn dir so wenig an uns liegt!«

Anna flüsterte ihm wütend zu: »Hör auf!«

Er presste die Lippen aufeinander, seine Wangenmuskeln arbeiteten. Er stützte sich auf das metallene Bettgestell. Anna setzte sich auf Katrins Bettkante, sah sie nur eindringlich an. Reden konnte sie nicht. Weder fielen ihr passende Worte ein, noch wollte sie ihre Tochter erkennen lassen, wie wacklig ihre Stimme war. Sie streichelte ihre knochige, kalte Hand. Da löste sich Katrins Starre, sie schluchzte so erbärmlich, dass auch Anna ihre Tränen nicht mehr zurückhalten konnte. Reden konnten und mochten alle drei nicht. Ratlos, aufgewühlt, ungetröstet fuhren die Eltern heim.

Am Abend rief Tine Bäumer an. Sie und Axel seien in der Nähe, ob sie sich nachher im »Weinstübl« treffen wollten? Das ist das Beste, was uns heute passieren kann, dachte Anna und sagte zu. Eine Stunde später saßen Lencks mit den Freunden in einer Nische der Weinstube. Und dann redeten sich Anna und Christian alles von der Seele. Das Arztehepaar hörte einfach nur zu.

»Bis heute haben wir hoffen können, dass alles gut wird«, sagte Christian. »Dass Katrin in der Klinik ist, hat uns ja auch etwas entlastet. Das sind schließlich Fachleute, die sich ihrer Verantwortung bewusst sind, Katrin ist doch nicht ihr erster Fall. Aber dass es vorwärtsgeht, kann ich nicht erkennen, eigentlich ging es bisher nur auf und ab und heute war der absolute Tiefpunkt erreicht. Langsam kommt in mir die Frage auf, ob sie überhaupt leben will. Und ob die in der Klinik wissen, ob sie leben will.«

Er war immer noch erregt. Nahm einen Schluck Wein,

um seine Stimme wieder in eine moderate Tonlage zu bringen. Noch klang sie hektisch.

»Ich hab den Oberarzt in der Psychiatrie angerufen und gefragt, wie ich das verstehen solle; man hält uns von ihr fern, wir dürfen die Station nicht betreten, sogar die Therapiestunden finden außerhalb dieser Station statt. Wir machen das alles mit, damit sie, wie er sagt, eine Chance habe zu genesen, und sie versucht unter deren Obhut, sich umzubringen. Das haben die natürlich als Vorwurf begriffen. Ehrlich gesagt war's auch so gemeint. Er müsse sich nicht anhören, dass er seine Aufsichtspflicht verletzt habe, hat er gekontert. Was denn sonst?, hab ich gesagt, wollen Sie vielleicht ein Lob hören wegen besonders guter ärztlicher Betreuung? Der war ziemlich pikiert, aber so was muss man doch mal sagen können! Jeder macht Fehler, nur diese Halbgötter in Weiß offenbar nicht.«

»Hat das überhaupt alles einen Sinn?« Anna sprach aus, was seit Wochen ihr Denken beherrschte. »Diese Gewalt, die auf sie ausgeübt wird, dieses ständige Drohen mit Sanktionen – und dabei geht es keinen Schritt vorwärts.«

»Wie denn auch – sie wird entmündigt von Leuten, die selber ratlos im Trüben fischen«, sagte Christian.

Sie redeten eine Weile über Ärzte, die sich offenbar überschätzten, über medizinische Fehler, über Schadenersatz in Deutschland und den USA, über Patientenvertretungen, dann kam Christian wieder auf sein Hauptthema zu sprechen: »In meinem Kopf dreht sich alles um die Frage: Können wir etwas ändern? Machen wir was falsch? Sind wir schuld? Und wenn wir Schuld haben an Katrins Krankheit – worin, um Gottes willen, besteht die?«

»Hör auf, Christian«, meldete sich Axel energisch. »Das ist keine Frage von Schuld. Mögen die Experten auch unterschiedlicher Meinung sein, ich bin fest davon überzeugt, dass auf der Festplatte was nicht richtig verdrahtet ist. Bei Essgestörten funktioniert die Kommunikation zwischen den Gehirnzellen nicht richtig, weil offenbar Serotonin fehlt, so dass die Balance von Hunger und Sättigung aus dem Ruder gelaufen ist. Katrins Perfektionismus ist für mich ein Beleg dafür, das ist nämlich typisch für einen gestörten Serotoninhaushalt.«

»Und warum hat uns das noch niemand erklärt?«

»Weil man noch ziemlich im Dunkeln tappt. Was hat denn der Therapeut eigentlich vor?«

»Wir haben mit ihm und Katrin verabredet, dass sie auf das Gymnasium darf, wenn sie fünfzig Kilo wiegt – bis jetzt dachten wir, das sei eine Motivation für sie. Auch wenn es ein Problem der Hirnzellen ist – sie will doch unbedingt auf das Gymnasium, warum hat sie das getan?«

»Ich versteh es auch nicht«, sagte Anna. »Ich hab gedacht, sie lebt dort in einem geschützten Raum. Aber seit heute hab ich noch mehr Angst um sie als bisher. Was, wenn sie aus dem Fenster springt? Was kann sie sich noch antun? Was sollen wir nur machen?«

Tine legte ihre Hand auf Annas Arm, Anna lächelte sie ob dieser Geste kurz an, wurde aber sofort wieder ernst:

»Diese Situation in der Psychiatrie, die ist doch unwürdig für Katrin. An der Stationstür ist für uns die Grenze, dort geben wir sie ab und haben nichts mehr zu melden. Und ich bin mir nun überhaupt nicht mehr sicher, ob der dort auf sie ausgeübte Druck die richtige Therapie ist. Sie wehrt sich gegen alles – gegen Nahrungsaufnahme sowieso, gegen die verordnete Ruhe, gegen klärende Gespräche.«

Tine hielt immer noch ihre Hand auf Annas Arm. »Vielleicht will sie eine Grenze ziehen zwischen ihren Bedürfnissen und denen anderer, bis sie herausgefunden hat, was sie selbst will. Sie macht dicht, real und im übertragenen Sinne – kannst du verstehen, was ich meine?«

»Ja, ja, aber warum derart konsequent und mit solcher Härte gegen sich selbst?«

»Als sie mal abgehauen und zu Hause aufgetaucht war, kam ich dazu, wie sie mit dem Kopf gegen die Wand donnerte. Richtig, immer wieder, nicht mal so bum-bum, nein, es knallte ordentlich. Und als ich rief, sie solle das lassen, sagte sie: Ich will doch nur, dass da oben Ruhe ist, ich halt's nicht mehr aus. Das traf mich bis ins Innerste.« Christian starrte in sein Weinglas. »Und es wird nicht besser in dieser Klinik, das ist jetzt mal klar.« Fragend sah er in die Runde: »Wie lange sollen wir hart bleiben und durchhalten? Ein Vierteljahr? Ein halbes Jahr? Macht diese Klinik überhaupt einen Sinn, wenn es gar kein psychologisches Problem ist? Nie nachgeben, sagen die immer. Aber wie lange kann man zusehen, dass es seinem Kind immer schlechter geht? Wir sind so zerrissen.«

»Natürlich ist es auch ein psychologisches Problem, Christian, und bis jetzt kommt man dem auch nur mit Psychotherapie bei. Sie muss lernen, von ihrem Perfektionismus zu lassen, ihren Körper richtig zu sehen, ihr Essverhalten zu ändern. Es gibt für Magersüchtige noch keine wirksame medikamentöse Therapie«, sagte Axel, und seine Frau bestätigte: »So eine Therapie greift nicht in einem

Vierteljahr. Und ehrlich gesagt sehe ich auch keine Alternative.«

»Ich auch nicht. Wir könnten unmöglich vierundzwanzig Stunden am Tag auf sie aufpassen.« Anna schüttelte ratlos den Kopf.

»Ich liebe sie sehr, das wisst ihr, aber sie ist im Moment schwer auszuhalten«, sagte Christian. »Nur wenn sie schläft, hält sie Ruhe, ansonsten ist ständig irgendwas an ihr in Bewegung. Wenn sie nicht den Klinikgang auf- und ablaufen kann, wippt sie mit dem Fuß, bewegt ein Bein, und selbst wenn sie scheinbar ganz still sitzt, spannt sie bewusst Muskeln an. Hauptsache, es verbrennt irgendwie Energie. Und wenn gar nichts geht, reißt sie das Fenster auf, um zu frieren, denn auch das schafft Energieabfluss. Das hab ich lange nicht verstanden, wieso sie bei Kälte das Fenster aufreißt. Als wolle sie die Kontrolle über ihr Gewicht behalten, als wolle sie dem Klinikpersonal beweisen: Ich bin stärker als ihr, ich bestimme, was geschieht, ich gebe meine Macht nicht aus der Hand.«

»Als wir neulich bei der Therapiestunde saßen, ist Katrin auf die Toilette gegangen«, erzählte Anna. »Sie kam ewig nicht zurück, der Therapeut guckte schon nervös, ich wollte nicht, dass er sie suchen lässt, also bin ich ihr nachgegangen und hab schemenhaft gesehen, dass sie hinter der geschlossenen Klotür gymnastische Übungen macht.«

»Das macht sie doch nicht, um jemanden zu ärgern oder gegen das Personal zu rebellieren«, wandte Axel ein. »Auch dafür ist die Erklärung im Gehirn zu suchen: Für diesen Bewegungsdrang ist ein Mangel an dem körpereigenen Hormon Leptin verantwortlich.«

»Kann man dieses Leptin nicht spritzen oder als Medikament geben?«, fragte Anna.

»Das wäre schön, wenn es eine so einfache Lösung gäbe. Aber leider könnte das Leptin den Appetit hemmen und den Energieverbrauch im Körper ansteigen lassen und dann hätte man überhaupt nichts gewonnen.«

Alle vier schwiegen einen Moment. Dann sagte Anna leise: »Geschnitten hat sie sich auch … Wisst ihr, was das Irre ist? Sie sieht ihre fast ebenso klapperdürre Mitpatientin total real, hält sie für echt krank, sie sieht bei anderen Mitpatientinnen, was die sich antun, wie die sich in die Hände, die Arme schneiden, die Haut aufritzen – und sie erklärt mir, das würde sie nie tun, da sie ja viel weiter sei in ihrer Entwicklung, sie würde viel mehr essen und sei viel dicker als die anderen. Sie sitzt also da mit geschundenen, verbundenen Händen, dürr wie eine Fahrradspeiche, und hält sich für dick und gesund. Was in dem Kopf vorgeht, werde ich nie kapieren. Versuch gar nicht erst, mir das mit dem Körperschema zu erklären, Axel, ich kriege es einfach nicht in mein Hirn, dass jemand vor dem Spiegel steht und darin etwas anderes sieht als ich!«

»Okay, Anna, ich sag ja gar nichts. Letztendlich weißt du ja, dass das alles nicht die Katrin ist, sondern die Krankheit. Wieso hat sie übrigens verbundene Hände?«

»Das ist der neuste Wahnsinn: Jetzt leidet sie offenbar noch unter einem Waschzwang.« In Annas Blick lag Verzweiflung. »Dauernd rennt sie zum Waschbecken, um sich die Hände zu waschen. Sie müsse ihre Hände wieder spüren, hat sie mir erklärt. So was hält natürlich keine Haut lange aus, erst wurden die Handinnenflächen rau, dann riss die Haut auf und aus tiefroten Stellen entwickelten sich regelrechte Entzündungen. Dann hat man ihre Hände mit Mullbinden umwickelt. Ich hab die Bewegungstherapeutin gefragt, was das zu bedeuten hätte. Katrin hätte die Wunden bewusst offen gehalten. Man würde sie mit Salbe behandeln und die Verbände ständig kontrollieren.«

Axel Bäumer überlegte eine Weile, ob er darauf antworten solle. Dann sagte er doch: »Auch Zwangsstörungen wie der Waschzwang sind determiniert durch eine Veränderung des Frontalhirns. Unter welchen Bedingungen diese Veränderung eine solche Zwangshandlung auslöst, kann ich nicht beurteilen, das herauszufinden, ist Aufgabe der Psychologen und Therapeuten. Aber ich weiß, dass derartige Zwänge zuweilen eine selbstheilende Funktion haben können, das heißt, sie können die Kranken zum Beispiel vor einem realen oder gedanklichen Verlusterleben bewahren, was immer das bei eurer Tochter bedeuten mag.

Habt ihr nicht mal erwähnt, dass Katrin viel Tagebuch schreibt? Streng genommen gibt es auch dafür eine pathologische Erklärung: Hypergrafie, Schreibzwang, ausgelöst durch eine übersteigerte Schläfenlappenaktivität. Flaubert und Dostojewski sollen an einer epileptoiden Schläfenlappenaktivität gelitten haben. Ich nehme an, bei Katrin haben diese neuronalen Aktivitäten eine wohltuende Wirkung – wohin sonst sollte sie mit ihren quälenden Gedanken, wenn sie sie nicht ihrem Tagebuch anvertrauen könnte?«

»Ja, ja«, bestätigte Anna, »das hab ich instinktiv so empfunden, deshalb kaufe ich ihr auch immer wieder neue Bücher, die sie vollschreiben kann.«

»Gehe ich recht in der Annahme, dass ihr Neurologen bei

Anorexia nervosa zwar alle Symptome wunderbar erklären, aber nichts gegen sie ausrichten könnt?«, fragte Christian.

»Stimmt, noch müssen die Psychiater und Therapeuten das Problem allein lösen, und da gibt es ungezählte Ansätze und einen regelrechten Schulenstreit. Das, was ihr von der Psychiatrie erzählt, ist eigentlich heute das Optimale: Verhaltenstherapie in Verbindung mit Einzelgesprächs- und Familientherapie«, sagte Axel. Und fragte in die aufkommende Stille: »Trinken wir noch ein Viertele? Und du, Anna, noch eine Apfelsaftschorle?« Er winkte der Kellnerin.

»Noch mal zurück zum Waschzwang«, schaltete sich Tine ein: »Der kommt ja schon bei Shakespeare vor, erinnert ihr euch?«

»Was? Wo?«, tönten Anna, Christian und Axel gleichzeitig.

»Wir haben es sogar vor Jahren zusammen gesehen, in Stuttgart. ›Wollen diese Hände denn nie rein werden?‹«, klagte Tine theatralisch und streckte die Handflächen gen Wirtshausdecke. »Na, dämmert's?«

»Nö, nun sag schon, Tine, wir sind nicht so theaterbesessen wie du, das weißt du doch!«

Statt einer Antwort deklamierte Tine in verschwörerischem Ton weiter: »Das ist ihre gewöhnliche Gebärde, dass sie tut, als wüsche sie sich die Hände; ich habe wohl gesehen, dass sie es eine Viertelstunde tat.«

Und als sie noch immer in ratlose Gesichter sah, fuhr sie in normalem Tonfall fort: »Das sagt die Kammerfrau von Lady Macbeth, als sie beobachtet, wie diese zwanghaft ihre Hände von dem Blut zu befreien sucht, das eigentlich an den Händen ihres Gatten klebt.«

»Ach. Damals hab ich nicht an eine Zwangsstörung gedacht, wer von uns wusste denn was davon! Streng genommen hab ich mir überhaupt nichts dabei gedacht«, sagte Anna. Und Christian bestätigte: »Damals interpretierten wir Lady Macbeths Wahn als Verzweiflungshandlung, nichts sonst. Und debattierten stundenlang über die Darstellung … Wer hat die Lady Macbeth eigentlich gespielt?«

»Keine Ahnung«, sagte Tine. »Ich hab doch nicht auch noch die Besetzungslisten im Kopf.«

Alle vier lachten. Endlich war die angespannte Stimmung etwas gelöst. Von Shakespeare kamen sie auf Heiner Müller zu sprechen, von dem auf Claus Peymann, Peter Zadek und Peter Stein und deren unterschiedliche Regieansätze, sie schwärmten von Inszenierungen, die sie in Wien und Salzburg, in Stuttgart und Berlin gesehen hatten.

Wortreich und mit Umarmungen trennten sich die beiden Paare vor dem Wirtshaus. Die Männer versprachen, sich wieder einmal zum Squash zu verabreden. Die Turmuhr der Stadtkirche schlug zwölfmal. Ein leichter Frühlingsregen hatte die Straßen reingewaschen, und als Lencks in ihre Siedlung mit den gepflegten Vorgärten einbogen, nahmen sie den Duft von feuchter Erde und Levkojen wahr. Christian legte den Arm um Annas Schulter, wie früher, als sie noch jung und verliebt gewesen waren. Und später, sie lag in ihrem Bett, kam er in ihr Zimmer und setzte sich zu ihr. In ein paar Jahren würden sie Silberhochzeit feiern und er sah sie immer noch gern an. Seine Hand fuhr leicht über ihre Wange, hinunter zu der kleinen Kuhle neben dem Schlüsselbein …

»Nein, tut mir leid, Christian, ich kann nicht …«

»Ist ja gut«, sagte er und küsste sie auf beide Wangen. Er ging in sein Zimmer nebenan. Stand noch eine Weile am offenen Fenster und sah zu, wie die Ahornblätter im leisen Wind zitterten, dann ließ er ratschend die Jalousie herunter.

Du bist es nicht wert –
Du bist es nicht wert –
Schon gar nicht, dass man dich verehrt.
Oder gar begehrt.
Du bist nicht gerade sehenswert.
Merkst du, wie du dich gerade selbst verzehrst?
Es läuft wieder alles verkehrt …

Möchte so gerne sein
   wieder innerlich gestärkt.
Bin von mir selbst völlig genervt.
Flöge am liebsten fort
an einen wunderschönen Ort.
Geborgen fühlen wie in einem
   gemütlichen, warmen Hort …

Mein Mund ist wieder fest verklebt.
Merke, wie ein Feuer der Wut und Angst
in mir bebt.

»Gespräch mit Dr. Weiß und dann mit Martin. Haben viel besprochen, war total gut. Hab ein neues Bild von mir und Schuldgefühle. Hat mir sehr geholfen.

Mit Dad telefoniert, war schön.

Gerade war Herr Weiß noch mal da: Na, wie geht's?

Na ja, geht so …

Wir schaffen das auch noch, wir schaffen das hier zusammen!

Sooo lieb!«

»Habe heute Morgen zum ersten Mal richtig beschissen. Mir war sooo schlecht danach. Ich hatte große Angst vorm Wiegen, habe ganze zwei Liter getrunken, musste so dringend aufs Klo, hab mir fast in die Hose gemacht. Dann haben sie mich endlich zum Wiegen geholt: 48,3 Kilo. Ich schätze, dass ich in Wirklichkeit um die 46 Kilogramm wiege – jetzt kann ich mich gerade noch so annehmen. Wie ich diese doofen 50 Kilo hasse! Wie viel das Fresubin ausmacht, ist echt der Wahnsinn.«

»Scheiß-Irrenanstalt. Muss mir ständig von irgendwelchen Deppen anhören, wie verrückt und krank ich sei, dass ich einen Schuss in der Optik hätte. Ich weiß, dass ich krank bin, aber deshalb muss ich mich doch nicht ständig fertigmachen lassen. Ich hasse mich so. Bin so fett, alles schwabbelt. Ich will nicht noch fetter werden – die wissen doch gar nicht, wie das ist!«

»Heute Morgen haben die mich zweimal gewogen, die glauben mir nicht mehr. Wollte abhauen, aber alle Türen waren abgeschlossen. Bin aus dem Jungszimmerfenster abgehauen, nach Hause. Family war geschockt. Wir haben viel geredet, ich hab geweint, abends zurück.

Horror-Abendessen bei Silke-Fotze: zwei Scheiben Käse! Sie hat mich erpresst, wenn ich nicht esse, sagt sie den Besuch am Sonntag ab. Hab solche Wut! Bin ausgerastet.«

»Die Schweine lassen mich nicht auf die Schule! Das war mein allergrößter Wunsch. Meine Family hört auch nur auf diese wichtigtuenden Deppen, das tut mir so weh! Was soll ich nur machen?

Meine Zukunft – selbst verbaut. Weiß nicht mehr weiter. Will nicht mehr leben, alles sinnlos.

Ich kann doch nicht morgens Fresubin trinken und dazu noch ein Müsli essen – spinnen die? Und bevor ich schlafen gehe, noch eine Flasche! Ohne Sport! Der reinste Albtraum!!! Ich hasse diese Bitches, will sie nicht mehr sehen. Mache jetzt überhaupt nicht mehr mit. Und wenn sie mich vollpumpen, nehm ich's halt wieder ab. Die können mich mal.

Alles aus. Sie melden mich am Gymnasium ab. Alles zerstört, all meine Träume – ein Trümmerhaufen. Ich will nicht mehr, meine Zukunft ist kaputt. Bin so alleine. Wann geben die mich endlich auf?«

»Ich ekle mich so vor meinem fetten Körper, kann mich nicht anfassen. In der Bewegungstherapie sollte ich meine Knochen spüren – der reinste Horror. Möchte fliehen, einfach davonfliegen, vergessen, nichts mehr empfinden – fort, nur weg, weit weg. Was ist das: Glück? Freude? Leben?

Andrea-Bitch wollte mich heute Morgen wiegen. Hatte solche Angst davor, konnte einfach nicht auf der Waage stehen. Später hat Martin sehr lange mit mir geredet, er versteht mich wenigstens ein wenig, nimmt mich ernst. Ich bin mit ihm ins ›Kämmerle‹ zum Wiegen, hatte Vertrauen. Mit Kleidung und nach Stuhlgang knapp 45 Kilo. Das Schlimme ist, es ist einfach zu viel, 15 Kilo weniger – da wäre ich zufrieden. Bin doch echt verrückt, oder? Mir kann niemand

mehr helfen. Ich bin süchtig nach dem RAUSCH DER SIN-
NE!«

»Heute hat der Tag schon sehr beschissen angefangen. Ich traf Andrea auf dem Flur, sie musterte mich, als sei ich ein alter Teppich. Ich sprach sie daraufhin an, sie sagte: Bei deinem Anblick bekomme ich ein schlechtes Gewissen, du wirst immer dünner! Spinnt die? Später holte sie mich in ihr Zimmer, und ich doofe Kuh stellte mich auch artig auf die Waage, mein Fehler: Mit Fresubin, Frühstück und Klamotten 44 Kilo. Ich sagte ihr, dass es mir immer noch zu viel sei und ich am liebsten 29 Kilo wiegen würde … Das weiß jetzt das komplette Team. Und ich dachte, ich könne ihr vertrauen.

Nun hab ich keinen Ausgang mehr, darf keine Runden mehr laufen, nicht mehr Tischtennis spielen. Das Essen wird mir wieder fertig vorgesetzt.

Bin ich ein kleines Kind? Ich fühle mich so beschissen. Hab wieder Panik vor jeder Mahlzeit.«

»Jede Stunde wird unerträglicher. Fett. Fett. Fett. Ich ekle mich zu duschen, mich zu berühren. Mein Gesicht kann ich auch nicht mehr anfassen wegen der eklig fetten Backen! Ich komme mir vor wie ein vollgefressener Hamster. Ich versuche, alles irgendwie zu verdecken, damit ich mich nicht sehen muss – meine Arme, Hände – schrecklich. Ich möchte am liebsten aus mir heraustreten, frei umherschweben, leicht wie eine Feder. Unbeschwert. Rein.

Und ich will auch nicht mehr nach Hause. Die verstehen mich doch ebenso wenig. Ich weiß nicht mehr, was ich machen soll, wohin ich gehen soll, was ich mal werden will, ob ich überhaupt gesund werden will, ob ich leben möchte. Ich fühle mich so leer, nutz- und wertlos. Wozu stehe ich noch auf? Um mich wieder schlecht zu fühlen? Am liebsten würde ich nicht mehr aufwachen. Dann wäre das ganze Theater endlich beendet, niemand müsste mehr ständig für mich da sein und sich um mich sorgen. Ich hab's gar nicht verdient zu leben. Todessehnsucht.

Bin gefangen und allein in einem schwarzen, tiefen, leeren Loch.

Alle krebskranken Kinder verdienen zu leben, sie sind nicht schuldig. Aber ich doofe Kuh bin doch an allem selbst schuld. Unwertes, fettes, nutzloses Ding!!!«

An einem Freitagnachmittag wollte Anna Lenck gerade an der Stationstür klingeln, da hub dahinter ein mörderisches Geschrei an. Sie wartete einen Moment, doch als das Geschrei nichts an seiner Phonstärke verlor, drückte sie energisch auf die Klingel. Zunächst geschah nichts. Ob der junge Mann ausgerastet war, der ansonsten den ganzen Tag schweigend im Bett lag? Katrin hatte erzählt, er würde zu schreien anfangen, kaum dass man ihn ansprach. Hatte man ihn gezwungen, das Bett zu verlassen? Auf dieser Station geschah offenbar alles unter Zwang. Oder wollte er nur nach draußen? Das Schreien ließ nicht nach. Es fuhr Anna in den Magen wie eine Faust, vor ihren Augen tanzten schrill-bunte Kreise, sie lehnte sich einen Moment an die kühle Wand. Hatte ihre Katrin auch schon so verzweifelt hinter dieser verschlossenen Tür geschrien? Endlich ebbten die Schreie ab, verstummten schließlich ganz. Schritte entfernten sich. Sie klingelte erneut und Martin, der Krankenpfleger, öffnete die

Tür. Er sah mitgenommen aus, seine aschblonden Haare klebten feucht am Kopf, aber weder Anna noch er erwähnten seinen Zustand oder das Geschrei. Der Vorfall schien ihn dermaßen aus dem Konzept gebracht zu haben, dass er Anna mit einer müden Handbewegung bedeutete, sie möge ihre Tochter selbst in deren Zimmer abholen. Was Anna fast noch mehr irritierte als das eben gehörte Geschrei.

Katrin durfte mit ihrer Mutter in die Stadt gehen, sie wollten gemeinsam Kosmetika und ein paar Slips für Katrin besorgen. Es war ein heller Herbsttag und die Menschen auf den Straßen genossen die immer noch wärmende Sonne.

»Wollen wir uns dort hinsetzen und etwas trinken? Dort unter dem Sonnenschirm ist noch ein Tisch frei«, schlug Anna vor, als sie in der Fußgängerzone an einem Café vorbeikamen.

Katrin stimmte sofort zu. Da Ausgang und Besuch streng reglementiert waren, genoss sie jeden Moment in Freiheit, jedes Gespräch mit einem Menschen, der nicht in dieser Klinik angestellt oder festgehalten war.

Behutsam fragte Anna nach Fabian. Ob der sich mal bei Katrin gemeldet hat?

»Nö, aber den vermisse ich auch nicht«, und Anna nahm ihr das Unbekümmerte dieser Aussage ab.

»Luise und Tatjana waren mal da, das war supertoll.«

Anna hatte Tatjana danach einmal in der Stadt getroffen, und das Mädchen hatte ihr gestanden, wie erschrocken sie über Katrin gewesen sei. Ja, sie ist sehr dünn geworden, hatte Anna bemerkt. Nein, hatte Tatjana gesagt, das war es nicht, »sie ist so verschlossen, als sei sie in einer anderen Welt. Wir sind im Park spazieren gegangen, sie hat mich auf die Blumen aufmerksam gemacht, auf Schmetterlinge – auf Dinge, die wir kaum noch wahrnehmen. Das fand ich eigentlich sehr schön – aber es war auch so fremd.« Anna hatte noch ein paar Freundlichkeiten mit Tatjana gewechselt, dann war jede in ihre Richtung gegangen.

»Und Andreas …«

Anna hatte nicht richtig zugehört, sah jetzt, wie Katrin etwas unfroh in ihre Cola light stierte.

»Was ist mit Andreas?«

»Ach, Mama, der ging mir so auf den Wecker! Er hat mir gesagt, dass seine Eltern es sehr gern gesehen hätten, wenn wir zusammenbleiben würden. Ich mag ihn ja, und es hat irre viel Spaß gemacht, mit ihm und Alex zu tanzen und Musik zu machen, und die CD, die wir gemeinsam aufgenommen haben, ist ja echt toll. Ich bin auch früher gern mit ihm um die Häuser gezogen, aber ich war nie verliebt in Andreas! Ich fand es süß, dass er mich hier besucht und mir eine Blume mitgebracht hat. Aber er ist so bestimmend. Einmal hatte er für uns Kuchen gekauft, den sollte ich unbedingt mit ihm essen. Hab ich aber nicht. Ach ja, das Fotobuch von ihm wollte ich dir immer mal mitgeben, ich mag es gar nicht mehr angucken.«

»Was für ein Fotobuch?«

»Mit Fotos von Models …«

»Von Models?« Anna verschluckte sich fast. Sie nahm einen Schluck Cappuccino und schwieg. Im Stillen fand sie ein solches Geschenk für ihre Tochter nicht nur überaus unpassend, sondern völlig taktlos.

»Und was ist nun mit Andreas? Irgendwas hast du doch auf dem Herzen?«

»Ich weiß nicht, ob es richtig war, Mama, aber ich hab ihm bei seinem letzten Besuch gesagt, ich möchte nicht, dass er noch mal kommt. Ich mag in dieser Umgebung keinen Jungen von früher sehen. Außer Jean-Luc ...«

»Das verstehe ich gut, meine Kleine.« Auf Jean-Luc ging Anna nicht ein. »Und wenn Andreas etwas Feingefühl hat, dann wird er das verstehen. Er kann dir ja schreiben.«

»Braucht er auch nicht«, sagte Katrin und Anna beließ es dabei. Sie drängte zum Aufbruch, Punkt siebzehn Uhr sollte Katrin zurück in der Klinik sein, um die nächste Flasche Fresubin zu trinken. Fünf Minuten nach siebzehn Uhr klingelte Anna wieder an der Stationstür.

»Hoffentlich gibt's kein Theater, wir sind zu spät«, flüsterte Katrin, da wurde auch schon die Tür aufgerissen, und eine Anna bis dahin unbekannte Schwester fing grußlos an zu spektakeln, wieso sie so spät kämen, sie würden doch genau wissen, dass Pünktlichkeit ... Anna erschrak. Wie konnte man so mit ihr umgehen, noch dazu vor ihrer Tochter! Sie umarmte Katrin zum Abschied, flüsterte ihr ein paar Zärtlichkeiten ins Ohr, dann verließ sie die Station. Was war das für ein Umgangston! Und was mag sich zwischen Frühstück und Nachtruhe hinter dieser Tür abspielen? In Annas Kopf breitete sich die Ahnung aus, dass dieser Aufenthaltsort vielleicht doch nicht der beste sei für ihr Kind. Aber was sollte sie tun? Was?

Bin faul
Muss mich bestrafen ...
Bin nutzlos
Muss mich bestrafen ...

Bin fett
Muss mich bestrafen …
Bin es alles einfach nicht wert
Muss sterben!

»Ich hab's gewusst, verdammte Scheiße – überall FETT, FETT, FETT!!! Hab eine Flasche getrunken, gefrühstückt, mit Klamotten 44,7 Kilo! Und das in einer Woche. Ich raste aus. Scheiße, Scheiße, Scheiße! Ich fühle mich so unglaublich FETT, und ich dachte, von 2000 Kilokalorien pro Tag nimmt man nicht zu – Scheiße war's … Ich muss hier raus, so schnell wie möglich, werde immer breiter, platze aus allen Nähten, mein Bauch drückt so, ich werde total unförmig, laufe rum wie eine Schwangere. Scheiße noch mal! Jetzt können die zufrieden sein, die Schweine. Jetzt haben sie, was sie wollen. Ich fühl mich beschissen, zittere am ganzen Körper. Ich will nicht mehr aufwachen, nicht in diesem Ding von Körper. Ekel, Ekel überall. Muss mich waschen. BIN SCHMUTZIG!«

»Silke und Andrea haben mich gepackt. Ich lag auf dem Boden und hab mir den Kopf gerammt, hab am ganzen Leib gezittert. Sie haben mir gedroht, alle Wochenendaktivitäten zu streichen. Ich hab einen solchen Hass. Hab mich verkehrt herum auf die Waage gestellt. Die doofe Silke-Bitch hat's mir trotzdem gesagt: nach Frühstück, Stuhlgang und mit Klamotten 43,5 Kilo. Komisches Gefühl, kann es kaum beschreiben. Eigentlich will ich das Gewicht so halten, doch eine Stimme sagt mir, dass ich da und dort noch zu viel habe. Ätzend! Ich kann nicht trainieren, meine Gelenke sind bleischwer.

Was für ein beschissener Tag. Ich will endlich heim, Mum, hilf mir! Wenn ich doch nach Hause gehen und ambulant weitermachen dürfte, das ist mein größter Wunsch! Bitte, lieber Gott, mach, dass es wahr wird.«

»Diese Blicke … Mum ist wieder so verzweifelt, und ich bin so unfähig, es zu ändern. Und auch Lena hab ich angesehen, dass sie sich um mich sorgt. Wie ich mich für diesen ganzen Scheiß hasse.«

»Mir ist immer so schwindlig, mein Kreislauf ist im Arsch: 70 : 50, Puls 52, cirka 41,6 Kilo. Ich kann es nicht zulassen zuzunehmen. Fühle mich immer noch so fett, faul und unnütz. Und ich kann diese Moralpredigten nicht mehr hören, sie nerven mich. Jeden Tag nur warten auf den erlösenden Abend, einfach wegschlafen … Ich bin gefangen.«

»Ich habe gesiegt, zum ersten Mal. Dieses Gefühl, stärker zu sein, ist unbeschreiblich. Lichtblicke, Hoffnungen, die Wirklichkeit werden können. Gedanken, die sinnvoll sind. Heute habe ich den Kampf gegen ES aufgenommen (Hauptsächlich gegen den Bewegungsdrang).
Gewonnen …«

»Ich sollte zehn Punkte aufschreiben, die für mich ein genussvolles Leben bedeuten.
Wenn ich mit Freunden etwas unternehmen kann.
Wenn ich Freude hab am Leben.
Wenn ich in der Lage bin, meine Träume zu verwirklichen.

Wenn ich mich in meiner Haut und meiner Umgebung wohl fühle.
Wenn ich Menschen habe, die mich verstehen, auf die ich mich immer und in jeder Situation verlassen kann.
Wenn ich mich auch an kleinen Dingen erfreuen kann.
Wenn ich essen könnte, ohne überlegen zu müssen.
Ohne Zwänge und Ängste zu leben.
Entspannen können.
Wenn ich gut mit mir klarkomme und mich leiden kann.
Silke hat gesagt, das sei abgehoben und würde nicht einer 17-Jährigen entsprechen. Ich schreib und sage, was ich fühle, dann heißt es, ich sei nicht realitätstreu. Die kann mich so langsam echt mal. Ich komme mir ziemlich verarscht vor.«

»Das darf doch alles nicht wahr sein ... Ich fühle mich wie eine Tonne, doch von was soll ich denn zunehmen?
Ich bin doch echt gestört, oder? So ein FUCK!!!
Ich hab solche Angst! Das EKG ist sehr schlecht ausgefallen. Mein Herz schlägt wieder zu langsam ... Wenn es am Montag nicht besser ist, muss ich auf die Intensiv ... PANIK! Das würde ich nicht überleben ...
Kann meinen Eltern nicht unter die Augen treten. Schäme mich! Verdammt noch mal, will ich denn wirklich sterben?
ANGST!«

»Mein Kopf dröhnt. Zwei Stimmen. Ständig. Keine Ruh, nimmer. Möchte schlafen, nur noch schlafen, an nichts mehr denken müssen. STILLE.«

»Ich platze … Fühl mich soo voll! Blähbauch … Holt mich hier raus! GEFANGEN … Ich sterbe tausend Tode – unerträglich!!!

Möchte nicht mehr leben. Das ist so unmenschlich. Fünf Flaschen Fresubin und nur liegen! Ich gehe auseinander wie eine Tonne. Tolle Therapie. Das macht alles nur noch schlimmer. Mein Bauch tut weh. Muss hier raus – aber wie?

Mum, hilf mir!!!«

»Fühle mich so faul und fett. Kann nicht einmal jetzt sitzen. Hab keine Ruhe … Meine Scheiß-Backen! Man sieht das Zunehmen immer zuerst im Gesicht bei mir – Das kotzt mich an. Schwabbel, schwabbel – FETT.«

»Scheißwiegen. Hab drei Flaschen und ein Glas (elf Schlucke) getrunken. Mit Stuhlgang, ohne Klamotten: 43,1 Kilogramm. Fühle mich trotzdem vollgestopft und zu fett.

Scheiß Weiß. Scheiß Rumschikaniererei. Hab eine solche Wut. Vernünftiges Gewicht. Toll, was heißt das? Will kein Fresubin mehr. Werde immer fetter. Der Spiegel – mein Feind.

Möchte nicht mehr aufwachen.«

»43,4 Kilo, o je, wenn die mein reales Gewicht wüssten. Aber endlich – ich darf heim. Ich werde es zu Hause schaffen! Mit Gottes Hilfe.«

Nimmerleinsland

WOW – Was für ein Gefühl!
Gar nicht mehr kühl …

Sondern plötzlich
Strahlt alles in einem unglaublich
Hellen, wärmenden und liebevollen
Ganz wunderbarn Licht!

Dieses Licht
Macht (mich) ganz stark …
Spüre Kraft.
Hab Energie (Denn ich flieh
   nicht mehr!)

Rieche den Duft
Der fantastischen, einmaligen
Blumenblüten –
Die sich selbst ›güten‹ …
Und auch unter Wüten
STANDHAFT SIND!

Bin endlich angekommen …
Und aus mir herausgekommen!

Nahm meine kleine Fee
AN DER HAND –
Und es ging los –
Und das ist GRANDIOS
An diesem Ort –
Da braucht's eigentlich gar
Kein Wort –

*Fühlt man sich so wohl,
wie in einem bestimmten »Hort« …*

*Doch
Dieser Ort ist eigentlich gar nicht
So weit fort …*

*Du musst nur wollen –
Dann vergeht auch dein Grollen –
Und du kannst bewusster »tollen« …*

*Herrliche Farben umgeben dich –
Und alles
Ist nur noch ein schönes Gedicht …*

*Keine Ecken und Kanten sind
Vorhanden …
Es gibt auch KEINE »Schanden« …*

*Schließ deine Augen –
Und flieg los
Dann
Bist du bald deinen Kummer los!*

Wär das nicht FAMOS?!

4. Kapitel

1999: 38 Kilogramm

Christian Lenck hatte für sich und seinen Freund Axel Bäumer den Court an einem Freitag für zehn Uhr bestellt. Es waren einige Telefonate erforderlich gewesen, bis sich die beiden und das Fitness-Studio auf einen Termin einigen konnten. Christian kam etwas früher als vereinbart. Er ging in den Umkleideraum. Zwei junge Kerle alberten dort herum, frisch geduscht und kraftstrotzend. Christian tauschte die Halbstiefel, Jeans, Hemd und Pullover gegen Turnschuhe, Shorts und T-Shirt. Er musste sich nicht verstecken vor den Jungen, er war schlank, sein Bauch fest und flach, die Haut vom Sommer noch immer leicht gebräunt. Er verschloss den Schrank, nahm Schläger und Ball und meldete sich am Counter. »Court zwei«, sagte das Mädchen und betätigte einen Schalter, worauf in einem der großen Glaskästen das Licht anging. Das Mädchen trug ein glänzendes, eng anliegendes Trikot, das ihre schmale Figur betonte – auch Katrin hatte früher gern solche Sachen getragen, dachte Christian, auch sie hatte sich einmal so geschmeidig bewegt wie diese junge Frau. Ihm schien, als läge das Lichtjahre zurück. Jetzt stakste Katrin eher wie ein frisch geborenes Fohlen und der Gedanke versetzte ihm einen Stich.

Er baute sich in dem auf den Fußboden gemalten linken Viereck auf, hob Schläger und Ball in die Grundposition und schlug zu. Der Ball knallte genau über der Aufschlaglinie an die Stirnwand, landete rechts neben ihm hinter der Bodenmittellinie, so dass er ihn mit der Vorhand zurückschlagen konnte. Gut so, jetzt wieder Rückhand, er fühlte sich fit und kräftig. Nur seine Gefühle und Stimmungen schaukelten seit einigen Wochen rauf und runter.

Drei Kilo zu wenig, deshalb hatten sie Katrin nicht auf das Ernährungswissenschaftliche Gymnasium gelassen – war das die richtige Entscheidung gewesen? Hätte ihr das Auftrieb gegeben? Hätte sie es überhaupt schaffen können? Und war es wirklich richtig gewesen, Katrins Klinikaufenthalt abzubrechen? Aber da waren ihre Briefe in den letzten Wochen, fast täglich hatte einer im Briefkasten gelegen, bettelnd, flehend, fordernd, mit Selbstmord drohend, mit Versprechen lockend: Ich tue alles, was ihr verlangt, aber holt mich raus! Herrgottsakrament, welcher Vater, welche Mutter sollte dem widerstehen?

Peng, der Ball traf knapp über dem Tin-Board auf, zu tief, um ihn noch zu erwischen. Obwohl Axel noch nicht da war, wechselte Christian ins rechte Aufschlagviereck.

Oder hätten sie doch noch durchhalten sollen? Jetzt, wo Katrin daheim ist, ist die Situation ebenso unerträglich, keine Mahlzeit ohne Geschrei und Gezeter, Anna ist schon völlig konfus, weiß nicht, was sie Katrin vorsetzen, wie sie ihr begegnen soll – mit Bitten? Mit Reden? Mit Druck? Und ich werde immer unleidlicher, ich merke es ja selbst. Christian drosch den Ball verbissen an die Wand.

Aber es war doch kein Stück vorwärtsgegangen in dieser Klinik, im Gegenteil, Katrin war ihm bei jedem Besuch klappriger erschienen. Wenn nicht mal das Klinikpersonal einer Meinung war, wie sollten sie als Eltern dann imstande sein, eine sachlich fundierte Entscheidung zu fällen! Dr. Weiß meinte, es mache keinen Sinn mehr, ein Jahr sei nun vergangen und eigentlich nichts erreicht; dieser Pfleger und die Bewegungstherapeutin hingegen hielten sich weiterhin an der Hoffnung auf Besserung fest, man müsse nur Geduld haben – oder war das doch die Meinung des Arztes, und die anderen wollten aufgeben? Aber das war jetzt auch egal, schließlich hatte die Klinik ihnen, den Eltern, die Entscheidung überlassen.

Vorhand, Rückhand, Aufschlagseitenwechsel … Nein, auch diese Wochenenden, an denen Katrin nach Hause durfte, waren für alle Beteiligten die Hölle. Je näher die Stunde der Rückkehr in die Klinik rückte, desto wilder wehrte sie sich dagegen – ihr Geschrei bekam er nicht aus dem Kopf: »Nein, ich gehe nicht zurück in diese Klapse, ich halte dieses Klima nicht mehr aus, diese ständige Kontrolle, diese Zwänge, holt doch die Polizei, die kann mich ja hinbringen, freiwillig gehe ich nicht, merkt ihr denn gar nicht, dass es überhaupt nichts bringt, wenn die mich vollpumpen mit all dem Zeug? Merkt ihr nicht, dass ich das nicht zulasse, dass mein Kopf das nicht zulässt?«

»Hallo, Christian, du bist ja schon schwer zugange, entschuldige die Verspätung …« Er hatte Axel nicht kommen hören. Die Anstrengung des Matches erlöste ihn aus seinem Gedankenwirrwarr.

> ENERGIE
> *Meine Kräfte kehren zurück –*
> *Fühl –*

Und bin wieder ein ›ganzes Stück‹.
Was für ein GROSSES Glück!
Muss mich nicht mehr nennen
  Du Miststück!

Katrin war wieder zu Hause, nach vierzehn Monaten Klinikaufenthalt konnte sie endlich wieder ihr Zimmer unterm Dach in Besitz nehmen, hinter ihrem Moskitonetz schlafen, im vertrauten Bad duschen, mit Lena und den Eltern frühstücken, aus dem Haus gehen, wann sie wollte, Leute treffen – Katrin war glücklich. Sie räumte ihren Schreibtisch auf und ordnete die CD-Sammlung, ihre Eltern fuhren mit ihr zu IKEA, um einen neuen Kleiderschrank zu kaufen. Sie ließ sich beim Friseur die Haare kürzen und helle Strähnchen einfärben. Sie ging mit Lena ins Solarium. Dass Kramers von nebenan inzwischen weggezogen waren, wusste sie zwar, aber jetzt erst stieß ihr das schmerzlich auf. Wie schön war es einst, dass sie nur nach nebenan zu huschen brauchte, um Luise zu sehen. Nun lebte sie in München, lernte in einem Labor Chemisch-technische Assistentin und hatte keine Lust, Katrins lange Briefe ebenso ausführlich zu beantworten. Sarah hatte einen Ausbildungsplatz in einer Arztpraxis bekommen, sie wollte Krankenschwester werden. Und Tatjana besuchte ein Gymnasium, war mit Abi-Vorbereitungen und einer neuen Liebe beschäftigt. Mit beiden telefonierte sie gelegentlich.

Lena wohnte auch wieder zu Hause. Natürlich nervte sie Katrins Verhalten, aber sie allein lassen, weggehen? Nein, das kam ihr nie in den Sinn. Nur ab und zu blieb sie über Nacht bei ihrem Freund, aber bevor sie ging, vergaß sie nie,

Katrin einen Zettel mit einem zärtlichen Gruß aufs Bett zu legen. Die Schwestern redeten wie einst miteinander, aber sie lachten nicht mehr so oft wie früher. Dafür stritten sie sich nun überhaupt nicht mehr. Es gab keinen Grund zum Streiten. Katrin sehnte sich nach Harmonie, und die fand sie bei ihrer Schwester und besten Freundin. Und Lena brauchte ihre bleiche, dünne Schwester nur anzusehen, dann dehnte sich ihre Hinnahmefähigkeit schier ins Unendliche. Zwar brüllte auch sie Katrin manchmal an: »Iss jetzt endlich! Hör auf mit dem Manipulieren und halt uns nicht für blöde!« Oder wenn Katrin von ihren fetten Hüften faselte, dann ließ Lena sie schon mal stehen und schrie sie an: »Was für Hüften denn, du blöde Kuh!« Aber richtige, grelle Wut, die dazu führte, Katrin ihrem Schicksal zu überlassen, die stellte sich nicht ein. Im Gegenteil, nach jedem verbalen Ausrutscher umarmte sie ihre Schwester, bat um Verzeihung. Lenas ohnehin geringes Aggressionspotenzial wurde gedämpft von ihrer Angst um Katrin. Und Katrin, oder Katrins Stimme, spürte diese Angst und nutzte sie weidlich aus.

Lena ertrug jetzt sogar widerspruchslos, wenn Musik aus Katrins Zimmer dröhnte. Robbie Williams und Janet Jackson fand sie ebenso toll wie Katrin, die Backstreet Boys und Die Fantastischen Vier nahm sie gelassen hin und bei Xavier Naidoo und Take That klappte sie eben die Ohren zu. Irgendwann hörten die ja auch wieder auf. Nur das Thema Klamottentausch berührten sie nicht mehr. Und ein weiteres Tabuthema gab es. Lena sah eines Tages, wie Katrin ein Schubfach ihres Schreibtischs aufzog und hastig eine Hand voll Bonbons hineintat. Hatte sie eben richtig gesehen? Ein buntes Durcheinander von Bonbons, Kaugummi, Maoam, Bounty, Milky Way, Duplo, Kinderriegel? Sie öffnete den Mund, um zu fragen, was das soll, da knallte Katrin die Schublade zu und wandte sich ab.

Später fragte Lena ihre Mutter, ob sie von diesem Depottrieb wisse.

»Ja, Lena, und ich hab keine Ahnung, was das nun wieder bedeuten soll. Ich weiß nicht, ob sie das Zeug kauft oder klaut. Wenn wir Kaffee trinken gehen, nimmt sie die Zuckertütchen mit. Als wir sie aus der Klinik abgeholt haben, musste auch eine Plastiktüte voller Marmeladen- und Honignäpfchen, Champignoncreme und Diät-Konfitüre, Paprikacreme und Schmelzkäse mit. In ihrem Kleiderschrank steht jetzt ein Karton mit diesem Zeug. Sie isst nichts davon, sie gönnt es sich nicht oder die Stimme in ihr verbietet es ihr. Ich weiß nicht, wozu sie es hortet. Ich hab auch noch anderen Krimskrams gefunden, den kein Mensch braucht: Zopfhalter, Luftballons, Verschlüsse für Vorratstüten und Flaschen, Schlüsselanhänger, alberne Plastiktiere, -teddys und -püppchen, Magnet-Figuren, dutzende Miniflaschen mit Haarwäsche, Creme, Lotionen … ich hab keine Ahnung, warum sie so etwas sammelt.«

»Und wenn ich ihr nun was schenke, was Zuckerfreies, Süßes – ob sie das dann isst?«, überlegte Lena.

»Versuch's mal. Ich hab keine Idee mehr.«

Lena schenkte ihr also zuckerfreien Kaugummi, zuckerfreie Lollis, zuckerfreie Bonbons. Tatsächlich gestand Katrin gelegentlich fast verschwörerisch: »Heut hab ich mir eins von deinen Bonbons gegönnt!« Und dann strahlten beide.

An einem Sonntag fuhr Christian mit seinen Töchtern ins Fitness-Studio. Er wollte eine Runde Squash spielen, die Mädchen hatten Lust auf Badminton. Sosehr sich Katrin zusammenriss, schon nach ein paar Ballwechseln gab sie auf. »Sorry, Lena, ich fühl mich einfach scheiße, bin so schlapp.«

»Ist doch nicht schlimm, mach dir keine Gedanken, dann gucken wir eben zu, wie sich unser alter Vater und Axel schinden, okay?«

Am meisten aber war Katrin in dieser Zeit mit ihrer Mutter zusammen. Anna arbeitete jetzt nur vier Stunden am Tag im Büro. Sie wollte sich in der ersten Zeit um ihre Tochter kümmern, sie fühlte sich aber auch selbst nicht stark genug für Vollzeitjob und die nervenaufreibende Essensbeschaffung. Schon dieses Programm bewältigte Anna nur mit Hilfe ihrer Therapeutin, bei der sie sich einmal in der Woche aussprechen konnte. Was an Annas Freizeit übrig blieb, gehörte Katrin.

Sie sah mit ihr im Kino »Shakespeare in love«, wobei sie erleichtert registrierte, dass Gwyneth Paltrow als Shakespeares Geliebte kein dünnes Gehopse war, sondern vernünftige weibliche Rundungen aufwies. Anna war hochsensibilisiert und dünnhäutig geworden, seit Katrin wieder da war. Die Stimmung ihrer Tochter wechselte zuweilen von einer Minute zur anderen. Sie erzählte von bedrückenden Träumen, von Stimmen, die nur sie hörte, die sie riefen und ihr Befehle gaben. Manchmal, nach einem kurzen Gang in die Stadt, berichtete sie euphorisch von einer Begegnung mit einer ehemaligen Schulkameradin, um mit dem nächsten Atemzug tieftraurig festzustellen, dass sie kaum noch jemand besuchte. Anna band Katrin weitgehend in die Essensvorbereitung und Küchenarbeit ein, sie kauften ein, bummelten ein bisschen durch die Fußgängerzone. Auch Bekannte zu treffen, ging nicht immer gut. Einmal stürzte eine Frau aus der Jägerstraße auf die beiden zu, blickte besorgt auf Katrin: »Du hast ja noch mehr abgenommen, voriges Jahr, als ich dich das letzte Mal traf, sahst du aber besser aus!« Katrin klappte die Kinnlade runter und die nächsten zwei Stunden muffelte sie vor sich hin. Dabei schwatzte sie gern ein bisschen auf der Straße, und sie zeigte sich von ihrer alten, liebenswürdigen Seite, wenn dabei niemand auf ihr Äußeres einging. Fabian traf sie seltsamerweise nie, sie wusste nicht mal, wo der überhaupt abgeblieben war. Wenn sie Andreas nur von weitem sah, und das geschah nicht nur einmal, floh sie in den nächsten Laden oder Hauseingang.

So oft wie möglich besuchte Anna mit ihr ein Café, überredete Katrin zu einem Stück Kuchen. Das aß sie nur, wenn Anna auch eins aß. Was zur Folge hatte, dass Anna zunahm, während sich bei Katrin überhaupt nichts rührte. Manchmal saßen sie auf dem weinroten Sofa, Katrin, das lange Elend, auf dem Schoß ihrer Mutter oder eng an sie geschmiegt. Sie genossen die blaue Stunde, unterhielten sich leise und sahen zu, wie die Dunkelheit im Garten die Konturen der Sträucher und Bäume weichzeichnete und langsam verschluckte.

Anna gewahrte wieder schmerzlich eine zunehmende Diskrepanz zwischen Katrins Wirkung auf die Öffentlichkeit und ihrem inneren Zustand. Seit der Kindheit hielt man sie für reifer und älter, als sie tatsächlich war. Jetzt jedoch sank sie fast zurück in eine vorpubertäre Phase. Mit piepsiger Stimme sagte sie:

»Mum, ich möchte endlich wieder mit normalen Leuten zusammen sein, ich kann doch nicht ewig nur neben dir herlaufen. Und dir soll es auch wieder gut gehen, du musst schließlich wieder arbeiten können. Und bis ich im September was Neues anfangen kann, vergeht noch ein halbes Jahr, bis dahin muss ich doch irgendwas tun. Aber was?«

»Fühlst du dich denn kräftig genug? Eigentlich hast du doch genug zu tun: Einmal in der Woche gehst du zu Dr. Kühne zum Wiegen und Blutdruckmessen. Schade, dass Dr. Schuster jetzt Urlaub hat, aber ich glaube, der Kühne ist ebenso gut. Dienstags bist du bei Frau Blumberg, der Ernährungsberaterin. Wie war es übrigens bei ihr?«

»Am Anfang war es ganz okay, da haben wir über meine Pläne, Ängste und Schwierigkeiten geredet, sie hat einen Essensplan mit mir aufgestellt und war sehr zuversichtlich, dass sie mir helfen kann. Aber dann fing sie an, Therapeutin zu spielen. Ich solle meine Wut rauslassen …«

»Daran hapert's ja nun wirklich nicht.« Die Bemerkung konnte sich Anna nicht verkneifen.

»Und wenn ich Schuldgefühle hab, weil ich was gegessen hab, soll ich mich ablenken, soll rausgehen, Gymnastik machen …«

»Das kann doch nicht wahr sein! Du sollst still sitzen – hat die denn gar nichts begriffen?«, empörte sich Anna.

»Ich geh nicht mehr hin, Mama, ich denke auch, das bringt mir nichts.«

»Du sollst zur Krankengymnastik wegen deiner Rückenschmerzen und des krummen Rückens – hat dir der Orthopäde eigentlich erklärt, woher das kommt?«

»Hm.«

»Na und? Red schon!«

»Ach, Mama, ich schäme mich so, weil ich auch das mir selbst zugefügt hab. Er hat gesagt, durch das viele Colatrinken würde ich meinen Knochen Calcium und Strontium entziehen, deshalb hätte ich nun Osteoporose.«

Anna schwieg lange, drückte nur ihre Tochter fester an sich. Dann sagte sie: »Ich hab mir schon lange Sorgen gemacht, weil du immer nur schwarzen Kaffee und Cola trinkst. Glaubst du im Ernst, damit deinen Blutdruck in die Höhe treiben zu können?«

Jetzt schwieg Katrin. Anna ging nicht weiter darauf ein.

»Morgen gucken wir uns gemeinsam Frau Baum an, die Therapeutin, die mir meine Kollegin Margit Freyer empfohlen hat. Der Freundin ihres Sohnes habe sie helfen können. Papa kommt auch mit. Ich hoffe sehr, dass zwischen euch die Chemie stimmt. Wenn nicht, sagst du Bescheid. In der Klinik musstest du dich auf die Therapeuten einlassen, du warst auf sie angewiesen, in einem Krankenhaus gibt's schließlich keine Auswahl. Aber jetzt können wir so lange suchen, bis es passt.«

»Aber das ist doch immer nur mal eine Stunde – was mache ich sonst den lieben, langen Tag?«

»Für die Fahrschule lernen – reicht das nicht?«

»Das ist doch babyleicht, Mama! Das Blöde ist, dass sich niemand mehr für mich interessiert.«

»Das glaub ich nicht, Katrin. Aber deine Klassenkameradinnen von einst gehen nun eigene Wege, sind auf anderen Schulen oder lernen einen Beruf, haben einen Freund. Niemand hat dich vergessen.«

Anna stellte sich Katrins fröhliche Freundinnen vor, die

aufgebrochen waren in ihr Erwachsenenleben. Wie sollten die an Katrins Seite bleiben und ihre Krankheit mittragen? Woher sollten sie die Kraft nehmen, Katrins Verletzlichkeiten, ihre Sensibilität, ihre scheinbaren Launen gelassen hinzunehmen? Woher sollte die Geduld kommen, sie immer wieder ihrer Freundschaft zu versichern, fragt Katrin doch schon zu Hause beim leisesten Moll-Ton: Bist du jetzt böse mit mir? Wie sollten Menschen, die noch nie mit dieser Krankheit konfrontiert worden sind, und noch dazu so junge, lebensunerfahrene, verstehen, dass es nicht Egoismus ist, was Katrin ständig mit sich selbst beschäftigen lässt? Im Gegenteil, Katrin macht sich Sorgen darüber, dass sie für ihre Umwelt so anstrengend ist, weiß aber nicht, wie sie das ändern soll; sie kommt mit der Last nicht zurecht und gerät so unter neuen Druck. Nein, so viel Verständnis und Hinnahmefähigkeit bringen nur Eltern für ihr Kind auf. Und eine Schwester wie Lena. Es ist unglaublich schwer, jemanden zu mögen, der sich selbst nicht liebt.

»Mama! Was denkst du, Mama?«

»Ach, alles Mögliche.« Anna fand nur allmählich aus ihren Gedanken. Dann kam ihr eine Idee:

»Soll ich mit dem Rektor deiner alten Schule reden? Vielleicht kannst du dich noch mal in eine zehnte Klasse setzen und einigen Stoff aufarbeiten? Das könnte ein guter Anschluss ans Leben sein. Wenn du im September aufs Gymnasium willst, musst du schließlich wieder lernen gelernt und eine gute Basis haben.«

»O ja, Mum, das ist cool! Ach, ich hab dich so lieb, und ich bin so froh, dass ich dich hab!«

Zum ersten Gespräch mit Adelheid Baum, der Therapeutin, begleiteten Lencks ihre Tochter. Beste Wohnlage, Blick auf den Neckar, solide Praxisräume ohne modernistischen Schnickschnack, registrierte Christian. Grüne Halbintellektuelle, aber offenbar kompetent, fügte er seinem Urteil eine Stunde später hinzu. Auf Anna wirkte Frau Baum sympathisch, Ruhe ausstrahlend. Sie hörte zu, was Lencks als sehr wohltuend empfanden, und was sie sagte, klang durchdacht und fundiert, vor allem aber überhaupt nicht zynisch, ein Zug, den Anna bei Dr. Schmitz in der anthroposophischen Klinik als überaus unpassend empfunden hatte, weil er seine Gesprächspartner verunsicherte. Nein, diese Adelheid Baum, Sozialpädagogin mit einer therapeutischen Zusatzausbildung, spezialisiert auf Ess-Störungen, machte einen ausgesprochen guten Eindruck. Aber was zählte: Katrin und sie mochten sich auf Anhieb.

»Ich hab mich sofort für sie entschieden, ich glaube, die versteht mich – es war voll gut, einfach genial!«

Dieses euphorische Urteil erschien Christian zwar etwas übertrieben, aber Anna beschwichtigte ihn: »Hauptsache ist doch, sie fühlt sich angenommen – das war bisher weder bei Dr. Schmitz noch bei Dr. Weiß so uneingeschränkt der Fall.«

»Hast recht, vielleicht hat sie einen anderen Ansatz, immerhin geht Katrin gern zu ihr und das ist sehr wichtig.«

Anna und Christian schöpften neue Hoffnung.

»Aber findest du es nicht auch seltsam, dass diese Frau Baum der Katrin gleich ihre Handynummer gegeben hat, um für sie ständig erreichbar zu sein?«, fragte Christian.

»Das mag zwar ungewöhnlich sein, aber vielleicht ist das

ihre Methode, Katrins Vertrauen zu gewinnen? Warten wir es doch erst mal ab.«

Als dann am Abend noch die Sekretärin des Mädchen-Realgymnasiums anrief und bestätigte, Katrin könne sich gern in die zehnte Klasse setzen, und zwar in die ihrer früheren Klassenlehrerin, Frau Legler, da war Katrin überglücklich.

Am Montag darauf sollte sie sich beim Rektor melden. Katrin war ziemlich aufgeregt, als sie den vertrauten roten Klinkerbau betrat, vorbeigend an den drei Orgelpfeifen neben dem Eingang, die Treppe hinauf ins Direktorenzimmer. Der Rektor übergab sie Frau Legler und die stellte sie der Klasse vor.

Siebenundzwanzig Augenpaare sahen Katrin an – unvoreingenommen und freundlich. Sie fühlte sich sofort wohl. In der Pause dann trat Frau Hermsdorf auf sie zu, die Religionslehrerin, sie nahm Katrins Hände in ihre, sagte mit warmem Lächeln: »Guten Tag, mein Kind, ich wusste nicht, dass du so lange in der Klinik warst, das tut mir unendlich leid, aber ich weiß, du schaffst es, gell?« Diese Art Mitgefühl wärmte Katrin wie eine heiße Tasse Tee im Winter.

Nun war ihr Leben wieder ordentlich strukturiert: Morgens zwischen sieben und halb acht Frühstück mit Mutter, Vater oder Schwester. Danach zwei, drei oder auch vier Stunden Schule. Befreit von mündlichen oder schriftlichen Leistungsnachweisen, holte sie entspannt die Formeln chemischer Verbindungen und die der Bewegungsenergie aus ihrem Gedächtnis, sie redete mit, als es um die Werteordnung des Grundgesetzes ging, sie las sogar noch mal einige Passagen von »Romeo und Julia«, obwohl, im Gegensatz zu Lena, Lesen nie zu ihren Lieblingsbeschäftigungen gehört hatte. Sie konjugierte mühelos unregelmäßige französische Verben, erzählte den Inhalt von »Shakespeare in love« auf Englisch.

In Erdkunde standen die afrikanischen Länder auf dem Lehrplan; man sprach über den Hunger, der dort herrscht, und die Klasse sollte den Mindestbedarf an Kalorien ermitteln, die ein Mensch zum Überleben braucht. Katrin schwieg betreten, obwohl sie die Kalorienwerte der in Deutschland gängigsten Lebensmittel im Kopf hatte. Nur in Mathe blickte sie nach wie vor nicht durch. Am wohlsten fühlte sie sich bei der Schulandacht, den Religionsstunden und im Morgenkreis. Da saßen sie mit der Religionslehrerin Frau Hermsdorf und redeten über Gott und die Welt, über allgemeine Werte und besondere Begebenheiten in ihrem Leben.

Einmal stand das Thema »Sich entfalten« zur Debatte. Katrin zeichnete zu Hause auf knallgelbem Papier einen Schmetterling, der seine Flügel ausbreitet und der statt eines bunten Musters Worte trägt: eigene Meinung; Fröhlichkeit; neue Fähigkeiten entdecken; Mut; strahlen; Selbstbewusstsein entwickeln.

Das brauchte sie auch, denn sie überragte die meisten ihrer Klassenkameradinnen fast um einen Kopf, sie war zwei Jahre älter als sie, und sie hatte ihnen Erfahrungen voraus, von denen sie wünschte, dass sie die anderen nie machen mussten.

An einem Abend in der Woche besuchte sie die Fahrschule. Sie schrieb eifrig auf, was sie über Haftpflicht und Abgasuntersuchung hörte, lernte Verkehrszeichen, Vorfahrtsregeln und den Zusammenhang zwischen Geschwindigkeit und Schadstoffemissionen.

Von außen betrachtet, schien das Leben der Lenck-Familie in ruhigen, geordneten Bahnen zu laufen.

Es war die Hölle.

Jede Mahlzeit ein neuerlicher Horror für alle Beteiligten.

Anna war total verspannt, ihre Nackenmuskeln fühlten sich an wie Drahtseile. Schon beim Einkaufen spürte sie den Druck; ratlos irrte sie durch den Supermarkt, immer die Frage im Kopf: Wird sie das essen? Wie mache ich ihr jenes schmackhaft? Kann ich es zubereiten, ohne dass Katrin Fett entdeckt? Spinat? Nur ohne Rahm.

Einmal hatte sie gewagt, Rahmspinat zu kochen, Katrin hatte im Mülleimer nachgesehen, ob es wirklich mit Rahm war, was da im Topf auf dem Herd stand, sie fing an zu toben, woraufhin Lena in der Küche erschien und sah, wie Katrin Wasser in den Spinat kippte. Da ist Lena ausgerastet, und die Schwestern warfen sich gegenseitig so laut alle nur erdenklichen Schimpfworte an den Kopf, dass die gesamte Nachbarschaft teilhaben konnte.

Kartoffelbrei? Aber ohne Butter! Grießbrei? Höchstens zwei Löffel! Mit Reis gefüllte Paprikaschote? Iii, in Fett gebraten! Tortellini? Nee, die schon gar nicht! Spaghetti? Ja, aber pur und nur solche ohne Ei. Das ess ich nicht, jenes ist zu fett, das krieg ich nicht runter, ich hab's doch hundertmal gesagt, das ist eklig … Allmählich glaubte Anna, ebenfalls eine Stimme zu hören, nämlich Katrins, die sich sofort, wenn sie nur die Hand nach einem Produkt im Supermarktregal ausstreckte, befehlend meldete. War Katrin dabei, zeterte sie laut im Laden.

»Magst du Erdbeeren? Soll ich welche kaufen?«, bot Anna an.

»Die sind ja so riesig, davon ess ich höchstens eine!«
»Vielleicht Weintrauben?«
»Du weißt doch, dass ich nicht mehr als drei esse, meinetwegen brauchst du die nicht zu kaufen!«

Am Tisch ging der Terror weiter. Manchmal gab es ein regelrechtes Handgemenge, bei dem Katrin einmal ihre Mutter kratzte.

Eigentlich graute allen schon vor dem Frühstück, noch bevor sie richtig wach waren.

»Morgen, Dad.«
»Guten Morgen, Katrin, Kaffee ist in der Maschine, ich hab schon auf dich gewartet.«

Er argwöhnte, dass sie wieder ganz früh aufgestanden war, um Gymnastik zu machen, aber er hatte heute keine Lust, sich aufzuregen.

»Hast du gut geschlafen?«, fragte er ihr stattdessen freundlich hinterher, als sie in die Küche ging.
»Geht so, danke. Ich musste wieder dreimal aufs Klo.«
»Vielleicht trinkst du zu viel Cola?«
»Nö, man soll doch täglich zwei bis drei Liter trinken.«
»Aber nicht dauernd Cola, das ist schlecht für die Zähne.«

Sie kam mit ihrem Becher voll Kaffee an den Frühstückstisch.

»Iiii, was ist das denn?«, kreischte sie plötzlich.
»Frischkäse, sieht man doch.«
»Das ist viel zu dick und viel zu fett! Wieso schmierst du mir jetzt das Brot, ich bin doch kein Kleinkind!«
»Hör bitte auf, mich schon am frühen Morgen anzuschreien, und setz dich hin. Du hast gestern beim Frühstück

Mama betrogen, hast die Scheibe Käse vom Tisch verschwinden lassen, als sie mal weggguckte, und dann weggeworfen. Neulich schwammen Spaghetti im Klo, du denkst wohl, wir sind blöd? Wenn du uns betrügen willst, müssen wir eben andere Methoden einführen.«

»Gar nicht wahr«, sagte sie, um etliche Dezibel leiser.

»Schwindele nicht noch, Katrin, es reicht, wenn du trickst. Du isst jetzt diese eine Scheibe Brot und den Joghurt auf, und so lange bleibe ich hier sitzen.«

Toll, wenn der Tag so beginnt, dachte Christian. Seine gute Laune schwand. Überhaupt – was ist das für ein Leben? Alles dreht sich nur noch um Katrin und ihre Kalorienzufuhr. Arme Anna, die hatte den meisten Trouble, ohne Therapie würde sie den Stress gar nicht aushalten. Hoffentlich übersteht Lena das gut. Sie ist ja ebenso involviert in Katrins Krankengeschichte. Als hätte man wieder ein Kleinkind im Haus, nein, schlimmer, ein Kleinkind bringt Fröhlichkeit und Zukunft. Das hier ist betreutes Wohnen, dachte er grimmig.

Neulich hatten sie einen Plan aufgestellt, damit bei jeder Mahlzeit jemand neben Katrin sitzt und kontrolliert, dass sie nicht bescheißt, sondern isst. Da sie jeden Bissen vierundsechzig Mal kaute und Minuten brauchte, ehe sie sich entschloss, überhaupt etwas in den Mund zu stecken, zog sich das Essen ins Unendliche hin. Der Therapeut hatte ihnen zum Abschied von der Klinik die Empfehlung mit auf den Weg gegeben, Katrin den Zutritt zur Küche zu versperren, damit das Gezeter während der Essensvorbereitung aufhört. Tolle Idee, da es im Lenck'schen Haus zwischen Küche, dem großen Esstisch mit sechs Stühlen und der

Sofaecke keine Türen gab. Es sollte ja alles licht und heiter wirken, wer in der Küche werkelte, sollte sich nicht ausgesperrt fühlen. Christian sah sich zwar imstande, das eine oder andere im Haus zu reparieren, beim Einbau einer Küchentür aber war er gescheitert.

Er wandte keinen Blick von seiner Tochter. Mit Beginn der Radionachrichten hatte sie einmal abgebissen, jetzt war der Sprecher bei der Wettervorhersage und sie mahlte immer noch den ersten Bissen zwischen den Zähnen. Bei dem Anblick und den trüben Gedanken hatte sich seine gute Laune endgültig in Wut verwandelt.

»Schluck endlich, ich muss heute noch zum Drehen!«, fuhr er sie an. Sie zuckte zusammen, sah ihn mit großen, verzweifelten Augen an, da tat sie ihm wieder leid.

Ein Teufelskreis, dachte er, ein gottverdammter Teufelskreis.

Wie dünnhäutig sie alle geworden sind. Die Wechselbäder zwischen leiser Hoffnung, ohnmächtiger Wut, Sorge und Panik hatten die Nerven von Anna, von Lena und ihm blankgelegt. Sie gingen nicht mehr heiter-gelassen miteinander um wie einst. Es schien, als liefen sie auf Zehenspitzen, sobald sie das Haus betraten – immer auf der Hut, die anderen nicht zu reizen, am wenigsten Katrin. Die Grundfesten, auf denen die Familie seit fast zwei Jahrzehnten gewachsen war, wackelten bedenklich.

Fünf Mahlzeiten hatte ihr Dr. Kühne verordnet. Sollte sie nicht binnen zwei Wochen zunehmen, drohte Fresubin. Schon bei dem Gedanken an diese milchige Ersatznahrung drehte sich Katrin der Magen um. Zunächst beließ der Arzt es bei aufbauenden Infusionen und Entwässerungstabletten. Eines Morgens hatte Katrin im Spiegel unter ihren Augen Beulen gesehen, am nächsten Morgen waren die an einer Wange aufgetaucht. Wasser, hatte Dr. Kühne nach einer Sonografie des Bauches konstatiert und ihr diese Tabletten verschrieben.

Die erste Zwischenmahlzeit war in der Schule fällig. Dazu musste sie sich allein überwinden, was sie einfach nicht schaffte. Sie stand in der großen Pause abseits und sah zu, wie die anderen herzhaft und fröhlich in ihre Schulbrote bissen. Sie würde so gern mit ihnen stehen, reden, essen. Sie konnte nicht, ihre böse innere Stimme hielt sie zurück, ließ sie Kalorien zählen, diese gegen gymnastische Übungen aufrechnen und ständig zappeln oder wenigstens mit den Muskeln spielen. So was Blödes!, dachte sie immer wieder gegen diese Stimme an, jedes kleine Kind isst, wenn es hungrig ist, warum gelingt es mir nicht? Morgen, morgen würde sie es versuchen.

Und am nächsten Tag ging sie tatsächlich ganz allein in der Elf-Uhr-Pause zum Bäcker gegenüber, bestellte einen Kaffee und eine Brezel.

Am Bistrotisch stehend redete sie auf sich ein: Das schaffst du jetzt. Die isst du auf und lässt keinen Krümel übrig. Herzhaft biss sie zu. Mümmelte und mümmelte. Die Bäckersfrau hinterm Tresen betrachtete sie, als sei sie ein vom Aussterben bedrohtes Insekt. Genau sechsundzwanzig Minuten brauchte Katrin für diese eine trockene Brezel. Mit unbändigem Stolz im Blick verließ sie den Laden. An jenem Tag gönnte sie sich sogar noch ein Gummibärchen, ohne ein schlechtes Gewissen zu bekommen.

Am nächsten Tag wagte sie sich noch einen Schritt weiter: In der großen Pause setzte sie sich zu den anderen in die Sonne, packte ein Alete-Gläschen und eine Reiswaffel aus und aß hintereinanderweg alles auf. Dieses unvergleichliche Gefühl, endlich wieder dazuzugehören, trug sie über den Tag.

Am nächsten Mittag veranstaltete sie zu Hause erneut Tamtam.

»Ich komm nicht mehr nach Hause, wenn du weiter so fettes Essen machst!«, krähte sie.

»Setz dich hin, hier ist nichts fett.«

»Und was ist das? Fetter Käse im Reis!«

»Das ist Risi e Bisi, ich hab schon extra wenig Parmesan genommen und den Schinken ganz weggelassen.«

»Aber das ist eklig fett, guck doch, wie das glänzt, denkst du, ich seh das nicht? Ich könnte durchdrehen!«

»Ich auch, Katrin, was soll ich denn noch kochen?«

»Gar nichts, wer sagt denn, dass du für mich kochen sollst?«

»Die Vernunft. Jeder Mensch muss essen, auch du!«

Sie saßen sich am Esstisch gegenüber und starrten sich an.

»Hör auf, mehr als einen Löffel voll ess ich nicht! Das ist doch viel zu viel!«

»Mach nicht solchen Terror, das sind doch nur ein paar Krümel!«

Ihrer beider Tonstärke schwoll an.

Als Annas Hand mit dem Löffel voll Reis und Erbsen ein zweites Mal von der Schüssel zu Katrins Teller schwenkte, biss diese zu – sie zog Annas Hand rüber zu sich und schlug ihre Zähne in Annas Daumenballen wie eine Tigerin in ihre Beute. Anna schrie auf, der Löffel fiel auf den Tisch, Reis und Erbsen kullerten vom Tisch auf Katrins Schoß, auf den Fußboden. Einen Lidschlag lang starrten sich beide entsetzt an. Dann stieß Anna ihren Stuhl zurück, sie leckte das Blut von ihrer Hand und rannte, die Hand im Mund, aus dem Zimmer.

»Mama!« Katrins Schrei gellte ihr in den Ohren, aber sie lief die Treppe hoch ins Bad, wickelte ein Handtuch um die Bisswunde und warf sich nebenan auf ihr Bett. Heute gab es keinen Spaziergang nach dem Mittagessen, sollte Katrin allein loslaufen, es schien doch alles so sinnlos. Sie heulte ihre Verzweiflung, ihre Hilflosigkeit, ihre Wut in die Kissen. Herrgott, hab Erbarmen, was sollen wir nur tun? Warum hast du uns diese Prüfung auferlegt? Wie lange halte ich das noch durch? Was muss geschehen, damit das Kind isst und zunimmt? Und wo finden wir Hilfe?

Allmählich beruhigte sie sich. Sie hatte Lena kommen hören, unten redeten die beiden Mädchen miteinander. Anna langte zu dem Bücherstapel neben ihrem Bett. Längst las sie keine Romane und Biografien mehr, sondern Ratgeber für Essgestörte. Sie könnte eine Ratgeber-Bibliothek eröffnen, so viele waren es inzwischen. »Was sind Ess-Störungen?«, »Magersüchtig«, »Wege aus dem goldenen Käfig«, »Iss doch endlich normal«, »Gemeinsam die Magersucht besiegen«, »Ess-Störungen bei Kindern und Jugendlichen«, »Magersucht und Bulimie«, »Wundermädchen – Hungerkünstler – Magersucht«, »Alice im Hungerland«. In Letzterem, der Autobiografie einer Marya Hornbacher, hatte sie einen Absatz gefunden, der sie etwas getröstet hatte, weil er ihr ein wenig das Gefühl eigenen Versagens nahm: »Auch mir standen andere Methoden zur Selbstzerstörung zur Verfügung, unzählige Ventile, die ich für meinen Perfektionismus, meinen Ehrgeiz, meine übertriebene Intensität hätte suchen können. Aber ich wählte die Ess-Störung. Deshalb glaube ich, dass ich mir andere Mittel gesucht hätte, um von der Gesellschaft anerkannt zu werden, wenn ich in einer Gesellschaft aufgewachsen wäre, die Schlankheit nicht zu einem hohen Gut erklärt.«

Als sie das noch einmal las, kam ihr bei dem Wort Gesellschaft eine Idee – eine Selbsthilfegruppe! Ja, das war's. Morgen würde sie sich erkundigen, ob es in ihrer Gegend eine solche gab, wenn nicht, würde sie eine gründen. Sie könnte nachher schon mal im Internet suchen. Wieso war sie noch nicht darauf gekommen, als sie sich ungezählte Nachtstunden lang von einem Link zum nächsten, von einem Forum ins nächste geklickt hatte. Sie könnte zwar mittlerweile einen abendfüllenden Vortrag über das Thema halten, aber nicht ihrer Tochter helfen. Vielleicht hatten andere Eltern bessere Erfahrungen gemacht? Schon mit Menschen reden zu können, die das Problem verstehen, würde guttun.

Aber erst mal suchte sie in dem Bücherberg eines, das sie eigentlich nicht mehr lesen wollte. Ihr schien, als sei auf dem Ratgeberbuchmarkt alles gesagt, das Problem von allen Seiten behandelt und beleuchtet, ohne ihr wirklich helfen zu können. Neulich war Tine vorbeigekommen, um ihr dieses Buch in die Hand zu drücken: Peggy Claude-Pierre, »Der Weg zurück ins Leben«. Sie las den Klappentext. Die in Kanada lebende Autorin, eine Psychologin, hatte vor einigen Jahren eine Klinik eröffnet, in der sie Essgestörte behandelte, und zwar mit einem Programm, das auf Liebe und Verständnis, auf Bestätigung und Unterstützung basiert, das den Kranken die quälenden Gefühle vor Versagen nimmt und ihr Selbstwertgefühl stärkt. Damit, so stand da, hatte die Autorin ihre beiden an Anorexie erkrankten Töchter »von der Schwelle des Todes zurückgeholt«. Von der Schwelle des Todes … Kurz vor dieser Schwelle stand Katrin.

Anna begann sofort zu lesen und war fasziniert. Das Negativismussyndrom, von dem Peggy Claude-Pierre spricht, musste des Rätsels Lösung sein: Selbstanklage, Selbstverneinung seien Ausdruck dieses Selbsthasses, der mit der Strategie zu betrügen und zu täuschen einhergeht. Anna fielen Katrins Sätze ein: »Ich bin ein schlechter Mensch und hasse mich, wenn ich esse.« – »Ich bin Müll und verdiene zu sterben.« Sie, Anna, musste ihr die Schuldgefühle nehmen, nicht mehr befehlen, keinen Druck ausüben. Sie musste Katrin von ihrer bedingungslosen Zuwendung überzeugen, sie in ihrer Liebe und Freundlichkeit bestätigen, auf jede negative Äußerung der Kranken mit einer positiven antworten, ihr zunächst jegliche Verantwortung abnehmen. Das waren Thesen, die Anna instinktiv nachvollziehen konnte.

Sie las bis zum Abendessen. Ihre Klinik hatte diese Claude-Pierre mittlerweile nach New York verlegt – ob man Katrin dorthin bringen könnte? Das musste sie unbedingt mit Christian besprechen!

Weich gestimmt und wieder voller Hoffnung ging sie hinunter. Die Mädchen sahen ihre Doku-Soap, Katrin sogar ohne Gezappel. Sie guckte schuldbewusst und ängstlich ihrer Mutter entgegen, aber die lächelte, winkte Lena zu und ging in die Küche. Katrin folgte ihr und toastete für sich zweimal eine dünne Scheibe Brot, die dann aussah wie eine Schuhsohle. Anna schwieg. Christian würde heute später kommen, also aßen die drei allein zu Abend. Katrin biss zweimal ein Mausehäppchen von ihrer dünn mit Frischkäse bestrichenen Schuhsohle ab, legte sie auf den Teller …

»Katrin, du darfst das essen. Ich erlaube es dir.« Annas Stimme klang ganz weich, nicht der Hauch von Aggression schwang mit. Beide Mädchen blickten sie erstaunt an. Was war denn jetzt los?

Katrin nahm gehorsam das Brot und biss ein weiteres Mal ab. Annas Augen brannten – vor Erschöpfung, vor allem aber vor Freude, dass das eben Gelesene aufzugehen schien. Vielleicht funktioniert die Methode öfter?

Still blieb sie sitzen, bis Katrin fertig war, inzwischen räumte Lena die Küche auf. Anna begleitete Katrin auf ihrer täglichen Runde durch die Wohnsiedlung. Sie war inzwischen viel zu schwach, um zu joggen oder gar Basketball zu spielen. Und indem Anna, Christian oder Lena mit ihr gingen, ließen sich Tempo und Dauer des Gehens so beeinflussen, dass nicht alle eben aufgenommenen Kalorien gleich wieder verbraucht würden.

Auf den Biss, den Anna mit einem Pflaster zugeklebt hatte, kam Anna nicht mehr zu sprechen. Vor lauter Dankbarkeit plapperte Katrin von der Schule und der Fahrschule, dass sie Tatjana getroffen hätte, die sich auf das Abi vorbereitete, dass Fabian in Heidelberg Betriebswirtschaft studieren würde und so weiter und so fort. Anna hörte nur mit halbem Ohr zu, ihre Gedanken kreisten um die Klinik in den USA. Sie gingen einmal ums Karree, einen Weg von etwa zehn Minuten. Zum ersten Mal seit langer Zeit genoss Anna diesen Gang, sie atmete tief die Luft ein, die nach Frühling roch, sie sah in den Vorgärten Märzenbecher und die grünen Spitzen von Tulpen aus der Erde lugen. Endlich fühlte sie wieder einmal Zuversicht.

An diesem Abend verabschiedete sich Katrin bald, und etwas später ging Anna, wie jeden Abend, zu ihr nach oben, um ihr eine gute Nacht zu wünschen. Katrin richtete sich auf und umarmte ihre Mutter so fest, dass diese fast auf sie fiel. Sie setzte sich auf die Bettkante.

»Entschuldige, Mama, bitte, entschuldige, es tut mir so schrecklich leid!« Sie schluchzte.

»Ist ja gut, Katrin, ich weiß, dass nicht du das bist, es ist die Krankheit, die dich treibt, sich so schrecklich aufzuführen.«

»Es ist diese Stimme, Mama, die mich so traktiert! Ich sag ihr ja, sie soll mich in Ruhe lassen, aber kaum esse ich was, ist sie wieder da.«

»Und was sagt die Stimme?«

»Dass ich es nicht wert bin, zu essen. Dass ich faul und hässlich bin und deshalb nicht verdiene, etwas Schönes zu tun oder zu essen. Und deshalb esse ich lieber nichts, damit ich nicht diese negative Stimme aushalten muss. Kannst du das verstehen?«

Anna hatte einen Kloß im Hals. Sie drückte ihr Kind an sich und sagte in ihre Haare: »Ist es so, wie wenn sich das schlechte Gewissen meldet – nur intensiver?«

»Ja, genau.« Katrin schluchzte noch einmal und schniefte. »Nur eben richtig laut, als wenn du zu mir sprechen würdest, und sie ist so …«, sie suchte nach einem passenden

Wort, »… so intensiv, so drängend und böse. Es ist einfach unerträglich. Ich hab ihr immer wieder gesagt, sie soll mich in Ruhe lassen, ich will sie nicht mehr hören! Ich will auch nicht so viel Gymnastik machen und rumlaufen, aber die Stimme drängt mich immer wieder dazu.«

Für Anna galt bei der Erziehung ihrer Töchter vor allem eines: ihnen zu vermitteln, sie seien das Wertvollste auf der Welt. Und nun, da sie vor einigen Stunden Ähnliches bei dieser kanadischen Therapeutin gelesen hatte, wiederholte sie wie eine tibetanische Gebetsmühle:

»Du bist ein sehr wertvoller Mensch, ihr beide seid das Liebste, was wir haben. Deine Großeltern lieben dich, deine Lehrerinnen und Lehrer, deine Freundinnen, deine Freunde – alle hängen an dir, schätzen dich. Katrin, mein kleines großes Mädchen, du musst niemandem etwas beweisen, hörst du? Du wirst geliebt, weil du liebenswert bist, nicht weil du so gut Altflöte spielen, Gedichte schreiben und Französisch parlieren kannst. Das ist wunderschön, aber das machst du für dich, nicht für die anderen!«

Katrin hatte sich beruhigt. Sie lag in ihrem Bett, um sich herum ein halbes Dutzend Stofftiere. Jetzt würde sie schlafen können. Anna sagte: »Du darfst essen, du bist es wert, dass du isst. Du bist nämlich etwas ganz Besonderes! Das werden wir morgen der Stimme beibringen, sie hat nichts zu melden.«

»Ja, Mama, ich dank dir so sehr! Du kannst wunderschöne Dinge sagen, das macht mir viel Mut. Ich weiß, wie sehr du dich um mich sorgst, und das tut mir auch schrecklich weh. Ich würde so gern gesund und fröhlich sein!«

»Das weiß ich doch, reg dich nicht wieder auf.«

»Ich reg mich nicht auf, ich will dir nur danken, weil du immer Zeit für mich hast, weil du so lieb bist, ich kann das gar nicht in Worten ausdrücken.«

»Musst du auch nicht. Schlaf jetzt. Ich hab dich lieb.«

»Ich dich auch.«

> *Spüre FREIHEIT in mir!*
> *Lebenselixier –.*
> *Universum, RAUM und ZEIT*
> *Sind noch weit –*
> *Doch mit der Zeit*
> *flieg ich und*
> *mach mich*
> *voll und ganz BEREIT*
> *– BIN BEFREIT.*

Im April hatte Katrin Geburtstag. Endlich. Endlich war sie 18 Jahre alt, volljährig, endlich konnte sie allein über sich bestimmen. Ein Tatbestand, der Anna und Christian insgeheim Sorgen bereitete. Denn noch einmal würde sie niemand überreden oder zwingen, in eine Klinik zu gehen oder sich eine Magensonde legen zu lassen.

Sie musste erst zur zweiten Stunde in die Schule und konnte in Ruhe mit Christian frühstücken. Auf dem Geburtstagstisch standen Frühlingsblumen und eine Torte mit achtzehn Kerzen. Lena schenkte ihr ein Fläschchen »Allure«, die Eltern erfüllten ihren großen Wunsch: eine Staffelei und eine Palette. Katrin war fröhlich wie seit langem nicht mehr, und jedes Mal, wenn das Telefon klingelte, eilte sie hin und strahlte. Sogar Frau Baum rief an und gratulierte, was

Christian etwas seltsam fand, schließlich war sie Therapeutin, keine Freundin.

Nach der Schule kaufte Katrin frisches Baguette, alles andere hatten Anna und sie bereits am Vortag besorgt, und dann richteten beide ein kaltes Büfett her: eine Antipastiplatte mit eingelegten Auberginen, Artischockenböden, Champignons, Schafskäse, Tomaten, Mozarella und Basilikum. Stangensellerie, Paprika, Mohrrüben und grüne Gurke schnitten sie in Streifen und steckten das Gemüse in Gläser, dazu bereiteten sie verschiedene Dips. Sie machten bayerischen Kartoffelsalat mit grünen Bohnen, Kapern und hartgekochten Eiern, stellten ein Rechaud bereit, darauf würden in einem Topf mit heißem Wasser die Partywürstchen schwimmen; sie belegten Baguettescheiben und drapierten verschiedene Käsesorten auf einem Brett. Wasser, Cola und Säfte standen bereit und die Eltern hatten ein paar Flaschen Weißwein spendiert. Es sah perfekt aus. Lilly und Paul Langner, die beiden aus ihrer Kinderzeit, klingelten zuerst, dann kamen Sarah, Dennis und einige Mädchen aus ihrer neuen Klasse. Die Stimmung war unbeschwert und ausgelassen, Katrin fühlte sich geliebt wie in alten Zeiten, sie lachte und scherzte, animierte ihre Gäste zuzulangen, sie füllte Gläser und legte CDs auf, sie unterhielt sich prächtig.

Niemand hat sie auch nur einen einzigen Bissen essen sehen.

Dabei drehte sich ihr gesamtes Denken von früh bis spät nur um Essen. Um Essen, Krankheit, Kalorien, Bewegung. Sie klagt ihrem Tagebuch:

»Ich bin doch echt saublöde. Hab heute Morgen wieder

so viel Zeit um und mit Essen verbracht, das ist doch alles reine Zeitverschwendung!!! Wiegen, Preise und Kalorien vergleichen, schauen, schauen und sich nicht trauen … Das ist doch soo ätzend. Gestern Abend hab ich Mum wieder toll fertiggemacht. Ich hasse mich dafür, doch ich hab solche Panik bekommen.«

Ihr neuester Tic: Sie stand in der Buchhandlung und las Kochbücher, ein Rezept nach dem anderen, berechnete die Kalorien der einzelnen Produkte. Sie schnürte stundenlang durch den Supermarkt wie ein Fuchs auf der Suche nach Beute. So fanatisch, wie sie früher trainiert hatte, so stand sie nun an jedem Wochentag vor den Regalen, überlegte hin und her, ob sie etwas kaufen sollte, verglich die Preise, vor allem aber zählte sie Kalorien und berechnete, wie lange welche Gymnastik vonnöten sein würde, um die wieder abzubauen. Sie kam nicht davon los: Wo sind die Brote am kleinsten? Welches Stück Kuchen hat die geringste Glasur? Wo gibt es die billigsten und kleinsten Aprikosen und wo die kleinsten Äpfel? Sie fragte sogar nach einer einzigen Pflaume, die sie kaufen wollte. Wurde ihr dann die Peinlichkeit ihres Tuns bewusst, fühlte sie sich entsetzlich schlecht. Nahm sich vor, schnurstracks nach Hause zu gehen und sich höchstens eine Viertelstunde in der Küche aufzuhalten, um mit oder ohne ihre Mutter das Mittagessen vorzubereiten.

Und dann glotzte sie in den offenen Kühlschrank, fünf Minuten, zehn, fünfzehn Minuten, maß mit den Augen, wog im Geiste ab, rechnete Kalorien gegen Bewegung, bis Anna oder Lena vorbeikamen und dem Irrsinn für dieses Mal ein Ende bereiteten. Einmal zerrten Katrin und Lena so lange an der Kühlschranktür – die eine, weil sie sie offen halten, die andere, weil sie sie schließen wollte –, dass ein Scharnier ausbrach und die Tür schief in den Angeln hing. Lena brüllte vor Wut, Anna zeterte, Christian, mit zusammengekniffenem Mund und mahlenden Kiefern, reparierte die Tür notdürftig, Katrin heulte und trollte sich wie ein gerügter Dackel. »Ich hasse mich!«, schrieb sie in ihr Tagebuch.

> *Immer dieses Wiegen!*
> *Jedesmal die Frage*
> *WER wird siegen?*
> *Möchte mich nicht mehr verbiegen!*
> *Möchte meine Freiheit wiederkriegen!*

An einem sonnigen Nachmittag im Juni saß Katrin auf dem Brunnenrand am Marktplatz, in der einen Hand eine Zwei-Liter-Flasche Coca-Cola light, in der anderen einen Plastikbecher. Plötzlich stand Tatjana vor ihr.

»Katrin, du?« Tatjana war nicht sicher, ob sie glauben konnte, was sie sah: eine bleiche, schmale Gestalt, zusammengekauert, in dicker Steppjacke.

Katrins Augen leuchteten, die beiden umarmten sich, und Tatjana, in ärmelloser Bluse und heller Leinenhose, setzte sich zu ihr auf den Brunnenrand. Sie hatte Mühe, einen normalen Ton anzuschlagen.

»Ey, was hast du denn mit dieser Riesenflasche vor? Und was machst du hier eigentlich?«

»Ich trink das noch schnell aus, dann muss ich zum Arzt. Das hier«, und dabei hielt sie die Flasche hoch, »macht bestimmt ein Kilo mehr ...«

»Und warum bist du so dick eingemummelt? Du kollabierst doch gleich! Glaubst du im Ernst, der lässt dich mit den Klamotten auf die Waage steigen?«

Statt einer Antwort lenkte Katrin ab. »Wie geht's dir denn so? Hast lange nix von dir hören lassen.«

Der nicht zu überhörende Vorwurf in Katrins Stimme gab ihr einen Stich. Verdammt, sie hatte doch ohnehin schon ein schlechtes Gewissen. Aber wie soll man sich einer Freundin gegenüber verhalten, die so völlig auf sich konzentriert war? Für die nur noch Essen oder Nichtessen zählte? Die außer Kaffee schwarz und Cola light nichts zu sich nahm? Die zu schwach war, um etwas zu unternehmen, die ständig fror? Tatjana kam sich fürchterlich schlecht vor und schwor im Stillen, sich wieder mehr um Katrin zu kümmern. Sie hatten einige Male miteinander telefoniert, Tatjana hatte Katrin auch im Krankenhaus besucht. Und bei diesen Gelegenheiten geduldig zugehört, versucht, sie zu trösten und ihr Mut zu machen.

Jetzt erzählte Tatjana vom bestandenen Abitur und dem bevorstehenden Studium in Göttingen. Dass sie seit einiger Zeit schwer verliebt war, verschwieg sie, um die Freundin nicht noch trauriger zu stimmen.

»Aber bevor ich nach Göttingen gehe, mache ich noch Fahrschule.«

»Du auch? Toll, ich nämlich auch«, strahlte Katrin.

»Dann können wir ja bald zusammen mit dem Auto verreisen«, schlug Tatjana vor.

»O ja, das wäre super – mit dir verreisen wie in alten Zeiten! Aber erst muss ich zu diesem Dr. Kühne«, schob sie ironisch nach und schon war das kurze Glitzern in ihren Augen wieder verschwunden.

»Komm, ich bring dich hin.« Tatjana half ihrer Freundin hoch.

»Nö, danke, Tatjana, das schaff ich allein. Ruf bald mal an, das würde mich freuen.«

»Bestimmt!«, versprach Tatjana und sah ihrer Freundin nach, wie die davonschlich.

Vor jedem dieser Arztbesuche »präparierte« sich Katrin – und litt. Sie fühlte sich dem Arzt gegenüber schuldig, weil sie das vor einiger Zeit verordnete Fresubin nicht mal aus der Apotheke abgeholt hatte. Erst später, nachdem Dr. Kühne mit Frau Lenck telefoniert hatte, kaufte Anna zu Katrins Verzweiflung das Zeug kartonweise. Katrin litt panisch vor Angst, dass die Waage zu wenig anzeigt, dann würde Dr. Kühne mit Klinik drohen, und es gäbe Stress mit den Eltern, deren sorgenvolle Ermahnungen ihr Schuldgefühle verursachten. Zeigte die Waage zu viel an, meldete sich die Stimme in ihrem Kopf: zu fett! Siebenhundert Gramm hatte sie zugenommen, das ergab 38,4 Kilogramm. Sie war total erschrocken. Dr. Kühne hingegen strahlte sie an: »Glückwunsch, Katrin! Wenn du 40 Kilo wiegst, lass ich dich in Ruhe!«

Und Katrin litt physisch. Drei Liter Wasser oder Cola verursachten ihr Magenkrämpfe und schneidende Bauchschmerzen, Appetit oder gar Hunger spürte sie schon lange nicht mehr, sie kämpfte gegen den Blasendrang, um kein Gewicht zu verlieren; sie zog über die Unterwäsche Strumpfhosen, Socken, ein T-Shirt, ein langärmeliges Shirt, eine Bluse – und das bei einer Außentemperatur von 30 Grad im Schatten. Nicht nur einmal musste sie sich auf halber Treppe vor der Praxis hinsetzen, in ihrem Kopf drehte sich ein Kettenkarussell, bunte Kreise tanzten vor ihren Augen, weiter hoch schaffte sie es nicht. Eine Frau half ihr später in die Praxis, wo sie fast zusammenbrach.

Katrin schlich, die Augen Halt suchend auf das Pflaster gerichtet, zur Arztpraxis. Sie wich den Blicken der Leute aus, die sie anglotzten, als sei sie ein Alien. Starrt mich doch nicht so an, dachte sie, ich bin doch auch ein Mensch, verdammt noch mal! Alle Leute haben so schöne Sommersachen an, und ich trau mich nicht einmal, im T-Shirt rumzulaufen, dabei schwitze ich wie ein Affe! Was ist das für eine Scheiß-Situation!

Einmal hatte sich ein kleines Mädchen vor ihr aufgebaut und gefragt: »Bist du ein Mann?« Obwohl keine Bosheit in der Stimme des Kindes gelegen hatte, waren Katrin die Tränen in die Augen geschossen. Ein anderes Mal hatten ihr ein paar junge Kerle nachgerufen: »Hey, du Zwitter, bist du ein Gespenst?« Und wie die alle gafften! Es schmerzte sie unendlich. Früher hatten sich die Jungen auf der Straße nach ihr umgedreht, ihr anerkennend nachgepfiffen. Jetzt gestand sie sich manchmal ein, dass sie sich selbst nicht mehr ansehen mochte. Am liebsten hätte sie sich versteckt, um Menschengruppen machte sie längst einen großen Bogen. Langsam wurde es ihr zur Qual, überhaupt am Tage durch die belebte Stadt zu gehen.

Plötzlich spürte sie ein deutliches Grummeln in ihren Därmen. Ihr brach der Schweiß aus. Nein, nicht schon wieder, bitte, lieber Gott, hab Erbarmen. Sie kniff die Pobacken zusammen, watschelte wie ein Pinguinmännchen, das ein Ei hütet. Es half nichts. Als hätte jemand in ihrem Innern einen Hahn aufgedreht, lief der warme Brei aus ihr heraus. Sie lehnte sich an eine Hauswand. Sie hatte zwar zwischen Slip und Jeans eine Strumpfhose an, aber wie lange würde die dicht halten? Und wohin jetzt? Zur Jägerstraße zurück, waschen, umziehen und noch einmal den ganzen Weg? Das schaffte sie nicht. Und wenn man was riecht? Gott, ist das peinlich! Sie horchte in sich rein: Mehr scheint nicht zu kommen, also Augen zu und durch.

Am nächsten Nachmittag saß Anna mit ihren Töchtern auf der Terrasse. Sie hatte eine Karaffe mit Eistee bereitet und vom Bäcker Kuchen mitgebracht. Anna und Lena taten so, als sei es völlig normal, dass Katrin das Stück Kuchen von der Größe einer Streichholzschachtel von allen Seiten beäugte, bevor sie einen Mausebiss davon nahm. Sie waren froh, dass das ohne Krakeelen vonstattenging.

»Gestern hab ich erst richtig bemerkt, wie anomal ich bin«, sagte Katrin nach dem ersten Bissen.

»Wieso?«, fragten Anna und Lena fast gleichzeitig, erfreut und erstaunt über diesen Lichtblick.

»Ich hab Tatjana auf dem Markt getroffen. Und dabei ist mir aufgegangen, dass ich überhaupt keine Freundinnen mehr habe. Niemanden, mit dem ich reden, lachen und was unternehmen kann. Wen ich auch anrufe, sie haben zu tun … es tut ihnen leid, aber … sie werden sich melden. Tatjana will sich auch melden, bin gespannt, wann sie es tut.«

Anna sagte: »Weißt du, Katrin, es ist schwer, mit einer Krankheit wie deiner umzugehen. Nicht jeder kann das. Bei einem Beinbruch kann man praktische Hilfe anbieten: an-

und ausziehen, einkaufen, kochen. Wie aber soll jemand, der noch nie von einer Ess-Störung gehört hat, darauf reagieren? Wie soll jemand deine Ängste, deine Depression, deine Wut, deine Hilflosigkeit verstehen?«

»Ich hab längst aufgegeben, mit jemandem darüber zu reden, weil kaum einer versteht, was diese Sucht mit einem Menschen macht. Wir wussten doch vorher auch nichts darüber«, sagte Lena und legte ihre Hand auf die ihrer Schwester. »Aber wir verstehen dich und wir sind immer für dich da, das darfst du nie vergessen.«

»Echt mal, dafür bin ich euch sehr dankbar. Ich bin so froh, dass ich in einer so tollen Familie lebe. Aber jeden Tag einkaufen, aufräumen, Haushalt … Ich möchte wieder richtig leben.«

»Und wovon träumst du?« Anna schöpfte Hoffnung.

»Ich möchte verreisen, Freunde finden, Spaß haben …«

»Wisst ihr was? Bis Ende Juni läuft noch die Kandinsky-Ausstellung, wollen wir sie zusammen ansehen?«

Die Mädchen waren begeistert von der Idee. Am darauf folgenden Samstag fuhren sie hin.

Katrin litt. Sie spürte, dass die anderen Besucher mehr auf sie sahen als auf Kandinskys Bilder, und um ihrer Mutter und ihrer Schwester die Peinlichkeit zu ersparen, hielt sie sich stets hinter ihnen, was die Sache nicht wesentlich verbesserte. Sie hätte sich sehr gern in die Bilder vertieft, drängte jedoch bald nach draußen.

»Es tut mir so leid für euch«, sagte Katrin später, »es muss schrecklich peinlich sein, mit einem Zombie wie mir unterwegs zu sein.«

»Sei still, Katrin, du bist kein Zombie. Natürlich bin ich

sehr traurig über deine Krankheit, aber niemals wird mir eines meiner Kinder peinlich sein.«

Ihr fiel die Situation kürzlich vor dem Eisladen ein. Für die Zwischenmahlzeit am Nachmittag gab es eine klare Vorgabe: Kuchen oder Eis. Es war heiß, Katrin entschied sich für Eis, wie Hunderte an diesem Frühsommertag in dieser Stadt. Sie stellten sich an, und als sie dran waren, bestellte Anna für sich je eine Kugel Erdbeer- und Schokoeis.

»Und was möchtest du, Katrin?«

Katrin stand da und überlegte.

Die junge Eisverkäuferin guckte zunächst erwartungsvoll, dann genervt. Katrin besah sich jeden einzelnen Behälter.

»Auch Schoko?«, fragte die Verkäuferin, noch hilfsbereit. »Oder Stracciatella? Banane ist auch sehr lecker. Oder Haselnuss? Vanille?«

Katrin schaute und überlegte.

»Katrin, bitte, entscheide dich jetzt«, flehte Anna.

Katrin schwieg und überlegte.

Etwa zehn Leute standen hinter ihnen, traten von einem Fuß auf den anderen, fingen an zu murren.

Katrin sah ihre Mutter verzweifelt an, bis diese entschied: »Einmal Vanille und einmal Kirsch, dann können wir beide ja untereinander tauschen.«

Angenehm war die Situation für Anna keineswegs, aber peinlich? Nein, darüber war sie längst hinweg. Ihr war einfach nur zum Heulen zumute.

Und immer, wenn Anna und auch Christian und Lena nach einem harmonischen Tag glaubten, sich einen Moment zurücklehnen zu können, machte die nächste Mahlzeit diese Hoffnung zunichte.

Nicht immer brachte Anna die Geduld auf, nach Peggy Claude-Pierres Methode vorzugehen und Katrin das »Du-darfst-Mantra« vorzubeten. Auch wenn das Essen nicht mit einem Biss oder einer Ohrfeige endete, Gezeter gab es immer. Zum Beispiel an einem sonnigen Sonntagmorgen. Alle vier setzten sich heiter an den Tisch auf der Terrasse. Christian hatte den Sonnenschirm aufgespannt, die Vögel zwitscherten, auf der Nachbarterrasse hinter dem Fliederbusch klapperte ebenfalls Frühstücksgeschirr. Anna schob Katrin die Butter hin, sie griff nach der Margarine, Katrin kratzte sie aufs Brot, Anna bestand darauf, dass sie mehr nahm, Katrin reagierte nicht darauf, Lena stichelte von der Seite, Katrin tickte aus und schmiss das Messer hin, Lena schimpfte: »Mach doch deinen Scheiß alleine«, Katrin hatte Schuldgefühle, sah den traurigen Blick ihrer Mutter, setzte sich wieder hin und aß das Margarine-Käse-Brot wortlos auf.

Als Anna mittags Schnitzel briet und zum Spargel Sauce hollandaise bereitete, drehte Katrin wieder durch: »Scheiß-Essen, überhaupt diese Scheiß-Sonntage, immer nur rumsitzen und essen, ich kann mich nicht mehr im Spiegel sehen, überall wieder viel zu viel, wer soll denn dieses fette Zeug essen …!«, und so weiter und so fort.

Tatjana hielt ihr Versprechen und lud Katrin zu sich ein. Nach langen Überlegungen, wie sie mit ihrer Freundin umgehen sollte, war sie zu der Überzeugung gelangt, so normal wie möglich. Die Sorge, sie durch ein falsches Wort zu verletzen, hätte sie noch mehr gehemmt als das Mitgefühl, das sie ohnehin für Katrin empfand.

Tatjana führte Katrin in den Garten, wo unter dem Apfelbaum der gedeckte Kaffeetisch stand. Es fiel ihr dann doch nicht so leicht, einen unbeschwerten Ton anzuschlagen. Aber als Katrin von der Schule erzählte, die sie nun wieder besuchte, kamen die Mädchen schnell auf ihre gemeinsame Schulzeit zu sprechen, auf die Klassenreisen, auf alte Liebeleien, neue Filme und CDs. Bei dem vertrauten Ton von einst fühlte sich Tatjana wieder sicher und Katrin offenbar wohl.

»Nimm ein Stück Quarkkuchen, den hat meine Mutter gebacken – früher hast du ihn sehr gemocht! Guck mal, die Bienen sind schon da.« Tatjana versuchte, sie vom Kuchen zu verscheuchen.

»Nein, danke, ich mag nichts essen, aber Kaffee hätt ich gern noch.«

»Milch und Zucker? Nein? Aber das schmeckt doch so bitter! Magst du Wasser haben? Apfelsaftschorle? O-Saft?«

»Danke, Kaffee ist okay.«

»Gar keinen Kuchen?«

»Ich kann nicht …«

»Du kannst nicht? Wieso?«

»Ach, das verstehst du nicht.«

»Ey, Katrin, du bist meine Freundin – ich habe dich immer verstanden. Und wenn ich jetzt etwas nicht verstehen sollte, erklärst du es mir eben.«

Katrin trat mit einem Fuß die Blütenblätter auf dem Rasen platt, die ihre zartrosa Farbe schon eingebüßt hatten. Sie überlegte eine Weile, dann fasste sie Mut.

»Da ist diese Stimme.«

»Wo? Was für eine Stimme?«

»In meinem Kopf. Die sagt, dass ich zu dick sei und nicht

essen darf. Wenn ich dann doch esse, reagiert die Stimme ganz böse, sie beschimpft mich und das halte ich nicht aus«, sagte sie leise. Sie hatte ein Bein über das andere geschlagen und sah auf die wippende Spitze ihres Sneakers.

»Aber Katrin, niemand darf dir böse sein, wenn du isst, du musst essen, damit du wieder zu Kräften kommst. Der Körper braucht doch Nahrung!«

Katrin besah sich weiter ihre wippende Schuhspitze.

Tatjana stand auf und umarmte ihre Freundin, streichelte sie. Du lieber Gott, das sind ja Knochen wie Speichen, dachte sie erschrocken, da ist ja nix mehr dran, und was hat sie wieder alles an? Tatjana fühlte unter der langärmeligen Bluse noch ein langärmeliges Shirt. Dass sie nicht umkommt bei der Hitze! Eine heiße Welle von Mitgefühl überkam sie.

»Ich hab dich lieb, Katrin! Und ich wünsche dir so sehr, dass du wieder gesund wirst!«

»Das wünsch ich mir auch so sehr, Tatjana, ich weiß nur nicht, wie das gehen soll. Komm, erzähl mir was Lustiges von dir!«

Und Tatjana setzte sich wieder ihr gegenüber auf den Gartenstuhl und bemühte sich um Heiterkeit und ein unverfängliches Thema.

> *Möchte soo gerne*
> *Zur Schule gehen –*
> *Auf eigenen Füßen stehen*
> *und mich mit mir selbst*
> *und auch mit all den anderen*
> *Verstehen!*

*Doch das ist noch so fern –
wie ein leuchtender Stern ...*

*Es ist doch an der Zeit,
dass ich etwas lern!
Und auch etwas ändere –
in meinem Kern ...*

*Nun bin ich wieder Außenseiter –
Dabei hätt ich doch soo
gerne einen lieben Wegbegleiter!
Bin überhaupt nicht mehr heiter –
›Die‹ sind ja sowieso gescheiter ...*

*Kann kaum mehr laufen –
Geschweige denn noch ruhig verschnaufen –
Tue in schwarzen, traurigen Gedanken ›ersaufen‹!
Möchte am liebsten im Boden ›zerlaufen‹ ...*

Ein plötzlicher Regen schlug den Pfingstrosen im Garten die Blütenblätter ab. Anna lag auf dem weinroten Sofa, Christian hing, müde von einer kurzen, aber intensiven Dienstreise – er drehte jetzt einen Dokumentarfilm über einen Landespolitiker –, im Sessel, die Beine auf dem Sofa neben ihren. Es war dämmrig im Zimmer, aber keiner von beiden hatte Lust, die Stehlampe einzuschalten. Die Terrassentür stand weit offen, frische Regenluft brachte Linderung nach diesen schwülen Tagen.

»Wie war deine Selbsthilfegruppe heute?«, fragte Christian.

»Sehr angenehm. Wir sind ja noch in der Kennenlernphase, aber bei diesen Frauen fühle ich mich verstanden – jede empfindet das Gleiche, ein Stichwort genügt und man weiß Bescheid. Keine stellt die andere als schlimme Mutter hin und verursacht auf diese Weise Schuldgefühle, im Gegenteil, wir wollen uns alle gegenseitig helfen, diese Schuldgefühle abzubauen.«

»Gut, dass du das initiiert hast, Anna, ich profitiere ja auch davon. Man kann wirklich sonst mit niemandem darüber reden, es begreift ja keiner. Ich nehme das nicht mal übel – bevor Katrin krank wurde, hatten wir auch keine Ahnung.«

»Dabei sollen hunderttausend Menschen an Magersucht erkrankt sein und an die siebenhunderttausend an Bulimie, hab ich irgendwo gelesen.«

»Hunderttausend … das wären ja so viele wie …«, Christian überlegte. »Das wären so viele, wie Hildesheim Einwohner hat. Und so viele Menschen, wie in Dresden und Mannheim leben, hätten Bulimie? Das kann doch nicht wahr sein!«

»Offenbar doch.«

»Stell dir nur mal vor, Anna, in Afrika verhungern Millionen, weil sie nichts zu essen haben, und bei uns verhungern die Einwohner von drei Großstädten vor vollen Kühlschränken – überall wird gegessen, an jeder Ecke ein Döner- oder Wurststand! Was ist das nur für eine teuflische Krankheit.« Christian starrte kopfschüttelnd in den Regen.

»Und es gibt immer mehr essgestörte Jungen, Tendenz steigend«, setzte Anna wieder ein. »Heute war eine Mutter da, deren elfjähriger Sohn anorektisch ist.«

»Wie bitte? Ein so kleiner Junge?«

»Der Suppenkaspar war auch ein Junge. Aber du hast ja

recht, es ist ungewöhnlich. Die Mutter leidet nicht nur darunter, dass das Kind nun schon zum zweiten Mal in einer Klinik ist, sondern auch unter dem Druck, den ihre Eltern machen. Sie hat sich von ihrem Mann, dem Kindesvater, getrennt und deshalb sei sie schuld an der Krankheit ihres Sohnes.«

»Das ist auch 'ne Art von Terror, den Eltern die Schuld zuzuschieben.«

»Sie hat sehr geweint, als sie uns das erzählte, ich hoffe, wir konnten sie ein bisschen aufbauen. Schließlich kämpfen wir ja alle irgendwie gegen diese Anklage.«

»Stimmt, der Suppenkaspar«, sinnierte Christian. »Dieser Heinrich Hoffmann war Arzt, oder?«

»Ja, ich glaub, ja.«

»Im Struwwelpeter steht auch die Geschichte vom Zappelphilipp – vielleicht meinte er damit das, was wir heute als Aufmerksamkeits-Defizitsyndrom kennen?«

»Willst du damit sagen, der Autor vom Struwwelpeter kannte schon Magersucht und hat deshalb den Suppenkaspar erfunden – vor 150 oder 160 Jahren?«

»Könnte doch sein. ›Ich esse keine Suppe! Nein!‹ Und wie endet es? Weißt du es noch, Anna?«

»Am vierten Tage endlich gar/der Kaspar wie ein Fädchen war./Er wog vielleicht ein halbes Lot/und war am fünften Tage tot.« Anna erinnerte sich, es den Kindern vorgelesen zu haben. Jetzt insistierte sie jedoch energisch:

»Nein, nein, ich denke, er hat es geschrieben, um Kinder zu disziplinieren. Nach dem Motto: Wenn du nicht brav bist und auf deine Eltern hörst, passiert dir Schreckliches.«

Eine Weile dachte jeder für sich darüber nach. Dann kam Christian wieder auf die Selbsthilfegruppe zurück.

»Wie viele seid ihr jetzt eigentlich?«

»Mit der Jungs-Mutter und einer weiteren neuen sechs.«

»Und was hat diese andere neue für ein Problem?«

»Verrückte Geschichte. Ihre Familie ist vor einigen Monaten aus der Schweiz hierhergezogen. Sie ist Anfang vierzig, ihre Tochter 18. Sie lag lange in einem Spital, kam über 35 Kilo nicht hinaus und war absolut therapieresistent. Da hat der Therapeut oder Arzt, das weiß ich nicht so genau, der Mutter den bizarren Rat gegeben, die Tochter mit den Vorbereitungen zu ihrer eigenen Beerdigung zu konfrontieren. Die Eltern sollten ihr zeigen, was passiert, wenn sie so weitermacht.«

»Ist ja irre. Und – wie weiter?« Christian nahm die Beine vom Sofa und richtete sich auf.

»Die Mutter hat ihre Tochter geschnappt und mit ihr bei einem Bestattungsinstitut einen Sarg ausgesucht – helle Eiche, bei einem Steinmetz den Grabstein – weißer Marmor. Sie hat die Tochter gezwungen, ihre Musikwünsche zu äußern – Falco und noch irgendeinen Typen, hab vergessen, wie der heißt. Und dann sollte sie noch aufschreiben, wer zur Trauerfeier einzuladen ist und wer die Rede halten soll. Dazu ist es wohl nicht mehr gekommen.«

»Wieso? Was hat die Tochter gemacht?«

»Nach dem Besuch beim Steinmetz ist sie heulend zusammengebrochen. Eine Nacht lang hat sie gejammert und getobt. Am nächsten Morgen fing sie an zu essen.«

»Und das hielt an?«

»Sie ist immer noch gefährdet, aber immerhin wiegt sie

inzwischen 44 Kilo. Die Mutter weiß, dass sie auf einem sehr schmalen Grat wandert, deshalb hat sie zu uns gefunden.«

»Hm. Rabiate Methode. Aber wenn's geholfen hat … Spielst du mit dem Gedanken, mit Katrin Ähnliches zu veranstalten?«

»Ich weiß nicht, ob ich die Kraft hätte, so was derart konsequent durchzuziehen. Ich hab immer noch diese Klinik in New York im Kopf.«

»Ich hab mich erkundigt, Anna: Der Aufenthalt in dieser Klinik kostet pro Monat 50.000 Dollar. Sie verlangen eine Bankbürgschaft.«

»Oh.«

»Das hab ich auch gemacht: Oh. Ich wäre bereit, dieses Häuschen zu verkaufen, aber das ist nicht alles.«

»Ich auch, natürlich«, sagte sie, »aber was wollen sie noch?«

»Die Bestätigung einer deutschen Klinik, dass man Katrin in Deutschland nicht mehr helfen kann.«

Anna sah ihren Mann groß an. »Wer erklärt denn schon freiwillig, dass er an seine Grenzen gestoßen ist? Das mag bei einer Transplantation möglich sein, bei einer organischen Erkrankung – aber bei einer psychischen?«

»Ich hab Dr. Weiß angerufen, der spontan zugesagt hat.«

»Der gibt zu, dass er nicht weiterweiß?«

»Das wunderte mich auch sehr. Warten wir's ab.«

Warum mach ich dies?
Warum mach ich das?
Manchmal find ich's echt total krass …

*Denk dann, ich beiß ja sowieso
    Irgendwann ins Gras.*

*Warum bin ich so, wie ich bin?
Das muss doch geben einen Sinn!
Soll mich einfach wieder lieben –
dann lassen diese nervigen Fragen
mich bestimmt auch in Frieden.*

Katrin schleppte sich aus ihrem Zimmer die Treppe hinunter, als sie plötzlich innehielt, weil sie unten ihren Vater wüten hörte. Sie setzte sich auf die Stufe und lauschte.

»Sie hat mir gesagt, sie habe zweihundert Gramm zugenommen, das wären jetzt 38,3 Kilo, sie verarscht uns alle, sieh sie dir doch an, sie sieht aus wie eine Figur von Giacometti!«

Katrin hatte keinen Schimmer, wer das sein könnte, ahnte aber nichts Gutes.

»Niemals ist dieses Gewicht real, sie manipuliert doch immer! Wieso erzählt sie mir, dass sie erst in einer Woche wieder zu Dr. Kühne kommen soll, ich denke, es ist ausgemacht, dass sie zweimal in der Woche zum Wiegen dort antanzt?«

Was Anna erwiderte, konnte Katrin nicht verstehen. Ihr Vater tobte kurz darauf weiter.

»Wieso nimmt sie nicht zu? Wir sitzen bei jeder Mahlzeit neben ihr, einer von uns schleicht danach mit ihr eine Viertelstunde um die Häuser, jeder von uns passt auf, dass sie keine Gymnastik macht – wieso nimmt sie immer weiter ab?«

Wieder war es einen Moment still, dann:

»Und wieso trinkt sie so viel Cola? Da fehlt ja schon wieder der halbe Kasten! Damit pusht sie nur ihren Kreislauf hoch. Dafür stehen dreißig Flaschen Fresubin im Keller, die soll sie trinken! Also das geht so nicht. Ruf bitte morgen bei Kühne an oder beim Schuster. Und am besten auch in der Klinik bei Weiß!«

Dann knallte die Haustür zu. Stille.

Verdammt, dachte Katrin und blieb erst mal auf der Treppe sitzen, wenn die wüssten, dass auch die 36 Kilogramm nicht stimmen … Shit, ich hab solche Angst. Dad ist manchmal echt hart. Ich will in keine Klinik mehr, nie mehr, Scheiße, das ist doch echt zum Kotzen, ich kann gar nicht mehr klar denken, was mach ich nur, manchmal weiß ich selbst nicht mehr, was ich überhaupt will, aber jedenfalls nicht mehr in eine Klinik … Ich glaub, die Silke hatte damals recht, als sie sagte, ich sei keine Freude für meine Eltern, wenn ich daheim wäre …

Mum hat auch schon davon geredet, dass ich freiwillig wieder in eine Klinik soll. Aber ich will nicht fort! Gestern hab ich doch einen dicken, fetten, doppelmoppelglasierten Amerikaner gegessen, in nur dreizehn Minuten! Ich war so stolz auf mich. Ach, Mama, ich schäme mich so!

Später trägt sie in ihr Tagebuch ein:

»Und jetzt? So eine Kacke. Ich dachte, ich hätte zugenommen. Was soll ich denn nur Mum sagen? Mir ist immer so schwindlig. Nach Fresubin und 200 Gramm Kuchen hatte ich wieder Durchfall. Ich kann nicht noch mehr essen. Jetzt hab ich mir einen Amerikaner gekauft und reg mich auf, dass er lächerliche zehn Gramm mehr wiegt als üblich. So doof!

Ich muss mit Frau Baum reden!«

Bei Adelheid Baum, der Therapeutin, der Trösterin, stieß sie stets auf uneingeschränktes Verständnis. Die hörte ihr zu, die bestätigte sie darin, dass ihr Gewicht allein Katrins Angelegenheit und die der Ärzte sei, nicht aber die ihrer Eltern.

Endlich jemand, der sie verstand! Bei dieser Frau fühlte sie sich aufgehoben. Adelheid Baum verordnete ja auch kein Fresubin, bei ihr ging es nicht um Kilogramm und Kalorien, sondern einzig um Katrins Wohlgefühl, ihr Selbstbewusstsein, ihre Seele.

»Sei geduldig mit dir, du machst große Fortschritte!«

»Deine Wut ist gut, Katrin, lass sie raus! Du bist doch mit den Mahlzeiten total überfordert!«

»Sollte jemals wieder dieser Ernstfall eintreten, dass man dich in ein Krankenhaus einweisen will, dann geh auf gar keinen Fall noch einmal in eine Medizinische Klinik!«

»Es ist wunderbar, dass du durchhalten kannst, keinen Sport zu treiben!«

»Du bist auf dem richtigen Weg, und ich bin stolz auf dich, dass du nicht den Pseudoweg mit Fresubin und Infusion gewählt hast! Mach weiter so und behalte deine große Wut auf das Fresubin!«

So etwa sprach Adelheid Baum und Katrin fand das voll genial. Traute sich an manchen Tagen sogar, eine Rosinenschnecke, eine Milchschnitte oder einen Kinderriegel zu essen.

Dass sie auch jederzeit anrufen durfte, beeindruckte sie tief. Erreichte sie Frau Baum nicht, besprach sie deren Anrufbeantworter und der Rückruf ließ nicht lange auf sich warten.

»Ich habe meinen Dad belogen, Frau Baum, und nun hab ich so ein verdammt schlechtes Gewissen! Aber hätte ich die Wahrheit gesagt, hätte er sich noch mehr gesorgt, ich will ihn doch nicht mit diesem ganzen Scheiß belasten!«

»Beruhige dich, Katrin, das war eine Notlüge. Du hast schließlich keinen Vertrag geschlossen, nach dem du ihm jede Gramm-Schwankung mitteilen musst. Entspann dich und versuche zu essen, freiwillig.«

Beim Abendessen verblüffte Katrin die gesamte Familie, indem sie ihre Mutter um eine weitere Tomate bat: »Du schneidest sie mir immer so liebevoll zurecht, Mum! Und eine Gewürzgurke würde ich auch noch gern essen.«

Lena blieb vor Erstaunen der Mund offen stehen, Christian guckte skeptisch, und in den Augen ihrer Mutter entdeckte Katrin ein kleines bisschen Freude. Das in regelrechtes Strahlen überging, als Katrin am nächsten Mittag ihre normale Portion – eine Viertelkartoffel, vier grüne Bohnen und einen Esslöffel voll Soße – ohne Gemecker aß und am Nachmittag im Café sogar ein riesengroßes Stück Kuchen, gefüllt mit Quark, Rosinen, Nüssen, überstreut mit Puderzucker. Und das in nur einundzwanzig Minuten.

Aber weder der Appetit hielt an noch der Wille zuzunehmen. Die Stimme in Katrins Kopf übernahm wieder die Macht. Die Stimme, die ihr befahl, vor dem Wiegen beim Arzt viel zu trinken. Einmal konnte sie es nicht aushalten und musste doch vorher aufs Klo. Da pinkelte sie aus lauter Verzweiflung in einen Messbecher und trank die verlorene Menge – dreihundert Milliliter – an Wasser hinterher. Um auf dem Weg zum Arzt wieder Durchfall zu bekommen. Sie ekelte sich vor sich selbst, sie hasste sich und diese Krankheit. Sie hasste sich, weil sie log und betrog, weil sie um jedes Essen ein Riesentheater machte, sie hasste sich, wenn sie nichts aß, und sie hasste sich, wenn sie etwas aß.

Und sie hatte Angst. Angst vorm Zunehmen. Angst vor der Stimme. Angst vor der Reaktion ihres Vaters. Angst vor einem neuerlichen Klinikaufenthalt. Angst vor dem Leben?

Dr. Kühne erklärte ihr eines Tages unumwunden: »Ich kenne nur deine liebe Seite, Katrin. Aber du hast noch eine andere, eine dunkle, die alle Bemühungen sabotiert – und die muss man bei deiner Krankheit sehr ernst nehmen. Ich weiß, dass du es schaffst, wieder gesund zu werden. Aber ich muss mich um deinen Körper kümmern, und wenn du nicht zunimmst, musst du Infusionen bekommen.«

»Nein, verdammt, das will ich nicht, ich schaffe es auch so! Morgen esse ich einen ganzen Donut, versprochen!«

Die tagelange lastende Hitze entlud sich endlich in einem krachenden Gewitter. Es war Samstag, Lena übernachtete bei ihrem Freund, Katrin wollte sich nach dem Mittagessen mit Sarah treffen. Sagte sie. In Wahrheit hatte Sarah schon lange keine Zeit mehr für Katrin gehabt, was diese sehr schmerzte. Katrin wollte einfach ohne elterliche Begleitung allein um die Häuser laufen und das schien ihr ohne diese Notlüge nicht möglich. Nach zwei Stunden kam sie zurück. Christian tobte:

»Wieso lügst du uns an? Ich glaube dir nicht, dass du eine Verabredung hattest! Ich hab die Schnauze voll von deiner Lügerei, ich lasse mich von dir nicht mehr verarschen!«

Und Anna stimmte ein, ein paar Dezibel leiser und nicht

ganz so hoch auf der Wutskala wie ihr Mann, aber nicht minder erregt:

»Ich sehe jedes Gramm in deinem Gesicht, das du abgenommen hast. Was willst du überhaupt? Du kannst zehn Brote auf einmal essen, wenn du es nicht annimmst, bringt es nichts, weil du hundert Gramm Gewicht ebenso wenig zulassen kannst wie ein Kilo! Ich kämpfe, damit du nicht in die Klinik musst, aber es scheint alles umsonst – du willst dir ja gar nicht helfen lassen!« Ihre Stimme begann zu zittern.

»Wir können vor lauter Sorgen nicht mehr schlafen«, erregte sich Christian aufs Neue. »Ich hab dir drei Flaschen Fresubin hingestellt, die trinkst du heute noch aus, ansonsten lasse ich dich in eine Klinik zwangseinweisen!«

Und Katrin saß da mit hängenden Schultern, wusste nicht ein noch aus, wusste nur eines: Aber ich liebe sie doch! Ich fühle mich zu Hause am wohlsten, will nie wieder in eine Klinik.

Kaum drehte ihr Vater ihr den Rücken zu, schnappte sie die drei Flaschen und wollte damit aus dem Zimmer. Was ihre Mutter wahrnahm und schrie: »Wenn du nicht sofort eine Flasche trinkst und die anderen zwei dort stehen lässt, rufe ich die Klinik an. Die Nummer liegt schon bereit.«

Katrin wollte weg, aber Anna packte sie am Arm. »Du bleibst jetzt hier. Setz dich hin!«, befahl sie, holte eine Tasse, goss sie voll mit der braunen Flüssigkeit. Katrin ergriff die Tasse, wollte damit in die Küche und sie ausgießen, da rastete Anna aus. Sie packte ihre Tochter, zerrte sie zurück ins Zimmer und gab ihr einen solchen Stoß, dass sie auf den Boden fiel. Ungeachtet des dickflüssigen Zeugs, das nun auf

Stühle, den Fußboden, den Fernseher spritzte und klebrige Rinnsale hinterließ, holte Anna eine weitere Tasse, goss auch diese voll und hielt sie ihrer Tochter hin. »Wenn du das nicht sofort austrinkst, bringe ich dich ins Krankenhaus. Ich mache das Theater nicht mehr mit«, befahl sie und ihre nebelgrauen Augen waren vor Wut dunkel wie der Gewitterhimmel.

Katrin hockte auf dem Boden und guckte angewidert in die Tasse. Dann würgte sie das Zeug hinunter, ohne einmal abzusetzen.

Den Sonntagvormittag verbrachte jeder für sich. Christian verabredete sich zum Tennis, Anna saß auf der Terrasse und las, und Katrin versuchte vergeblich, Frau Baum zu erreichen. Als Christian heimkam, traf er Frau und Tochter friedlich plaudernd auf der Terrasse. Anna trennte einen kaputten Reißverschluss aus einer Hose, Katrin fädelte Perlen auf ein Stück Angelschnur. Er setzte sich mit der Wochenendausgabe der Tageszeitung dazu, angenehm erschöpft von der körperlichen Anstrengung. Das Gemurmel der beiden Frauen, ihr friedliches Tun stimmten ihn versöhnlich. Wie blass und erschöpft Anna aussieht, dachte er. Was hatte diese unheimliche Krankheit nur aus ihnen gemacht! Unternehmungslustig und zuversichtlich, so hatten sie bisher die Höhen und Tiefen des Alltags gemeistert. Und nun? Anna und er sprachen kaum noch über etwas anderes als über Katrin, und die Tonart, in der sie miteinander umgingen, klang immer schriller und unschöner. Für Lenas Probleme blieb kaum Zeit und eigentlich war auch sie überfordert – sie war schließlich erst 22. Nie hatte er sich vorgestellt, mit seiner Frau und seinen Töchtern einmal so rumzubrüllen. Man könne als zivilisierter Mensch alles in einer moderaten Art und Weise klären, galt bislang als Devise, so jedenfalls hatte er seine Töchter erzogen.

Einst glaubten Anna und er, ohne Kultur nicht leben zu können. Wann haben sie beide das letzte Mal ein Theater oder einen Konzertsaal von innen gesehen? Jahrelang waren sie mit Bäumers und Langners im Sommer nach Dänemark zu einer Radtour aufgebrochen, als Studenten allein, später mit den Kindern. Seit San Vincenzo vor zwei Jahren dachten sie nicht mehr an Urlaub. Der große Esstisch war eines der ersten Möbel gewesen, das sie gemeinsam angeschafft hatten, um mit Freunden zu tafeln und zu diskutieren; wie sehr hatte Anna es geliebt, für eine große Runde zu kochen. Jetzt blieb das Haus leer, Töpfe und Pfannen verbanden sich für sie mit Nervenkrieg, Gezeter, sogar mit Handgreiflichkeiten. Was war aus ihrer Ehe geworden, aus ihren Träumen, ihren Idealen? In guten wie in schlechten Tagen … leicht gesagt …

»Deine Darmschlingen sind voller Flüssigkeit, wie viel hast du denn heute getrunken?« Dr. Kühne wartete die Antwort nicht ab, er hätte sie ohnehin nicht geglaubt. Er malte mit dem Schallkopf des Sonografiegerätes Kreise auf Katrins Bauch und starrte auf den Monitor. »Du hast mindestens einen Liter Flüssigkeit im Bauch. Was hat das Wiegen ergeben? 36,9 Kilogramm, na, davon ist doch mindestens ein Kilo Wasser.« Er wischte Katrin das Gel vom Bauch. Als sie ihre siebzehn Schichten wieder übereinandergezogen und sich ihm gegenüber an seinen Schreibtisch gesetzt hat, blickte er sie streng an: »Das Blutbild sieht nicht gut aus, zu viele weiße Blutkörperchen. Katrin, wenn das so weitergeht, müssen wir doch über eine Magensonde reden oder über einen Klinikaufenthalt, und wenn es nur für vierzehn Tage ist, um dich zu stabilisieren. Dir fehlt Substanz. Was isst du denn?« Wieder schien die Frage nur rhetorisch zu sein, denn er beantwortete sie selbst: »Wahrscheinlich zu viele Kohlenhydrate und zu wenig Eiweiß. Du brauchst mal ein Schnitzel, Milch, Eier ... Seit drei Wochen hat sich die Situation nicht verändert, ich kann die Verantwortung bald nicht mehr allein tragen. Sprich mit deinen Eltern darüber. Oder soll ich es tun?« Er sah sie eindringlich an.

»Nein, nein, ich mach das schon selbst«, erklärte sie hastig.

»Na hoffentlich. Ein letzter Versuch, Katrin«, schlug er vor: »Stell dir einen Plan auf mit Produkten, die dir schmecken und die du akzeptieren kannst – 1500 bis 2000 kcal, den legst du mir bei deinem nächsten Besuch in drei Tagen vor. Ansonsten ... Du weißt Bescheid: stationäre Aufnahme.« Er reichte ihr die Hand zum Abschied: »Wenn du nicht so verdammt stur wärst, lägst du schon längst wieder flach!«

Katrin versprach alles: weniger zu trinken, Eier zu essen, mit den Eltern zu reden.

Sie redete lediglich mit Adelheid Baum. Bei ihr lud sie ab, was sie bedrückte: Dieser Scheiß-Kreislauf, essen oder nicht essen, wiegen und betrügen, Rosinenschnecke und Fresubin, Blutwerte und Durchfall, schlechtes Gewissen und guter Wille, vor allem aber Angst vor Klinik und Magensonde. Und die Therapeutin stärkte ihre Hoffnung, machte ihr, auch wenn es nur kurzfristig anhielt, Lust auf Leben, ermunterte sie zu Eigenständigkeit, zu einem Loslassen vom Elternhaus. Behutsam lenkte sie das Thema auch auf eine eventuelle Klinikeinweisung.

»In meiner Nähe ist ein Krankenhaus, Katrin. Es hat zwar keine spezielle Abteilung für Ess-Störungen, aber ich weiß, dass man dort schon Anorektikerinnen und Bulimikerinnen behandelt hat. Und wenn du dich dort einweisen lässt, könnte ich dich weiterhin psychologisch betreuen. Es würde sich auch nur um zwei, drei Wochen handeln, damit du endlich die 40-Kilo-Grenze erreichst.« Als sie die Panik in Katrins Augen sah, beschwichtigte sie: »Es muss ja nicht sofort sein, ich erwähne das nur, falls es mal gar nicht anders geht, du sollst wissen, dass ich immer für dich da bin!« Und dann umarmte sie ihre Patientin lange, so dass diese wieder leicht und heiter Abschied nehmen konnte.

Kurz darauf bestand Katrin die theoretische Fahrprüfung. Lernen fiel ihr zwar jetzt schwerer als früher. Sie konnte sich nur schwer konzentrieren, musste eine Frage manchmal drei-, viermal durchlesen, bevor sie deren Sinn erfasste. Aber immerhin kam sie, im Gegensatz zu einigen anderen Fahrschülern, beim ersten Mal glatt durch.

Im Garten begannen die Rosen zu blühen und Katrin malte sich ihr künftiges Leben in bunten Farben aus, träumte von lustigen Runden mit Freundinnen, von einer Reise ans Meer, von Sport und Musik und Lachen und unbeschwerter Fröhlichkeit. Ein paar Tage lang schien es so, als ginge es aufwärts.

Doch dann rief Dr. Kühne bei Lencks zu Hause an. Katrin ging ans Telefon: »Komm sofort zu mir, Katrin, am besten mit deiner Mutter oder deinem Vater, die Blutwerte sind derart schlecht, ich weise dich jetzt ins Krankenhaus ein.«

NEIN!

Neun Kilo hatte sie seit ihrer Entlassung aus der Klinik wieder abgenommen. Sie wog 32,1 Kilogramm, das Durchschnittsgewicht einer Zehnjährigen. Zum Blutdruckmessen brauchte es eine Kindermanschette, er lag bei 100 zu 60. Ihr Puls schlug etwa 32 Mal in einer Minute, stieg dann allerdings wieder auf 64 Mal. Doch die normale Frequenz liegt bei 75.

In ihrem Tagebuch steht: »Ich sehe aus wie ein Zombie. Mein Gesicht ist total eingefallen. Sogar mein Kiefer schaut so komisch raus, wie bei einem Totenschädel ... Igitt!«

Anna telefonierte mit Dr. Kühne und mit Frau Baum, Dr. Kühne mit Frau Baum und dem Krankenhaus, Frau Baum ebenfalls mit dem Krankenhaus. Anna packte Katrins Tasche, während die auf dem Bett unterm Moskitonetz saß und zusah, was Anna einpackte, soweit ihre Tränen das zuließen. Es bedurfte weiterer Überredungskunst von Christian, bis sie ins Auto stieg und sich in die Klinik fahren ließ.

Schon bei ihrem ersten Besuch bei Katrin spürte Anna heftige Unruhe. Sie telefonierte mit Barbara Langner und Tine Bäumer und schilderte ihre vage Besorgnis, die keinen konkreten Namen hatte. »Der Rahmen ist nicht der richtige. Ich hab kein Gefühl von Sicherheit und Aufgehobensein mehr, ich hab solche Angst, dass es nicht gut geht!« Die Freundinnen versuchten zu trösten, zu beruhigen, mehr konnten sie nicht tun.

Endlich kam Christian heim, aber mit dem gab es heftigen Streit. Der war froh, Katrin dort untergebracht zu haben und mal wieder etwas ruhiger schlafen zu können.

»Hör auf mit deinen Kassandrarufen!«, fuhr er Anna an.

»Die machen dort keinen Druck – das war es doch, wogegen sich die Katrin immer gewehrt hat! Und das war auch deine Intention, nachdem du dieses Buch von der Kanadierin gelesen hast – was willst du denn jetzt noch, Herrgottsakrament noch mal!«

»Ich will, dass sie in die richtigen Hände kommt, und das ist keine Klinik, die sich durch Erfahrungen mit Essgestörten auszeichnet!« Annas Stimme überschlug sich fast.

»Aber sie kümmern sich um die somatische Seite, die Baum um die psychologische. Sie und das Team dort sind total engagiert, das ist doch schon mal viel!«

Und als Anna aus dem Fenster starrte und, wie er empfand, starrsinnig schwieg, setzte er nach:

»Vielleicht geben wir denen erst mal überhaupt 'ne Chance, dass sie zeigen können, was sie draufhaben!« Damit verzog er sich nach oben an seinen Computer. Anna holte den Staubsauger und fuhrwerkte damit im Wohnzimmer herum.

Katrin schien sich wohl zu fühlen in dieser Klinik. Der behandelnde Arzt Dr. Sydow, ein Mann in den Vierzigern mit dem Temperament eines Bären, wirkte vertrauenerweckend und zuversichtlich. Michaela, die Diätassistentin, jung, blond und pragmatisch, erinnerte Katrin an Lena, und auch zu der Stationsschwester Ina fasste sie sofort Zuneigung. Dann gab es noch Stefan, einen jungen Pfleger mit Zungenpiercing, der ihr Herz seit langem mal wieder schneller schlagen ließ. Sie alle mochten Katrin und Katrin mochte sie, verstand sich auch mit dem übrigen Personal gut und fühlte sich angenommen.

Sie teilte das Zimmer mit einer Frau Mitte zwanzig, die wegen eines Bandscheibenvorfalls eingeliefert worden war. Zufall oder Absicht: Diese Sabine wog viermal so viel wie Katrin, sie aß, was sie fand, aus Frust und der Angst, nicht geliebt zu werden. Dennoch vertrugen sich die beiden gut, redeten tage- und nächtelang miteinander, sie bestärkten sich gegenseitig darin, zu essen beziehungsweise nicht zu essen. Vielleicht steckten sie sich auch in ihren depressiven Phasen an. Sabine schluckte eine Ladung Schlaftabletten, die sie gesammelt hatte, man pumpte ihr den Magen aus, und Katrin fragte sich fassungslos, wie man so jung sein Leben wegwerfen könne ...

Wieder bemerkte zunächst niemand, welche wilden Kämpfe sich in Katrins Kopf abspielten. Beteuerte sie doch in jedem Gespräch, das Dr. Sydow, Michaela, Schwester Ina oder Stefan mit ihr führten, wie wild entschlossen sie sei zuzunehmen. Und die Waage bestätigte das Strich für Strich: 31,1 Kilogramm, 32,3, 32,7, 32,8, 33,7 Kilogramm. Dr. Sydow strahlte, Michaela strahlte, nur Katrin jammerte insgeheim über Völlegefühl, fühlte sich wie im sechsten Schwangerschaftsmonat, rannte wie eine Irre durchs Haus, um Kalorien abzubauen, und pickte in den nächsten Mahlzeiten herum wie ein Wellensittich in den Körnern. Zwei Tage später: 34,3 Kilogramm.

»Ich drehe echt durch! Mein Gott, ich kann gar nichts mehr essen und nehme trotzdem zu! Wie ist das möglich?«

Kaum war sie wieder allein, kaum aß sie mal Käsespätzle,

Cornflakes oder Schokoladenpudding mit Appetit, kaum schrieb sie ihren Entschluss, endlich wirklich zuzunehmen, nieder, übernahm die Stimme in ihrem Kopf unbarmherzig die Regie und hämmerte los: Du bist so schwach, Katrin! Du siehst aus wie eine Tonne! Sieh dir doch nur mal deine Backen an, ekelhaft!

Zwei Wochen nach ihrer Einlieferung in diese Klinik wog sie 34,7 Kilogramm.

Bis Sabine petzte, Katrin kippe Essen ins Klo, was Katrin auf Befragen vehement leugnete.

Das Küchenpersonal beklagte sich jetzt ebenfalls bei der Stationsleitung. Zunächst waren die Frauen in der Küche erfreut über die hilfsbereite Patientin, die ihnen mit kleinen Handreichungen Arbeit abnahm. Andererseits erschien ihnen das Benehmen der jungen Frau von Tag zu Tag merkwürdiger, bis es ihnen gehörig auf die Nerven fiel. Frau Lenck glotzte nämlich minutenlang in den offenen Kühlschrank, verglich die für die Patienten zurechtgemachten Teller mit Brötchen und Broten miteinander, stierte auf die Vorräte in der Vorratskammer, hob die Deckel und sah in die dampfenden Töpfe wie eine Wahrsagerin in den Kaffeesatz.

Eines Tages fand Katrin an der geschlossenen Küchentür einen Zettel: »Eintritt für Patienten verboten, besonders für Katrin Lenck.« Sie erboste sich laut und lange über diese himmelschreiende Ungerechtigkeit.

Als dann noch eine Schwester dem Arzt erklärte, die Patientin Lenck steige ständig die Treppen rauf und runter, ließ Dr. Sydow sie seine Enttäuschung spüren. Sein Optimismus schmolz, er verglich sie mit einem afrikanischen Hungerkind und sprach von Magensonde oder Entlassung. Auch Michaelas Herzlichkeit kühlte merklich ab. »Wie soll ich dir nur helfen? Ich bin Diätassistentin, kann dir nur vorschlagen, was hilft. Du kannst es essen oder du lässt es sein. Aber wenn du so weitermachst, hast du einen sehr langen Weg vor dir. Ich weiß nicht … möchtest du denn gar nicht wieder nach Hause, zurück in dein altes Leben?«

Wollte Katrin überhaupt noch leben? Heute träumte sie von Jubel, Trubel, Heiterkeit und morgen fragte sie den lieben Gott: Wozu eigentlich? Bei Gott, in ihrem Glauben fand sie jetzt immer häufiger Trost. Und bei drei Frauen. War die eine nicht greifbar, richtete eine andere Katrin auf. Dr. Sydow, der die künstlerischen Ambitionen dieser schwierigen Patientin erahnte, hatte eine Kunsttherapie vorgeschlagen. In den Stunden mit Melina Gabriel, der Therapeutin, lebte Katrin auf, endlich fühlte sie sich nicht mehr nutzlos, endlich konnte sie ihre Gefühle expressiv, je nach Stimmung schrill oder düster, sanft oder fein ziseliert ausdrücken. Zwischen Papier und Farben spürte sie Kraft, Zuversicht und den Hunger nach Leben. Tagelang saß sie über einer Collage, deren Thema, »Mein Leben als 18-Jährige«, Melina Gabriel vorgegeben hatte, das nun in fetten, roten Buchstaben über dem Poster prangte. Auf sonnengelben Grund klebte Katrin Ausschnitte aus Illustrierten, malte und zeichnete sie expressionistisch ihre Pläne, Wünsche und Hoffnungen: Urlaubsträume, genießen, gesund bleiben, Power, Lebenskraft, Freude, einen VW-Käfer und ein Hündchen, Praktika in den USA, Freundinnen und Freunde, Liebe, Musik als Therapie, Ausbildung und Job, Familie, da kleben tatsächlich auch Bildchen von selig lächelnden Babys, weiter geht's mit neuen Ansichten, ein freier Kopf, eine Frau sein und – Model.

Frau Gabriel war begeistert: »Sie haben Tolles geschafft, Frau Lenck! Sie sind eine kraftvolle Frau – lenken Sie diese Kraft nach außen, nicht gegen sich selbst! Breiten Sie Ihre Flügel aus!«

Frau Gabriel schlug ihr sogar vor, die Gedichte und Bilder als Buch aufzubereiten und einem Verlag anzubieten. »Oder schreiben Sie ein Märchen und illustrieren es!«

Auch der Stationsschwester Ina brachte Katrin uneingeschränktes Vertrauen entgegen. Ina erübrigte fast an jedem Tag, an dem sie Dienst tat, ein paar Minuten, um bei Katrin reinzuschauen. Manchmal legte sie ihr einen Zettel aufs Kopfkissen mit einem aufmunternden Gruß. Eines Abends setzte sie sich zu ihr ans Bett, nahm ihre Hand und redete leise auf sie ein: »Du musst jetzt sicher viel Angst aushalten, Katrin. Aber lauf nicht davor weg, schau der Angst und vor allem dir ins Gesicht. Iss – all den bösen Stimmen in deinem Kopf zum Trotz. Du hast gesagt, du willst keine Außenseiterin mehr sein, also hör auf deinen Kopf. Der weiß genau, dass 34 Kilogramm weit vom Dicksein entfernt sind – aber dichter am Leben dran. Katrin, lass dich leben, du bist ein wertvoller Mensch! Und nun schlaf gut.«

So getröstet, schlief Katrin bis zum Morgengrauen durch, ohne wie sonst dreimal rauszumüssen.

Die dritte und wichtigste Bezugsperson, Adelheid Baum, wirkte ohnehin wie ein Fels in der Brandung. An guten Tagen lief Katrin zu ihr in die Praxis, an schlechten fuhr sie mit dem Taxi oder die Therapeutin kam ins Krankenhaus.

Ihr konnte sie jegliche Qualen, jeglichen Seelenmüll auf den Schreibtisch kippen, die kräftige, mütterliche Frau hörte zu, tröstete, stärkte. Mit ihr gab es weder Kollisionen noch Konfrontationen, weder Forderungen noch Druck. Das Äußerste, was bei Frau Baum schmerzte, waren gelegentliche Fragen.

»Heute hab ich gemerkt, dass es eigentlich nicht am Essen liegt«, begann Katrin eines Tages das Gespräch.

»Sondern?«

»Mir war heute so egal, was ich esse … Es ist etwas anderes. Ich weiß noch nicht genau, was es ist, aber was da gerade hochkommt, tut so verdammt weh!«

»Ist es vielleicht ein Gefühl der Wertlosigkeit?«, fragte die Therapeutin.

»Vielleicht … Auch die Frage: Wer bin ich?«

»Hast du so etwas schon in deiner Kindheit wahrgenommen, Katrin, und dann war es verschüttet?«

»Ich weiß nicht, nein, ich glaube nicht. Solche Gedanken kamen erst mit 15, 16.«

Häufig sprachen sie über die Zukunft, wie sie weiterleben wolle, wenn sie denn nach Hause käme, wovon im Moment allerdings nicht die Rede war.

»Du weißt, dass du dich von deiner Familie emanzipieren musst?«

»Ja, ja«, kam es ziemlich kleinlaut zurück.

»Du willst doch nicht wieder deine Familie nerven und terrorisieren?«

»Nein, natürlich nicht!«, bestätigte Katrin, mehrere Dezibel lauter als zuvor. Schlagartig sank ihre Stimmung auf unter null, und Frau Baum mühte sich, ihre Patientin wieder in einen Zustand zu versetzen, der es beiden erlaubte, sich guten Gewissens zu trennen.

Adelheid Baum brachte Katrin auf die Idee, sich im Krankenhaus für ein Praktikum zu bewerben.

»Du hast mir häufig von einem alten Mann erzählt, mit dem du im Krankenhaus redest – kommst du gut mit kranken Menschen zurecht?«

Katrins Begeisterungsfähigkeit erwachte. »Ja, das würde mir total Spaß machen! Ich hab auch schon Tabletts ausgeteilt, Kranke im Park spazieren gefahren, einmal hab ich sogar mit Schwester Ina eine alte Dame gewaschen, eingecremt und ins Bett gebracht, eine andere gefüttert. Das hat mir echt Spaß gemacht, vor allem – ich kam mir endlich mal wieder nützlich vor!«

»Toll, Katrin, das solltest du ausbauen. Wenn du ein ordentliches Praktikum bekämst, hättest du feste Aufgaben, könntest richtig arbeiten. Du wärst ein freier Mensch, die Ärzte hätten trotzdem deine Gesundheit im Auge und ich könnte dich ebenfalls weiterhin betreuen.«

Katrin strahlte.

»Ich werde mit der Klinikleitung reden. Voraussetzung ist allerdings, dass du zunimmst – wäre das okay?«

»Aber ja!«, versprach Katrin mit leuchtenden Augen, um misstrauisch nachzuhaken: »Wie viel müsste ich denn zunehmen?«

»Wir werden sehen, ich rede erst mal mit der Klinikleitung, ob die überhaupt eine Chance sieht.«

Adelheid Baum handelte mit dem Chefarzt um die Pfunde, der 45 Kilogramm anvisierte, schließlich trotzte sie ihm als Ziel 38 Kilogramm ab und Katrin strahlte.

Sie nahm zu: 35,3 Kilogramm, 36,2, 37,2. Dann schwoll ihr Gesicht an, sie bekam dicke Füße, die beim Gehen schmerzten, schwere Beine. Der Bauch blähte sich wie ein Ballon. Dr. Sydow verordnete Entwässerungstabletten. Die Darmwände waren gereizt, Blutwerte, besonders die Elektrolyte, und Leberwerte verschlechterten sich eklatant. Der Arzt bekam beim Anblick dieser Werte fast Tränen in die Augen. Er spielte mit dem Gedanken einer Bluttransfusion. 35,4, 33,3, 33,1 Kilogramm. Dort stand die Waage wie festgeleimt und das Personal vor einem Rätsel.

Dr. Sydow verordnet 750 Kilokalorien, also drei Flaschen Fresubin täglich über die verhasste transnasale Magensonde.

Katrin tobte sich in ihrem Tagebuch aus: »Hab eine solche Wut! Sobald dieser Schlauch in mir steckt, sind sie alle beruhigt ... Die kranke, anorektische Katrin bekommt wieder ein hübsches Schläuchlein, ist wieder brav und klein – und in allen Augen ein unfähiges, dummes Schwein! ... Sieht doch klasse aus, dieser wunderschöne Gesichtsschmuck. Alle können immer gaffen, doch leider tun sie gar nichts raffen, diese Affen.«

Dr. Sydow versuchte, sie zu beruhigen: »Wir wollen Sie doch in Ihrem Lebensweg bestärken, Katrin! Es ging jetzt immer weiter abwärts, das können wir nicht mehr verantworten. Sie werden sehen, mit der Sonde geht's voran.«

Im Tagebuch vermerkt sie kryptisch: »Tja, ihr Lieben, habt euch wohl getäuscht! Ich stell nun auch mal auf stur – ganz pur! Jetzt zieh ich an meiner eigenen Schnur. Bin ein kleiner Ben Hur!«

In einer Duldungsstarre ließ Katrin das Legen der Sonde über sich ergehen.

Zahlen
machen mir solche Qualen
beeinflussen sogar meine Taten.
Halten mich ständig im Unbehagen.

Kann gar nichts mehr machen –
Würde so gern darüber lachen …

Doch stattdessen
mach ich nur sinnlose Sachen.

Draußen war Hochsommer. Die Sonne versengte jegliches Grün zu müdem Gelbbraun. Manchmal, wenn sich die Schwestern und Pfleger lachend ins Wochenende verabschiedeten, regte sich in Katrin das Verlangen nach Normalität, nach unbeschwerter Fröhlichkeit, nach Disco. Wie schön wäre es, mit Lena auf der Vespa zum Baggersee zu fahren, im Wasser herumzutoben, mit den Freundinnen von einst rumzualbern … Lichtjahre schien ein solches Leben von ihrem jetzigen entfernt.

Einmal, Katrin war auf dem Weg zu Frau Baum, kam ihr Sarah entgegen, hastete an ihr vorbei, ohne sie erkannt zu haben.

»Hey, Sarah!«, rief ihr Katrin hinterher.

Die Schulfreundin drehte sich um, kehrte zögernd zurück, das Erschrecken in ihrem Blick nur mühsam verbergend: »Katrin, du? Was machst du hier? Wie geht's dir?«

»Och, na ja, bin wieder im Krankenhaus.«

»Oh, das wusste ich nicht.«

»Und was treibst du so?«

»Ich mach meine Lehre als Krankenschwester zu Ende, dann will ich nach Norwegen gehen. Ich lerne schon Norwegisch.«

»Norwegen – schön. Hast du noch zu den anderen Kontakt?«

»Nicht wirklich. Manchmal treff ich mich mit Tatjana. Aber das hat sie dir sicher erzählt.«

»Hm.« Katrin verschwieg, dass auch Tatjanas Besuch bereits etliche Zeit zurücklag.

»Hab nur gehört, dass Ann-Marie schwanger ist. Das Kind müsste im Herbst kommen«, erzählte Sarah. Sie sah angestrengt auf einen fernen Punkt links hinter Katrin, um den feinen Plastikschlauch ignorieren zu können, der aus Katrins Nase quoll und an ihrer rechten Wange festgeklebt war.

»Echt? Schau mal an, diese Blasse, Stille, saß immer so verhuscht in der letzten Bank … Und wer ist der Vater?«

»Keine Ahnung.«

Das Gespräch versickerte. Sarah, sommerbraun, mit lustig wippendem Pferdeschwanz, taxierte verstohlen ihr bleiches Gegenüber von den hängenden Haaren bis zu den nackten Spargel-Beinen. Und Katrin wiederum starrte auf runde braune Schultern, die kleine Falte zwischen dem Brustansatz, die weiblichen Formen, die Sarah in ein knallrotes Shirt mit Spaghettiträgern und ausgefranste Jeans gezwängt hat.

»Wie lange musst du denn noch im Krankenhaus bleiben?«, erkundigte sich Sarah lahm.

»Weiß nicht. Ich will ja bald wieder zur Schule …«

»Was für 'ne Schule?«

»'ne berufsvorbereitende …«

»Ach so. Na dann, ich wünsch dir alles Gute, muss leider los. Ich würde dich ja mal besuchen, aber ich muss jetzt echt viel lernen … du verstehst? Ciao!«

»Na klar, ciao, alles Gute auch für dich!«

Katrin schlich weiter. Schwarze Verzweiflung lag vor ihr. Sie, die früher in ihrer Klasse tonangebend in Sachen Mode gewesen war, kam sich vor wie eine Außerirdische. Selbst das sündhaft teure Kookai-Röckchen, das ihre Mutter ihr gekauft hatte und in dem sie stolz losgezogen war, rettete sie nicht. Sie war so verdammt einsam. Niemand brauchte sie mehr. Niemand suchte ihre Nähe. Wie eilig es Sarah hatte, von ihr fortzukommen! Ihr Telefon schwieg. Außer Lena und den Eltern besuchte sie keiner mehr. Katrin zog sich immer mehr zurück, wie eine verschreckte Schildkröte in ihren Panzer. Die alten Freunde gab es nicht mehr und wo hätte sie neue kennen lernen sollen? Sie rief ihren »lovely God« an, der sie nie enttäuschte. Sie lebte ja auch wie eine Außerirdische, wie in einem anderen Quadranten. In ihrer Welt spielten Dinge die Hauptrolle, die jeder normale Mensch mehr oder minder beiläufig wahrnahm: Kalorien, Essen, Stuhlgang, Schlaflosigkeit, Kopfschmerzen, Völlegefühl. Und immer wieder das Gewicht – mittlerweile brauchte sie das Wiegen, vor dem sie sich einst so gegruselt hatte, so dringend wie ein Raucher die Zigarette, ihre Gedanken kreisten um Äußerungen und Blicke der wechselnden Mitpatientinnen – die dicke Sabine war längst entlassen – und des Krankenhauspersonals, die Katrin miss- oder fehldeutete und an denen sie litt. Aber jetzt beschimpfte sie nicht mehr die anderen, sondern sich selbst. »Doofe Sau, so saublöd bin ich«, »Ich kotze mich an«, »Ich bin so saudoof und unnütz, hab nicht verdient, dass mich jemand mag« und immer wieder: »Ich hasse mich!«

> *Möchte nicht mehr haben*
> *Diese unglaublich starke,*
> > *schwarze,*
> > *schmerzende MACHT,*
> *die immer alles in mir,*
> > *von mir niedermacht …*

Ab September ging Katrin wieder zur Schule. Über die Idee vom Praktikum im Krankenhaus sprach niemand mehr, zu irreal schien das Gewicht von 38 Kilogramm. Mit Hilfe ihrer Eltern hatte sich Katrin für ein Berufskolleg entschieden, das mit Datenverarbeitung, Volks- und Betriebswirtschaftslehre eine Basis für viele Möglichkeiten versprach. Das heißt, sie ging nicht zur Schule, Christian fuhr sie. Er fuhr an jedem Wochentag 15 Kilometer bis zum Krankenhaus, holte Katrin ab, brachte sie zur Schule, fuhr heim, mittags oder am Nachmittag machte er die Tour wieder zurück. Katrin war so schwach, dass allein das Ein- und Aussteigen ins und aus dem Auto äußerste Mühe bedeutete. Ihr Kopf dröhnte, die hämmernde Stimme im Kopf ließ nicht locker, doch sie kämpfte verbissen gegen diesen »fuck« an, war stolz auf jede gelungene Arbeit in der Schule. Sie lernte Englisch, schrieb einen Deutsch-Aufsatz, quälte sich mit Mathe. Sie engagierte sich im Religionsunterricht empathisch gegen die Todesstrafe, der Film »Dead man walking«, den die Klasse sah, ging ihr enorm unter die Haut. Sie litt, wenn wieder jemand auf ihrer Station im Sterben lag und dann nicht mehr da war, und sie litt unter ihrer Einsamkeit. Sie sprach neuerdings mit ihren Feen, Traumwesen, die sie beschützten. Und sie fieberte jedem Gespräch mit ihrer »lieben Adelheid« entgegen, für die sie inzwischen »mein Mädchen« war. Sehr selten vermochte sie sich gegen die Stimme zu stemmen, die in ihrem Kopf hämmerte: Du bist schlecht! Du bringst nichts zustande! Faul bist du und feige! Dann aß sie eine Kleinigkeit und fühlte unglaublichen Stolz.

Im November befreite Dr. Sydow Katrin von der Sonde, kündigte ihr an, dass die Möglichkeiten seiner Klinik ausgereizt seien. Er müsse sie entlassen. Eigentlich brauche sie eine intensive Ernährungstherapie, sagte er, aber die könne diese Klinik nicht leisten. Angeblich wog sie 35,7 Kilogramm. Aber Katrin hatte sich Besteck in die Hosentaschen gesteckt, und die Krankenschwester, die sie wog, hatte das entweder nicht gesehen oder nicht sehen wollen.

Als Anna von der bevorstehenden Entlassung erfuhr, fiel sie erneut in ein tiefes Loch. Was nun? Sie rief Christian an, der in seinem Produktionsbüro saß und gerade wieder mit Dr. Weiß telefonierte. Er wollte von dem Arzt für Psychiatrie und Psychotherapie die Bestätigung, dass man in Deutschland keine Möglichkeit sah, Katrin zu helfen. Ohne eine solche Erklärung brauchten sie in der New Yorker Klinik gar nicht vorzusprechen. Wochenlang hatte der Arzt ihn hingehalten, nun ließ er Christian wissen, es sei ja gar nicht sicher, dass man nicht auch in Deutschland helfen könnte. Von ihm würde er eine solche Bescheinigung nicht bekommen. Christian war ebenso deprimiert wie Anna und ebenso hilflos.

Frau Baum wusste Rat. Sie hatte schon mit Katrin besprochen, dass es das Beste sei, wenn sie nicht nach Hause zurückkehrte, sondern in einer betreuten WG lebe. Frau Baum kümmerte sich auch bei der Jugendhilfe um die Finanzierung, besuchte mit ihrem Schützling einige Wohngemeinschaften in der Umgebung.

»Ja, ich will leben, ich werde mit Gottes Hilfe um mein Leben kämpfen! … Bald stehe ich auf eigenen Beinen, ich bin so aufgeregt!«, steht im Tagebuch zwischen all den Kilogramm-Zahlen, Waage-Beschiss-Geständnissen, kümmerlichen Essen-Aufzählungen.

Die Wahl fiel auf ein Haus in einer kleinen Gemeinde, etwa zwanzig Busminuten von Lencks Wohnort entfernt. Ein Bus fuhr direkt bis zur Schule, so dass Katrin den Weg allein bewältigen konnte.

Frau Baum beruhigte Anna in einigen Telefonaten: »Liebe Frau Lenck, Ihre Tochter muss sich von zu Hause lösen!«

Ja, ja, das hatte Anna nun mittlerweile begriffen. Trotz

aller Sorge um ihr Kind wollte sie ihr schließlich nicht im Wege stehen. Aber wie würde Katrin dort zurechtkommen?

»Ihre Tochter lebt mit sieben anderen Menschen in einer unaufgeregten Atmosphäre, betreut von einer Sozialarbeiterin und einer Hauswirtschafterin. Jede Person hat ein eigenes Zimmer, es gibt einen Aufenthaltsraum und eine Küche, das Abendessen nehmen alle gemeinsam ein, das wird Katrin auch guttun. Die ärztliche Betreuung? Oh, für das Haus ist ein sehr guter Allgemeinmediziner verantwortlich, Herr Dr. Edmund Schnur, er hat Erfahrung im Umgang mit psychisch kranken Menschen, vielleicht haben Sie den Namen schon gehört. Nein? Sie können mir vertrauen, er ist ein guter Arzt und sehr gewissenhaft, Sie werden ihn sicher kennen lernen.«

»Ja, natürlich, Frau Lenck, selbstverständlich kümmere ich mich weiter um sie, das steht doch gar nicht zur Debatte! Nein, Frau Lenck, ich bringe Katrin hin und richte mit ihr gemeinsam das Zimmer ein, machen Sie sich bitte keine Sorgen!«

Was ist das denn für ein Spruch, erregte sich Anna im Stillen. Wie sollten sie sich keine Sorgen machen, wenn ihre Tochter in Lebensgefahr schwebt und in einem abgelegenen Dorf zwischen völlig fremden Menschen ohne ständige ärztliche Aufsicht leben soll. Da hat man doch überhaupt keine ruhige Minute mehr! Andererseits wollte sie unbedingt den Eindruck vermeiden, ihre Jüngste zu kontrollieren.

Zwei Tage nach Katrins Umzug vom Krankenhaus in die WG fuhr Lena hin. Es war ein rattengrauer Novembertag.

Lena parkte die Vespa am Rand einer Straße mit einstöckigen Häusern ohne Vorgärten und ohne Charme. Das bezeichnete Haus vor ihr unterschied sich von seinen Nachbarn nur durch die erleuchteten Fenster sowohl im Erd- als auch im Obergeschoss.

Lena nahm den Helm ab. Auf ihr Klingeln öffnete eine ältere Frau mit kurzen, grauen Haaren, die nach allen Seiten abstanden. Sie trug eine weinrote, etwas ausgeleierte Strickjacke, die sie mit einer Hand über der Brust zusammenhielt, einen grauen Rock und Hauslatschen. Lena stellte sich artig vor, fragte nach ihrer Schwester, Frau Lenck, und die Frau gestattete sich einen Hauch von Lächeln. Sie zeigte auf die letzte Tür im Flur. Lena klopfte und trat auf Katrins leises »Ja, bitte?« ein.

»Lena! Ist das toll, dass du kommst!« Katrin mühte sich aus ihrem Sessel und stakste auf Lena zu, die Schwestern umarmten sich, Katrin beugte ihren Kopf auf Lenas Schulter und hielt sie lange fest.

Lena sah sich um. Das Mobiliar aus heller Esche – Bett, Schrank, Couchtisch mit zwei Sesselchen, Bistrotisch mit zwei Stühlen, Schreibtisch – wirkte bereits wohnlich durch Katrins Schnickschnack: Stofftiere auf dem Bett, Toilettenartikel und der kleine CD-Player mit CDs auf einem Sideboard, Grünpflanzen auf dem Fensterbrett, die Schulsachen auf dem Schreibtisch, daneben die Staffelei.

»Das sieht ja schon richtig toll aus bei dir«, lobte Lena.

Katrin strahlte vor Besitzerstolz.

»Setz dich, ich mach einen Tee, ja?«

Noch ehe Lena zusagen konnte, klopfte es an der Tür. Eine schlaksige Gestalt in Jeans und Sweatshirt, die hellbraunen Haare zum Pferdeschwanz gebunden, lugte durch den Türspalt, ohne dass Katrin dazu aufgefordert hätte.

»Ah, du hast Besuch«, bemerkte der Schlaks.

»Ja, meine Schwester«, sagte Katrin.

Unaufgefordert und lautlos huschte der Mensch mitten ins Zimmer und reichte der verdutzten Lena eine kühle Hand mit langen, dünnen Fingern.

»Ich bin der Torsten«, stellte er sich vor und fixierte Lena mit merkwürdig starrem Blick.

»Hey, Torsten, ich heiße Lena.«

»Torsten, bitte, sei so gut und lass uns allein. Ich hab meine Schwester so lange nicht gesehen!«, bat Katrin und Torsten verzog sich.

»Er ist zwar recht lieb, aber wie Fliegenleim, ich glaube, er hat ein Helfersyndrom, meint, sich um mich kümmern zu müssen«, erklärte Katrin, kaum dass er die Tür wieder geschlossen hatte. »Beim gemeinsamen Abendessen sitzt er neben mir und animiert mich zum Essen. Gott sei Dank kann ich alleine hier im Zimmer frühstücken. Und mittags holt mich ja häufig Frau Baum zum Essen ab. Aber jetzt mach ich erst mal Tee, okay?«

Katrin verschwand in der Gemeinschaftsküche gegenüber. Wie Lena noch an der seltsamen Begegnung eben herumgrübelte, hörte sie ein leises Scharren an der Tür, glaubte, es sei Katrin mit der Teekanne, und öffnete.

Wieder dieser Torsten. »Ach, Katrin ist gar nicht da, so, so, dann entschuldige bitte …« Er nickte wie aufgezogen mit dem Kopf und trollte sich.

Als Katrin mit dem Tee kam, sagte Lena: »Dein Torsten scheint nicht nur ein Helfersyndrom zu haben, sondern auch noch eine Kontrollstörung, er war nämlich schon wieder da.«

»Eine was? Woher weißt du denn so was?«

»So eine Störung seiner Impulse. Weiß ich von Jonas, der studiert Psychologie. Er kann seine Impulse – in dem Fall ist es der Wunsch nach Nähe – nicht steuern, er berücksichtigt also nicht, dass er stört.«

»Die scheinen hier alle etwas seltsam zu sein«, gestand Katrin. »Neben mir wohnt eine junge Frau, ich schätze sie Ende zwanzig, die spricht nur mit ihrem Goldhamster. Aber sie stickt schöne Bilder, hat mir die Küchenfrau erzählt.«

»Hört sich nach einem Trauma an, aber ich kenn mich da nicht aus. Auch die Frau, die mir die Tür geöffnet hat, wirkte auf mich sonderbar.«

»Die ist aber ganz lieb. Torsten hat gesagt, sie sei depressiv und bekäme Psychopharmaka, weshalb sie überhaupt nicht mehr aus dem Haus geht.«

Kehr um, kehr um, du schöne Braut, du bist in einem Räuberhaus, kam Lena in den Sinn. Aus welchem Märchen ist das? Aber bevor sie zu einem Ergebnis kam, erzählte Katrin schon weiter. Von den zwei Männern, die oben wohnten und schlicht, aber unauffällig seien, einer sei wohl etwas dement. Sie erzählte vom Umzug und dass der neue Hausarzt ganz okay sei. Und Lena berichtete Klatsch und Tratsch aus der Nachbarschaft und von gemeinsamen Bekannten. »Die Frau Beckmann aus dem Haus gegenüber ist schon wieder schwanger, nee, nicht das Vierte, jetzt kommt schon Nummer fünf, und das in dem kleinen Häuschen … Und der Pfeiffer, weißt du, der drei Gärten weiter wohnte und andauernd mit dem Rasenmäher zugange war, als wolle er aus seinem handtuchgroßen Flecken englischen Rasen züchten, also der Pfeiffer ist ausgezogen, man sagt, er habe eine 25 Jahre Jüngere, Frau Pfeiffer sieht aus wie ausgespuckt, tut mir echt leid … Und kannst du dich an Tilman erinnern, den gut aussehenden Schwarzhaarigen aus meiner Klasse? Der mal im Schultheater den Hamlet gespielt hat und Schauspieler werden wollte? Der soll auf einer Kanaren-Insel Animateur sein, findst'n das? Marlene hat ihn gesehen und sich schlapp gelacht, als sie mit ihrem Freund dort war. Ach, und dann …«

Wieder klopfte es, Katrin sah ahnungsvoll Richtung Tür: »Ja bitte?« Durch den Türspalt schwebte ein Tellerchen voller Kekse an einer langen Hand.

»Torsten, du nervst!«, stöhnte Katrin.

Wieder huschte er rein, stellte schweigend und grinsend den Teller zwischen die Mädchen und verschwand.

»Kannst du die Tür nicht abschließen?«

»Nee, das sollen wir nicht, falls einem von uns was passiert.«

»Und so geht das den ganzen Tag mit diesem Torsten?«

»Am ersten Tag, als Frau Baum weg war und ich hier alles einsortierte, klebte sein Gesicht ständig am Fenster, das fand ich echt unheimlich. Dann wurde er zutraulicher, und seit gestern sucht er ständig einen Grund, in meiner Nähe zu sein.«

Lena behielt für sich, was sie von diesem Aufenthaltsort im Allgemeinen und diesem Verehrer im Besonderen hielt.

Dr. Schnur, der für die Wohngruppe zuständige Arzt, begegnete Katrin unvoreingenommen und offen. Er war an die sechzig, rund, mit müden Augen und Bewegungen.

»Na, Frau Lenck, wollen wir Sie mal wiegen?«

»Ich hab mich schon gewogen, im Haus steht ja eine Waage.«

»Und – was hat sie angezeigt?«

Erst zögerte Katrin, dann dachte sie, was hab ich schon zu verlieren, jetzt ist doch eh alles egal: »35 Kilo – aber ich schätze, es ist in Wirklichkeit weniger.«

»Eigentlich ist das ja gar nicht so wichtig. Diese Heimwaagen sind ohnehin nicht genau, meist zeigen sie viel mehr oder weniger an. Steigen Sie mal rauf?«

Und Katrin, in Unterwäsche, Langarm-Shirt, Pullover, Jeans samt Gürtel mit Metallschnalle, dicken Socken, bestieg die Waage: »33,4«, las der Arzt ab, »das ist zwar nicht gerade viel, aber das kriegen wir hier schon wieder hin.«

Die Gelassenheit des Arztes steckte an. Fröhlich fuhr Katrin in die Schule, hielt dort sogar in Betriebswirtschaft einen kurzen Vortrag, den die ganze Klasse beklatschte.

Nach der Schule traf sie sich wieder mit »ihrer lieben Adelheid« im Restaurant zum Frauenmittag, wie die beiden die Therapiestunde nun nannten. Katrin bestellte eine kleine Gemüselasagne, die sie halbierte, viertelte, achtelte, ein Achtel mit ihrer Serviette betupfte, um das Fett aufzusaugen, Frau Baum bot ihr noch die eigene Serviette, damit auch wirklich nichts mehr glänzte, und dann aßen sie und redeten über das Leben. Als Frau Baum ihre Patientin am Nachmittag vor der WG absetzte, schien diese glückstrahlend und zuversichtlich zu sein. Doch am Abend trug sie in ihr Tagebuch ein:

»Ich bin so traurig, aber my lovely God war bei mir – thank you!«

Sie ging früh zu Bett. Erschöpft von diesem ereignisreichen Tag, sank sie augenblicklich in tiefen Schlaf. Im Traum nahm sie einen kühlen Luftzug, dann einen fremden Geruch wahr. Sie schreckte hoch, knipste die Lampe neben ihrem Bett an – da stand Torsten neben ihrem Bett, nur bekleidet mit einer gestreiften Schlafanzughose.

»Hau ab!«, schrie Katrin entsetzt. »Hau sofort ab und komm nicht wieder, sonst schreie ich das ganze Haus zusammen! Wie kannst du mich so erschrecken, du Idiot?«

»Ist ja gut, ist ja gut, ich wollte dich nicht erschrecken, wollte nur nachsehen, ob du gut schläfst, ich geh ja schon, bitte, sei still!« Dann war der Spuk vorbei, aber Katrins Ruhe dahin. Ihr Herz raste, Tränen schossen ihr in die Augen, sie schluchzte ihr Kopfkissen nass. Mein Gott, wo bin ich nur hingeraten? Das ist doch ein Irrenhaus hier! Adelheid, hilf mir! Lieber Gott, hilf mir! Mama!

Wenn du gestern schon gebangt hast,
das Heute nicht gut zu überstehen,
dann lebst du auch heute nicht mehr,
weil du schon um morgen fürchtest.

Ich hab solche Angst zu sterben.
Aber damit verhindere ich nicht
meinen Tod –
sondern behindere
mein Leben.

Am nächsten Morgen fühlte sie sich so zerschlagen, als hätte sie die Nacht im Steinbruch gearbeitet. Sie gönnte sich schulfrei. Nach dem Frühstück ging sie mit einem Lehrbuch ins gemeinsame Wohnzimmer. Auf der beigefarbenen Kunstledercouch saßen die beiden älteren Männer, die im ersten Stock wohnten. Katrin wählte den Sessel am Fenster, sie zog den Store, der einmal weiß gewesen sein musste, zurück, damit sie nach draußen in den milchigen Vormittag sehen konnte. Es war der 6. Dezember. Wehmütig dachte sie an zu Hause. Als Kind war sie am Nikolausmorgen aus dem Bett gesprungen und barfuß auf den kleinen Korridor gelaufen. Die Stiefel vor Lenas und vor ihrer Tür, die sie am Abend zuvor eifrig blank geputzt hatten, quollen über vor Süßigkeiten und kleinen Überraschungen. Wie lange war das her? Katrin hockte mit angezogenen Beinen im Sessel und plötzlich nahm sie den großen Wohnraum in all seiner abgenutzten, unpersönlichen Biederkeit wahr: die bedrohlich-schwarze Schrankwand, deren obere Fächer mit den Bleikristallimitatgläsern, drei verloren wirkenden Sammeltassen und ein paar bunten Glastieren beleuchtet werden können. An der Wand eine Makraméeule und van Goghs Sonnenblumen, vor der ausladenden Couchgarnitur ein gekachelter Couchtisch, die Troddel-Stehlampe und die Mittelleuchte, die ein unsäglich düsteres Bahnhofslicht verbreitete und die jetzt glücklicherweise niemand angeknipst hatte. Und dann diese beiden Männer, einer in Trainingshose und Sweatshirt, der andere in einem grauen Anzug, der schon bessere Tage gesehen hatte. Sie waren vielleicht unwesentlich älter als ihr Dad – wie knackig der dagegen aussah in seinen Jeans und gebügelten Hemden! Plötzlich ging ihr auch das halblaute Gebrabbel der beiden auf die Nerven. Der im Anzug murrte und moserte unablässig über den Teufel, der endlich einmal aufräumen solle, bis Katrin wahrnahm, dass er den Ministerpräsidenten meinte. Der andere lamentierte mit schleppender Stimme ohne Modulation über seine Beine, die schon lange nicht mehr mitmachten. Sie redeten beide gleichzeitig, keiner hörte dem anderen zu. Ohne meine Adelheid und den lieben Gott würde ich das hier nicht aushalten, dachte Katrin, nahm ihr Buch, in das sie keinen Blick geworfen hatte, enthakelte ihre Beine und stand auf. Sie nickte den beiden Männern kurz zu und floh. Diesmal erschien ihr die Untersuchung bei Dr. Schnur fast wie eine Erlösung.

Lena kam fast jeden Abend mit ihrer Vespa angebraust, Anna besuchte ihre Tochter alle zwei Tage. Nach ihrem dritten Besuch, als sie genug von Torstens Übergriffen gehört und von den Mitbewohnern gesehen hatte, stand ihr Urteil fest: Das ist kein geeigneter Aufenthaltsort für sie. Nur mühsam beherrschte sie ihr Schaudern, und als sie Katrin zum Abschied umarmte, sagte sie: »Du kannst mir nicht weismachen, dass du dich hier wohl fühlst. Besprich mit Frau Baum, wie es weitergehen könnte, ich rede heute Abend mit Papa, vielleicht hat er eine Idee. Wir sind immer für dich da, und du weißt, dass du jederzeit nach Hause kommen kannst!«

Zu Hause angekommen, rief sie Christian an.

»Das ist ein unhaltbarer Zustand!«, erregte sich Anna, außer sich vor hilfloser Wut und Verzweiflung. Kaum dass sie kurze Zeit später hörte, wie er die Haustür aufschloss, stürzte sie ihm entgegen. »Sie ist dort völlig auf sich gestellt, allein, ohne Betreuung. Ganz abgesehen von dem abgelegenen Kaff und der schmuddeligen Atmosphäre des Hauses – das so genannte betreute Wohnen erschöpft sich darin, dass die Hauswirtschafterin oder die Sozialarbeiterin einmal am Tag Medikamente ausgeben. Jeden zweiten Tag sieht sie Frau Baum, zweimal in der Woche kommt der Dr. Schnur, ansonsten sind da nur diese psychisch kranken Menschen. Und einer davon bedrängt sie derart, dass sie sich fürchtet. Der stand neulich nachts sogar an ihrem Bett, sie kann ja nicht mal das Zimmer abschließen! Christian, der Gedanke, Katrin dort zu wissen, ist für mich unerträglich, so geht es nicht!« Sie fiel ihm um den Hals und schluchzte. »Und wie sie aussieht! Nur noch Haut und Knochen, Ödeme und furchtbare offene Stellen an den Beinen!«

»Was hat sich die Baum, diese größenwahnsinnige Egomanin, nur dabei gedacht?«, erregte sich Christian. »Wir holen die Katrin erst mal heim und danach sehen wir weiter.«

»Und wenn sie nicht will?«

»Wenn es so schlimm ist, wie du sagst, wird sie froh sein.«

Anna telefonierte mit Frau Baum. Die beschwichtigte: »Beruhigen Sie sich, Frau Lenck, das ist die Eingewöhnungsphase, ich fahre heute noch hin und kümmere mich um Ihre Tochter. Und ich spreche mit der Sozialarbeiterin wegen des jungen Mannes. Ja, auch mit Dr. Schnur.«

Das tat Anna selbst. Auch er versuchte, Anna zu besänftigen, was nur oberflächlich gelang. Versprach, Katrin noch heute aufzusuchen.

Es gingen etliche Tage mit Verhandlungen ins Land. Zwischen Adelheid Baum und Dr. Schnur, der sich längst eingestanden hatte, mit dieser Patientin überfordert zu sein; zwischen Adelheid Baum und der Sozialarbeiterin, die offen zugab, mit einer solchen Problematik nicht klarzukommen, man sei schließlich von einem Mindestgewicht von 36 Kilogramm ausgegangen und das wäre ja nun weit unterschritten; zwischen der Sozialarbeiterin und dem Jugendamt, das die Kosten nicht mehr zu tragen bereit war, da inzwischen etliche Taxifahrten erforderlich gewesen waren, weil Katrin nicht mehr laufen konnte.

Die kümmerte sich indessen um ihre »Scheiß-Grammzählerei«, wie sie es nannte, und notierte, was die Waage, die angeblich nicht stimmte, anzeigte: 28,6, 28,8, 28,4, 28,1. »Ich würde am liebsten nicht mehr da sein – wo soll ich bloß hin?«, fragte Katrin das Tagebuch.

»Nun, wo Weihnachten vor der Tür steht, sollten wir nichts übers Knie brechen und im neuen Jahr sehen wir weiter. Ich werde jedenfalls immer für dich da sein!«, vertröstete sie Adelheid Baum.

Auch Dr. Schnur versprach, sich um Katrin zu kümmern. Als sie auf seiner Waage stand, notierte er 30,0 Kilogramm. Er gab nicht zu, überfordert zu sein.

Nur ein WUNDER
Kann noch helfen …
Kommt doch zu mir –
Ihr lieblichen Elfen!

Umhüllt mit Wärme mein Herz –
Dann vergess ich den tiefen Schmerz.

Kurz vor Weihnachten holten Anna und Christian ihre Tochter heim. Katrin bezog wieder ihr Zimmer, wobei sie nur das Nötigste auspackte. Sie wollte dokumentieren, dass sie nur Gast ist. Die Familie akzeptierte widerstrebend, hielt sie sich doch an der irren Hoffnung fest, dass Katrin in der gewohnten Umgebung ohne Druck eine Perspektive für sich finden würde. Zähneknirschend nahmen die Eltern hin, dass Katrin mittags außerhalb aß – in der Schule oder mit Frau Baum. Besonders Anna unternahm alles in ihren Kräften Stehende, um ihr zu zeigen, wie schön, wie kostbar das Leben sei. Alle drei hielten sich zurück mit Vorwürfen, Vorschlägen, Vorträgen. Ihre unsichtbaren Antennen registrierten jede Regung, jede Stimmung von Katrin, jeden Laut, den sie von sich gab. Sie lauschten, wenn Katrin die Treppe erklomm – schlapp, schlapp, schlapp, wie eine sehr alte Frau. Sie erwachten aus unruhigem Schlaf, wenn Katrin nachts zur Toilette schlich, drei-, viermal in jeder Nacht. Dann spitzten sie die Ohren, um nicht zu verpassen, dass sie zurücktappte in ihr Zimmer.

Anna schlief abends ein, sobald sie ein Bein im Bett hatte. Häufig träumte sie intensiv: Ich muss einkaufen gehen. Ob Katrin das mag? Soll ich dieses nehmen? Oder jenes? Ich muss Essen ranschleppen, egal, ob sie es isst oder nicht. Gegen drei, vier Uhr wachte sie auf wie gerädert und fand keinen Schlaf mehr.

Einmal, als Katrin in der Schule war, machte Anna in Katrins Zimmer sauber, weil sie sah, dass Katrin dazu nicht mehr die Kraft hatte. Sie bezog ihr Bett frisch, wischte und saugte Staub, goss die Pflanzen. Katrin reagierte stinksauer: »Ich will nicht, dass du hier aufräumst, das ist mein Zimmer, das geht dich nichts an!«

»Ich wollte dir eine Freude machen, Katrin, und es dir ein bisschen angenehm herrichten …«

Immer mehr nahm sich Anna zurück aus Sorge, ihre Tochter könne ihr Verhalten als dominant empfinden. Hatte nicht Frau Baum empfohlen, sie nicht einzuschränken? Anna wusste nicht mehr, was richtig war und was falsch, sie wurde immer kleiner und immer ratloser, je heftiger Katrin auf vieles reagierte.

Gelegentlich berührten Anna und Christian vorsichtig das Thema Klinik, aber immer wieder lehnte Katrin mit einer Entschiedenheit ab, die den Eltern den Mund stopfte.

Einen Tag vor Weihnachten nahm sich Frau Baum drei Stunden Zeit für ihre Klientin. Ging mit ihr sogar zum Friseur, wo sich Katrin einen neuen Haarschnitt zulegte.

Das Weihnachtsfest verlief in diesem Jahr anders als früher. Stiller. Christian unternahm zum ersten Mal keinen Ausflug mit seinen Mädchen, sondern sie machten nur einen kleinen Spaziergang. Es wehte ein frostiger Wind, der Katrin umgepustet hätte, das galt als Entschuldigung. Am Heiligabend besuchten Anna und Katrin die Christmette, danach las Katrin noch im Bett eine Bibelstelle, die ihr Trost gab. Dass am ersten Feiertag Anna und Lena allein zu den Großeltern fuhren, schmerzte sie zwar, aber dann war sie froh, daheimgeblieben zu sein. Sie fühlte sich elend und schwach, lag auf dem weinroten Sofa und sah zu, wie ihr Vater fernsah und las.

Einmal kam Tatjana vorbei. Die beiden setzten sich in Katrins Zimmer und erzählten, was ihnen in der vergangenen Zeit widerfahren war. Katrin weinte plötzlich und gestand ihrer Freundin, dass sie keine Kraft zum Leben mehr habe. Tatjana war total erschrocken und ziemlich ratlos. »In den Semesterferien komme ich vorbei. Bis dahin hab Mut, du warst bis jetzt so tapfer, du wirst es schaffen!«

5. Kapitel

2000: 28 Kilogramm

»Ich möchte dieses Silvester nicht allein verbringen«, sagte Anna, »natürlich kein lautes Fest, nur weil Jahrtausendwende ist … «

»Ist es ja gar nicht, erst nächstes Jahr«, sagte Christian.

»Wie auch immer, nur nicht allein sein. Lena feiert bei Jonas mit vielen Leuten, sie will Katrin mitnehmen. Ich hätte gern Langners und Bäumers hier. Ob man ihnen zumuten kann, diesen Abend mit uns zu verbringen?« Anna, die gelernt hatte, Kummer, Verzweiflung, Angst mit sich selbst auszumachen, wollte niemandem auf die Nerven gehen.

Christian beruhigte sie. »Was verstehst du denn unter Freundschaft? Gemeinsam Spaß haben? Nein, Anna, Freundschaft ist mehr und das wissen die vier auch.«

Natürlich sagten Barbara und Gerhard, Tine und Axel sofort zu. Anfangs schien die Stimmung noch gedämpft, aber als sie alle um den großen Tisch saßen, entspannte sich auch Anna. Sie trank sogar ein Glas Rotwein mit, wobei sich ihre Wangen ein bisschen röteten. In der Mitte des Tisches brodelte Hühnerbrühe im Fonduetopf, ringsherum standen Schüsselchen mit kleingeschnittenem Gemüse, Hühnerfleisch und Schweinefilets, diverse Dips und Soßen. Gerhard Langner hatte die alten Jazzplatten aus ihrer Studentenzeit auf CDs gebrannt und mitgebracht – Ray Charles und Count Basie, Howlin' Wolf und Chet Baker, Sonny Terry und Brownie McGhee. Sie erzählten sich unverfängliche Anekdoten von früher und tranken dem Jahreswechsel entgegen.

Kurz nach Mitternacht – sie hatten sich stumm umarmt in dem einzigen Wunsch, den niemand aussprach –, Christian entkorkte eben die zweite Flasche Champagner, stand Katrin plötzlich im Zimmer. Strahlend begrüßte und umarmte sie die Gäste, »ein gutes neues Jahr wünsche ich euch!«, strahlend küsste und umarmte sie ihre Eltern. Sie hatte einen Schwall Kälte mitgebracht. Tine, die sich zuerst fing, bemerkte auf den Gesichtern von Anna und Christian einen Hauch von Verlegenheit. Betont fröhlich und einen Tick zu laut rief sie:

»Wie schön, dich zu sehen, Katrin! Wo kommst du denn jetzt her?«

Ihr Mann, Barbara und Gerhard bemühten sich krampfhaft, ihr Entsetzen unter Kontrolle zu halten. Katrin schien nichts zu bemerken.

»Ich war mit Lena bei Jonas, dort ist ein ziemlicher Trubel. Ein Bekannter hat mich rasch heimgefahren, weil ich euch noch sehen wollte«, log sie, und alle taten so, als freuten sie sich darüber.

»Setz dich zu uns, magst du ein Glas Champagner trinken?«, fragte Christian.

Sie nahm einen Schluck, strahlte noch mal in die Runde und verabschiedete sich, sie sei müde von dem ganzen Rummel.

»Wem darf ich nachgießen?«, fragte Christian in hilflosem Aktionismus und ergriff wieder die Flasche. Alle, sogar Anna, hielten ihm ihre Gläser entgegen. Barbara sagte irgendwas Belangloses, nur damit nicht offensichtlich wurde, wie sehr alle die schleppenden Schritte auf der Treppe zu überhören versuchten. Plötzlich liefen Anna Tränen aus den Augen, völlig geräuschlos und ohne dass ihr starrer Gesichtsausdruck sich änderte.

Tine und Barbara setzten sich rechts und links neben sie und hielten sie fest.

»Du musst was machen, Christian«, sprach Axel als Erster aus, was sie alle dachten.

»Sie muss dringend in eine Klinik. Sie ist weit über das Stadium hinaus, in dem sie es allein oder ambulant mit einer Therapie schaffen könnte.«

»Was macht diese Therapeutin eigentlich?«, fragten Barbara und Tine fast gleichzeitig. »Mit einem Menschen in solchem Zustand kann man doch keine Therapie machen!« Barbara schüttelte fassungslos den Kopf.

»Da muss doch erst mal körperliche Stabilität hergestellt werden!«, befand auch Tine.

»Nun sagt doch mal, was macht die mit ihr?«, fragte jetzt auch Gerhard.

»Die Katrin redet nicht darüber. Aber eines weiß ich«, sagte Christian. »Sie überschätzt sich maßlos, wagt sich offenbar nicht an das Zentrum der Krankheit, die Katrin bedroht. Oder nicht richtig. Zuerst hab ich geglaubt oder glauben wollen, sie würde es schaffen, die Stimme in Katrins Kopf zu besiegen. Stattdessen argumentiert sie sie in eine Welle der Euphorie, auf der Katrin nur zu gerne mitschwimmt: Du bist stark! Du schaffst es allein, ohne Eltern, ohne Fresubin, ohne Zwangsernährung durch Magensonde!

Klar findet Katrin das toll! Wir sind jetzt die Feinde und diese Tante ist ihre liebe Fee.« Christian konnte den sarkastischen Ton nicht vermeiden, zu sehr bohrte der Schmerz in ihm.

Annas Tränenstrom war versiegt, sie konnte wieder sprechen.

»Ich verstehe nicht, was in dieser Frau vorgeht. Als Therapeutin erscheint sie mir jedenfalls völlig fehl am Platz. Sie hat dem Arzt, der Katrin in dieser unsäglichen WG betreut hat, die Verantwortung fürs Somatische überlassen. Er wüsste schon, was zu tun sei, wann es schwierig wird. Ich hab diesen Mann angefleht, mich sofort anzurufen, ganz gleich zu welcher Tages- oder Nachtzeit, wenn er nur irgendein Anzeichen für eine Gefahr sieht. Ich wage mich kaum noch aus dem Haus und schrecke bei jedem Telefonklingeln zusammen.« Sie fing wieder an zu weinen.

»Ich maile dir morgen eine Liste mit Krankenhäusern, die in Frage kommen, okay?«, versprach Axel.

Die Freunde verabschiedeten sich mit innigen Umarmungen. Es gab keine Worte mehr für das Elend, dessen sie eben ansichtig geworden waren.

Nach den Weihnachtsferien schleppte sich Katrin wieder in die Schule. Ihre Mittagsmahlzeiten nahm sie weiterhin woanders ein – oder auch nicht, das blieb ihr Geheimnis. Katrin aß auch, wenn sie zu Hause war, allein. Zum Frühstück toastete sie eine dünne Scheibe Schwarzbrot so lange, bis sie steinhart war, und bekratzte sie mit Margarine oder fettarmem Frischkäse. Lena war die Einzige, die sie neben sich duldete. Ähnlich lief es beim Abendessen. Niemand durfte sie auch nur angucken, geschweige denn einen Kommentar abgeben.

Adelheid Baum schmiedete bei ihren Zusammenkünften kühne Pläne mit ihr.

»Du könntest allein wohnen, ganz eigenständig sein«, schlug sie vor und Katrins Augen strahlten. »Du würdest endlich wissen, was es heißt zu leben: Verantwortung tragen, neue Menschen kennen lernen, vielleicht sogar irgendwann einen Freund haben …«

Wow, dachte Katrin, was ist das doch für eine tolle Frau, und schrieb in ihr Tagebuch: »Meine liebe Adelheid, wie kein anderer Mensch versteht sie es immer wieder, mich aufzurichten!«

»Ich würde dir helfen, eine kleine Wohnung zu finden oder ein Zimmer – was hältst du davon?«

Viel hielt Katrin davon. Am liebsten wäre sie ihrer guten Fee um den Hals gefallen.

Einmal stürmte Lena zum Bad, riss die Tür auf. Ihr war, als träfe ihren Magen eine Bocciakugel. Einen Lidschlag lang hielt sie sich an der Klinke fest. Da stand ihre Schwester: spitze Rippen, die weiter vorstanden als die Zipfelchen, die mal Brüste waren, kein Po mehr, statt eines Bauches zwei lappige Falten. Und was war mit ihren Füßen geschehen? Viel zu groß wirkten die auf einmal, wie Reiherfüße!

Katrin war offenbar eben aus der Dusche gestiegen; sie rubbelte sich die Haare mit einem Handtuch trocken, das Radio plärrte.

Lautlos schloss Lena die Badezimmertür, schlich die Treppe hinauf in ihr Zimmer. Mittendrin hielt sie inne, erstarrt wie Lots Weib. Auschwitz fiel ihr ein. Diese schrecklichen Bilder. Nein, flüsterte sie entsetzt, nein, nein, das darf nicht sein, doch nicht meine Schwester! Alles in Lena wehrte sich gegen diese Bilder. Eiskalte Furcht kroch in ihr hoch.

Seitdem Katrin wieder bei ihren Eltern lebte, konnte sie die Praxis von Dr. Schnur nicht mehr allein erreichen. Also machte er Hausbesuche. Öffnete auf sein Klingeln nicht Katrin, sondern ein anderes Familienmitglied, stiefelte er schnurstracks vorbei die Treppe hoch zu Katrins Zimmer. Anna oder auch Lena oder Christian lauerten ihm dann auf und fragten besorgt: »Wie geht es ihr?«

Und jedes Mal hörten sie nur: »Unverändert.«

Als Dr. Schnur dieses Mal kam, war die Familie vollzählig, und so gelang es Anna und Christian, ihm den Rückzug zur Haustür zu verstellen und ihn an den Esstisch im Wohnzimmer zu lotsen.

»Bitte, sagen Sie uns jetzt, wie es um Katrin steht.«

Diesmal riss Lena der Geduldsfaden, auf sein stereotypes »Unverändert« brüllte sie ihn an:

»Warum unternehmen Sie nichts? Sehen Sie nicht, dass meine Schwester immer weniger wird?«

Dr. Schnur saß da in seiner ganzen Behäbigkeit und schwieg.

Christian versuchte zu ergründen, was in dem Mann vorgehen mochte. Starrsinn? Unvermögen? Hilflosigkeit? Oder hatte er das hoffnungslose Ende schon vor Augen?

Sein Schweigen brachte Lena vollends auf die Palme:

»Haben Sie eine aufs Hirn gekriegt? Warum sagen Sie nichts? Sie müssen doch sehen, dass die Situation lebensbedrohlich ist? Die Katrin wiegt doch höchstens noch 27 oder 28 Kilo!«

Er schwieg.

Anna versuchte es so ruhig wie möglich: »Herr Dr. Schnur, was immer Sie bewegen mag, nicht mit uns zu reden – können Sie unserer Tochter nicht irgendwas Aufbauendes, Stärkendes geben, ein Medikament mit Calcium, das hat sie früher von ihrem Hausarzt bekommen. Ihre Blutwerte müssen sich doch drastisch verschlechtert haben!«

Endlich sprach er, leise und schleppend: »Das macht keinen Sinn. Das braucht man nicht. Wenn sie isst, bekommt sie alle erforderlichen Nährstoffe mit der Nahrung.«

»Aber sie isst nicht, haben Sie das noch nicht begriffen? Natürlich braucht sie das, das haben andere Ärzte ihr schon gegeben, als sie noch 15 Kilo mehr auf den Rippen hatte!«

Die besonnene, ruhige Lena hatte die Fassung verloren.

Der Arzt sah schweigend und ohne eine erkennbare Reaktion an ihnen vorbei auf irgendeinen entfernten Punkt draußen im Garten.

Aufschluchzend stürzte Lena ins Bad und auch Anna ließ den Arzt einfach stehen und lief hinterher.

Eine Woche später, an einem Montag, verlor Katrin auf der Treppe der Schule das Bewusstsein. Ihr brach plötzlich der Schweiß aus allen Poren, vor ihren Augen tanzten Feuerkreise, sie dachte noch, jetzt holst du mich, my lovely God, ich hab's ja auch nicht anders verdient, dann wurde es dunkel. Viel später erst bemerkte sie die Beule an ihrem Hinterkopf, mit dem sie wohl an das Treppengeländer geknallt sein musste.

Zwei Mitschülerinnen halfen ihr ins Lehrerzimmer, wo man sie auf eine Liege bettete und Dr. Schnur anrief.

Sie verriet niemandem, auch dem Arzt nicht, dass sie kaum noch eine Nacht länger als drei, vier Stunden schlief aus Angst, nicht mehr zu erwachen. Dabei wollte sie stark sein und kämpfen. »Weitergehen!« ist das letzte Wort, das sie mit dünnem Strich und spitzen Buchstaben in ihr Tagebuch schrieb.

Christian telefonierte und mailte mit diversen Kliniken in ganz Deutschland. Die Auskünfte, die er bekam, lauteten immer gleich.

»Anorexia nervosa? Hm. Und wie viel wiegt Ihre Tochter jetzt? 28 Kilogramm bei 1,76 m Größe? Nein, tut uns leid, darauf sind wir nicht spezialisiert.«

Endlich erklärte sich ein Krankenhaus bereit, Katrin aufzunehmen. Morgen, am Freitag, würde er seine Tochter in sein Auto packen und in das 600 Kilometer entfernte Krankenhaus bringen.

Währenddessen wartete Anna auf Katrins Rückkehr von der Schule. Sie stürzte an die Haustür, als es klingelte. Draußen stand Dr. Schnur. Stand da und schwieg und guckte.

»Ist was mit Katrin?«

»Ist sie zu Hause?«, stellte er die Gegenfrage.

»Sie ist noch in der Schule.«

Er drehte sich um und wollte gehen.

»Halt mal, kommen Sie rein, Herr Dr. Schnur«, befahl Anna und wunderte sich selbst über ihren scharfen Ton. »Ich will wissen, was los ist, warum sind Sie hier?«

Zögernd trat er ein, blieb aber in der kleinen Diele stehen.

»Am Montag bin ich in die Schule gerufen worden, Katrin war kollabiert.«

»Was? Und das erfahre ich erst jetzt?« Annas Stimme schnappte über. »Hab ich Sie nicht dringend gebeten, mich sofort zu informieren, wenn auch nur irgendwas passiert? Sie haben unsere Fest-Nummer und die Handy-Nummern!«

Der Arzt stand da, starrte auf ihren Blusenkragen und schwieg.

Anna hätte die Worte aus ihm rausschütteln können. »Und was haben Sie mit ihr gemacht?«

»Ich hab ihr eine Einweisung in die Klinik gegeben. Vermutlich hat sie die wohl zerrissen …«

»Sie haben keinen Notarzt gerufen? Nicht mal uns angerufen? Nicht bei ihr nachgefragt, ob sie sich in der Klinik gemeldet hat?« Anna war außer sich. »Heute ist Donnerstag – bis heute haben Sie nichts weiter unternommen? Gar nichts?«

»Ich habe eine neue Einweisung vorbereitet, sie müsste sofort in eine medizinische Klinik.« Er grub in seiner Aktentasche, förderte einen Zettel zutage und ging.

Kaum war die Tür hinter ihm ins Schloss gefallen, sank Anna auf einen Stuhl. Sie zitterte derart, dass sie sich an der Tischkante festhalten musste. So fand sie Christian.

»Ich bringe sie nachher in die Klinik, nicht erst morgen, ob sie will oder nicht. Haben wir es denn nur mit verantwortungslosen Idioten zu tun? Hör bitte auf mit Zittern, Anna, Liebe, am Montag zeige ich den Kerl an.«

Als Katrin kam und nach der Einweisung gefragt wurde, verlangte sie fast hysterisch, sofort zu Frau Baum zu fahren.

»Ich muss zu Frau Baum, lasst mich, ich muss sofort hin!«

»Katrin, das geht nicht, das ist eine vielbeschäftigte Therapeutin, lass uns anrufen«, sagte der Vater.

»Setz dich hin, Katrin, wir rufen Frau Baum an«, sagte die Mutter.

Anna wählte die Nummer, Adelheid Baum meldete sich schon nach dem ersten Klingeln.

»Guten Tag, Frau Baum, ich habe hier eine Noteinweisung für Katrin, wussten Sie davon?«

»Nein«, sagte Frau Baum, »aber nach den Erfahrungen, die Katrin in Kliniken gemacht hat, sollte sie in Ruhe Abschied nehmen können. Nicht so abrupt von zu Hause weg. Ich hab auch inzwischen mit Dr. Schnur gesprochen, der meinte ebenfalls, es hätte bis morgen Zeit.«

»Bis morgen? Nachdem er ihr bereits am Montag die Einweisung gegeben hat?«

Das wollte Anna genau wissen, sie rief Dr. Schnur an: »Können Sie verantworten, dass Katrin noch hierbleibt?«

Stille am anderen Ende.

»Herr Dr. Schnur, ich rede mit Ihnen!«

»Ja«, kam es zögernd, »wenn sie was isst und sich nicht bewegt, dann würde es noch reichen, wenn Sie sie am Montag in die Klinik bringen. Ich würde auch mit dem Krankenhaus telefonieren und alles absprechen.«

Christian ließ sich auf nichts mehr ein.

»Morgen fahren wir in die Klinik, Katrin. Es hat keinen Sinn mehr, so zu tun, als schafftest du es allein.«

Sie kauerte still in der Ecke des weinroten Sofas, aß langsam ein Stück Brot und ein Stück Gurke. Kurz vor dem

»heute-journal« wollte sie nach oben gehen in ihr Zimmer. Christian musste ihr aufhelfen, selbst dazu war sie zu schwach.

Schmerzlich erinnerte sich Anna, dass Katrin einmal zu ihr gesagt hatte: »Mama, wenn ich etwas im Kopf nicht mehr zulasse, dann macht das mein Körper auch nicht mehr.« Die Angst schnürte Anna fast die Luft ab. Hatte sie nicht auch gesagt, lieber würde sie sterben, als noch mal in eine Klinik zu gehen? Annas Augen brannten, und in der Kehle saß ein Kloß, der sie kaum schlucken ließ.

Katrin wünschte ihren Eltern eine gute Nacht, sie bestand darauf, allein die Treppe hochzugehen. Anna und Christian saßen im Wohnzimmer und lauschten. Jedes Mal, wenn das Trapp-Trapp verstummte, hielten sie den Atem an und stellten sich vor, wie viel Kraft es sie kostete, sich mühsam am Geländer hochzuziehen.

Kurz darauf ging Anna, wie jeden Abend, zu ihr. Sie setzte sich auf die Bettkante und streichelte sie.

»Mama, mir ist so kalt«, flüsterte Katrin.

»Ich massiere dir die Füße, das hast du doch gern.«

Sie flüsterten noch ein wenig miteinander. Anna sah, dass Katrins kleine Bibel aufgeschlagen neben ihr lag. Sie hatte mit Kugelschreiber den Psalm 121 eingekringelt, in dem es heißt: »Der Herr wird nicht zulassen, dass du fällst; Er, dein Beschützer, schläft nicht ... Er gibt auf dich Acht, wenn du aus dem Hause gehst und wenn du wieder heimkehrst ...«

Lieber Gott, bitte, gib auf sie Acht!, betete Anna im Stillen inbrünstig.

Kurz vor Mitternacht gingen auch sie und Christian ins Bett, Anna, nachdem sie noch einmal nach Katrin gesehen hatte. Als Christian später die Toilettenspülung hörte, stand er auf und fand Katrin auf der Treppe hockend. Er trug sie nach oben in ihr Zimmer und diesmal ließ sie es geschehen.

Gegen halb vier fuhr Anna aus quälenden Träumen auf. Ihr war, als hätte ein großes, dunkles Tier auf ihrer Brust gelegen. Sie schlich zu Katrin.

»Mir ist immer noch kalt«, flüsterte sie. Und wieder massierte Anna die Füße und die Beine ihrer Tochter. Als sie sah, dass Katrin gleichmäßig atmend eingeschlafen war, tastete sich Anna zurück in ihr Zimmer.

Mir ist kalt –
Fühl mich
Wie in einem einsamen Wald –
Glaub, ich werd nicht
Richtig anerkannt …

Meine Sonne schwand
Hinter einer dicken Wolkenwand

Wem oder was
Bin ich eigentlich
Zugesandt?

»Nein«, sagte der Arzt, den Christian am anderen Morgen herbeitelefoniert hatte. »Auch wenn Sie Ihre Tochter vor einer Woche zwangsweise in stationäre Intensivbehandlung gebracht hätten – sie hätte nicht überlebt. Das Herz war zu sehr geschädigt.«

* * *

Während der Semesterferien ging Tatjana noch einmal zum Friedhof. Sie wollte allein von ihrer Freundin Abschied nehmen. Als sie das Grab ansteuerte, sah sie, dass die Steine schon aufgestellt worden waren: zwei stilisierte Engelsflügel aus ungeschliffenem weißem Marmor, auf dem kleineren in Winterhimmelblau der Name und die beiden Daten.

Lange verharrte Tatjana an Katrins Grab. Sie rief sich noch einmal die unbeschwerten Tage in Erinnerung, ihr Briefebuch, in dem sie sich ihre Kindergeheimnisse mitgeteilt hatten, die gemeinsame Firmung, all die verkicherten, verschwatzten Stunden, die heiteren Nachmittage am Neckar und am Baggersee, die letzte Reise nach Assisi. Was hatte nur ihre einst so fröhliche, sie alle mitreißende Freundin in diesen schrecklichen Teufelskreis getrieben? Sie, die Kämpfernatur, die immer besser war, immer mehr erreicht hatte als alle anderen?

Der kalte Wind, der von den fernen Bergen herüberwehte, trug schon einen Hauch von Frühling. Bei der Beerdigung hatte es in Strömen geregnet. Im Film gießt es auch immer bei Beerdigungen, dachte Tatjana. Wie viele Menschen gekommen waren: die Mädchen aus ihrer Klasse, Lehrerinnen und Lehrer, die Jungs, die mal in sie verliebt gewesen waren – Fabian und Dennis, Andreas und Alex –, und viele Menschen, die sie gar nicht kannte. Die meisten hatten weiße Rosen oder weiße Lilien mitgebracht. Von Lena hörte sie, es seien auch Ärzte und Schwestern aus den Krankenhäusern da gewesen, in denen Katrin so viel Zeit verbringen musste. Katrins Eltern und Lena schienen vor dem weißen Sarg wie gefroren und ganz leergeweint. Die Trauerreden waren an Tatjana vorbeigerauscht, zu sehr war sie in ihrem

Schmerz versunken. Sie erinnerte sich lediglich an die warmherzige Stimme einer Freundin der Familie, natürlich hatte auch ein Pfarrer gesprochen. Und dann eine Frau, von der Lena später sagte, sie sei Katrins Therapeutin gewesen. Tatjana hatte nur gestutzt bei den Worten, sie sei mit ihrer Patientin auf dem allerbesten Weg gewesen und bei ihr sei es Katrin immer gut gegangen. Tatjanas Mutter, die aufmerksamer zuhören konnte, fand das anmaßend und taktlos; die Frau habe nur von sich gesprochen und von der tollen Wirkung, die sie auf Katrin ausgeübt habe.

»Dieser Weg wird kein leichter sein/dieser Weg wird steinig und schwer/Nicht mit vielem wirst du dir einig sein/doch dieses Leben bietet so viel mehr …« Ach, Katrin, du hast den Xavier Naidoo so gern gehört, warum konntest du es nicht annehmen, dieses Leben? Diese Beerdigung war das Traurigste, was ich bisher in meinem Leben erlebt habe, dachte Tatjana, und wieder schossen ihr Tränen in die Augen. Sie legte eine weiße Rose auf das Grab. Du warst meine beste Freundin und fehlst mir jetzt schon entsetzlich, flüsterte sie. Aber du wirst mein Schutzengel bleiben. Dann ging sie zurück zur Straße.

Nachwort

Jeder Mensch geht auf seine Weise mit großen Gefühlen um, mit Freude und Glück, mit Schmerz, Angst, Trauer. Jeder verarbeitet sie seinem Wesen, seinen Erfahrungen, seiner Herkunft entsprechend. Der Verlust eines geliebten Menschen ruft besonders starke Emotionen hervor. Die Reaktionen darauf zu beurteilen steht niemandem zu. Katrins Familie – ihre Eltern und ihre Schwester – hat den Weg in die Öffentlichkeit gewählt.

Es war ihr Wunsch, dass Katrins Geschichte in die Welt kommt – als Erinnerung an sie, aber auch als Signal. Ein Denkmal soll dieses Buch nach dem Wunsch des Vaters sein, ein Denkmal für die verstorbene Tochter und eine Warnung für Menschen, die ebenfalls an Anorexia nervosa leiden. Katrins Geschichte soll dazu beitragen, dass Eltern und Großeltern, Geschwister, Freundinnen und Freunde, Lehrerinnen und Lehrer, Trainerinnen und Trainer bei den ersten Signalen im Verhalten eines jungen Menschen aufmerksam werden und professionelle Hilfe suchen.

Ich danke Katrins Eltern und ihrer Schwester für ihr Vertrauen, für ihre Offenheit, ihre Geduld. Ich danke besonders ihrer Mutter dafür, dass ich das vielleicht Kostbarste, was von Katrin geblieben ist – ihre Tagebücher –, lesen und daraus zitieren durfte. Sie sprechen besonders deutlich von der Not und der Verzweiflung des Mädchens.

Ohne diese Unterstützung hätte ich das Buch nicht schreiben können.

Ich danke auch Tatjana, dass sie die Erinnerungen an ihre Schulfreundin Katrin mit mir teilte.

Viele Szenen und Dialoge sind erfunden, hätten aber so oder ähnlich stattgefunden haben können. Die Namen der handelnden Personen habe ich geändert – bis auf Katrins. Ein fremder Name wäre ihr und ihrer Geschichte nicht gerecht geworden.

Ohne Helga Dierichs und ohne ihr preisgekröntes Hörspiel »Nimmerleinsland« über Katrins Schicksal würde es dieses Buch nicht geben. Sie hat mir den Stoff anvertraut und dafür danke ich ihr.

Herzlichen Dank auch an Dr. Rolf P. Parchwitz, der Katrins Familie unterstützte und so ebenfalls wesentlich zur Entstehung des Buches beigetragen hat.

Brigitte Biermann, im Winter 2005/2006

Zeittafel

1996 Ausbruch der Krankheit.
Übertriebener Bewegungsdrang, Diät, mit der sie sich von 56 auf unter 50 Kilogramm hungern will. Katrin hat Kreislaufprobleme, im Dezember ihre letzte Periode.

1997 Betreuung durch Allgemeinmediziner, im Mai zehn Tage Krankenhausaufenthalt wegen Untergewichts (40 Kilogramm), Blaseninkontinenz und akuter Kreislaufschwäche.
Realschulabschluss mit Note 1,3.
8. Juli bis 13. August: Aufenthalt in einer Kinderklinik, Ernährung über eine transnasale Magensonde; begleitende Psychotherapie.
13. August bis 23. Dezember: Aufenthalt in einer anthroposophischen Klinik. Herzrhythmusstörungen, Magenschmerzen, Sehstörungen, Gewicht 41,3 Kilogramm. Ohne Vorwarnung und ohne Hilfsangebote oder empfohlene Therapien wird Katrin am 23. Dezember entlassen.

1998 5. Januar: Einweisung in die geschlossene Abteilung einer Klinik für Psychiatrie und Psychotherapie, aus der sie mehrfach davonläuft. Im Frühjahr verübt sie einen Selbstmordversuch. Bewegungs- und Psychotherapie, Ernährungslehre, Arbeit mit einer Kunsttherapeutin.

1999 Nach 14-monatigem Aufenthalt in der Psychiatrie wird Katrin am 12. März entlassen. Im April ihr 18. Geburtstag – Katrin kann selbst über sich entscheiden. Sie besucht für einige Wochen noch einmal die 10. Klasse in ihrer alten Schule, macht die theoretische Fahrschulprüfung. Beginn der Bekanntschaft mit der Psychotherapeutin Adelheid Baum.
Katrins Gewicht schwankt zwischen 36 und 44 Kilogramm. Juni bis Ende November erneuter Krankenhausaufenthalt, um ihren Gesundheitszustand zu stabilisieren, sie wiegt 32 Kilogramm. Erneut Ernährung über transnasale Magensonde, die psychologische Betreuung obliegt weiterhin Adelheid Baum.
Im November informiert die Klinik darüber, dass sie eine intensive Ernährungstherapie nicht leisten kann, Katrin wird entlassen.
Auf Empfehlung der Therapeutin zieht Katrin im November in eine Wohngemeinschaft, in der sie sich mehr oder weniger selbst überlassen bleibt. Drei Wochen später holen ihre Eltern sie heim.

2000 Katrin wiegt 27 oder 28 Kilogramm. Sie kollabiert in der Schule, der hinzugerufene Hausarzt der Wohngemeinschaft drückt ihr eine Krankenhauseinweisung in die Hand.
Katrin stirbt am 14. Januar.

Zahlen, Zahlen
'zermahlen',
mich innerlich –
und 'V●●erknautschen'
dabei – mein Gesicht!

ca. 7 Uhr

ZAUBERLAND

Kleine Feen, sehen Dich –
beachten Dich –
äußerlich, wie auch innerlich...

Schauen Dir,
in Dein wahres Gesicht...
Und erkennen Dein wirkliches, unbeschreibl.
'Gewicht'...

Nimm sie bei der Hand –
laß' ein wenig ● los, Deinen Verstand –
Du wirst ● sparen,
Du wirst auch so anerkannt!

Dann werdet ihr zusammen,
entdecken ein neues,
zauberhaftes,
wunderschönes,
farbiges
  LAND!

Informationen zu Ess-Störungen findet man u.a. auf folgenden Websites:

www.bzga-essstoerungen.de
Website der Bundeszentrale für gesundheitliche Aufklärung
- Informationen für Betroffene, Angehörige, Fachleute und allgemein Interessierte
- mit zahlreichen weiterführenden Links

www.magersucht.de
magersucht.de ist ein gemeinnütziger Verein und ein rein ehrenamtliches Projekt.
- Hilfe zur Selbsthilfe für Betroffene und Angehörige
- Informationen rund um die Krankheit
- Austauschplattform für Betroffene

www.hungrig-online.de
Kommunikation und Hilfe für Betroffene, Angehörige, Lehrer, Fachleute bei Ess-Störungen
- durch Aufklärung und Information soll ein Bewusstsein für Ess-Störungen geschaffen werden
- Unterstützung und Motivation bei der Suche nach Hilfe
- virtuelle Selbsthilfegruppen

www.ab-server.de
Projekt der Deutschen Forschungsinitiative Ess-Störungen e.V. und der Medizinischen Fakultät der Uni Leipzig
- Online-Beratung von Betroffenen und Angehörigen durch Psychologen
- Kontaktverzeichnis von Hilfsangeboten bundesweit (Selbsthilfegruppen, Beratungsstellen, ambulante Psychotherapeuten, Kliniken u.a.)
- Diskussionsforum für Betroffene und Angehörige

Brigitte Biermann

Brigitte Biermann absolvierte ein Journalistik-Studium in Leipzig. Fünfzehn Jahre lang war sie für die Zeitschrift *Brigitte* als Gerichtsreporterin tätig. Sie ist Autorin mehrerer Bücher und schreibt für Zeitschriften und Zeitungen. Sie lebt mit ihrer Familie in Berlin.